PANGATO

SOY YO.

Originally published in English as *Catwad #1: It's Me.*

Translated by Abel Berriz

© 2019 Jim Benton

ISBN 978-1-338-56601-7

10 9 8 7 6 5 4 3 2 1   19 20 21 22 23

Printed in China   62

First Spanish printing, 2019

Original edition edited by Michael Petranek

Book design by Suzanne LaGasa

PANGATO

SOY YO.

JIM BENTON

UN SELLO EDITORIAL DE
SCHOLASTIC

AMOR

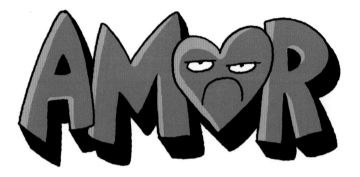

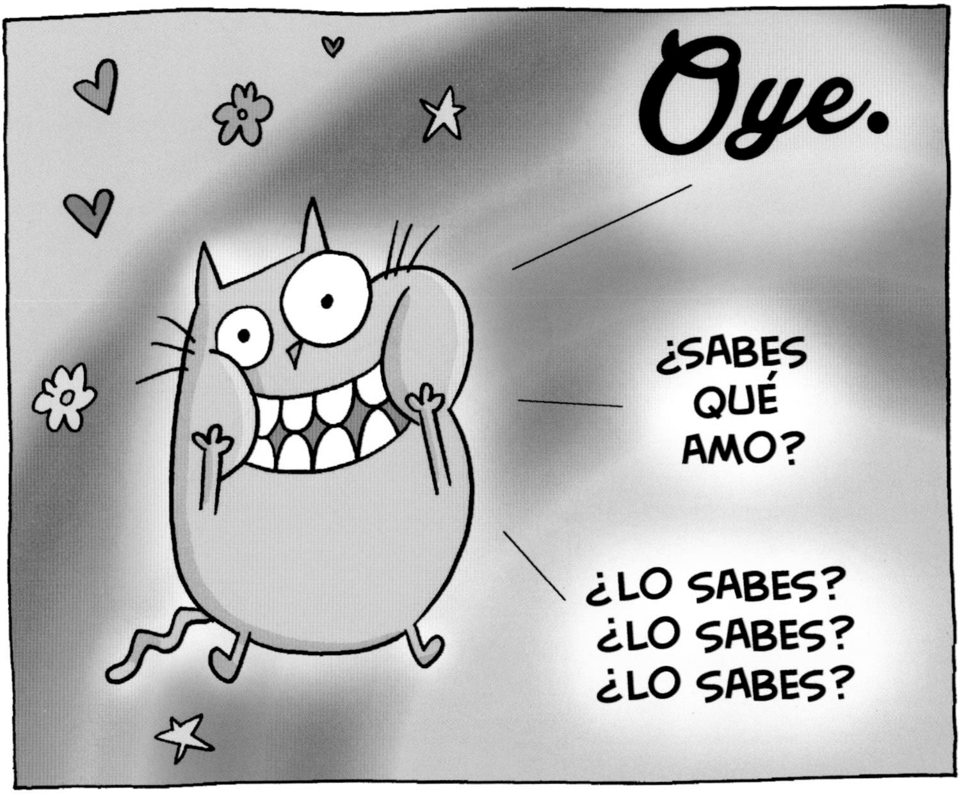

Oye.
¿SABES QUÉ AMO?
¿LO SABES? ¿LO SABES? ¿LO SABES?

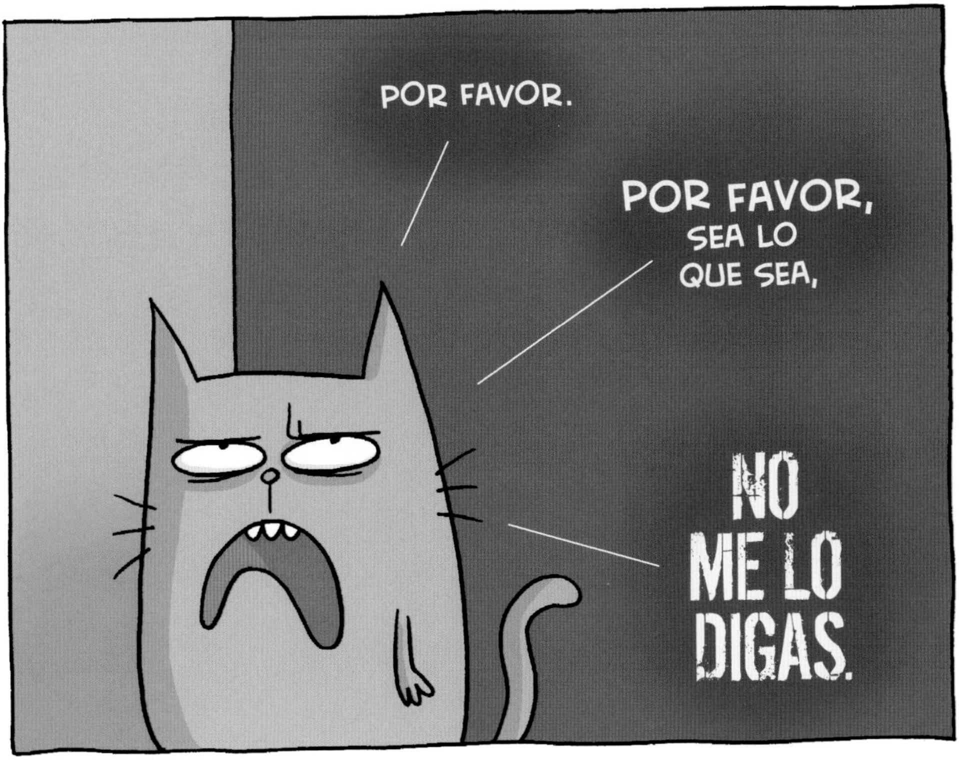

POR FAVOR.
POR FAVOR, SEA LO QUE SEA,
NO ME LO DIGAS.

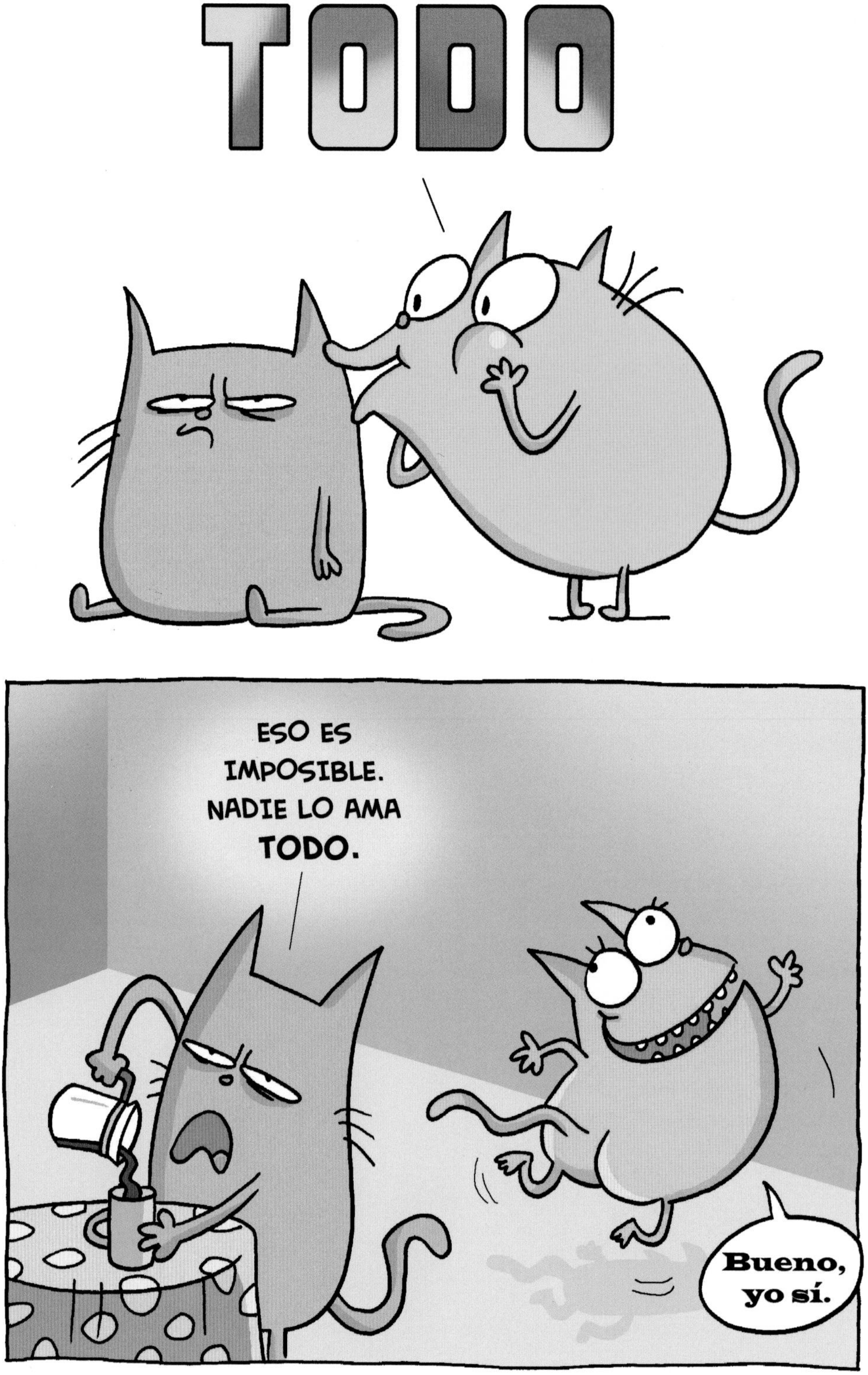
TODO
ESO ES IMPOSIBLE. NADIE LO AMA TODO.
Bueno, yo sí.

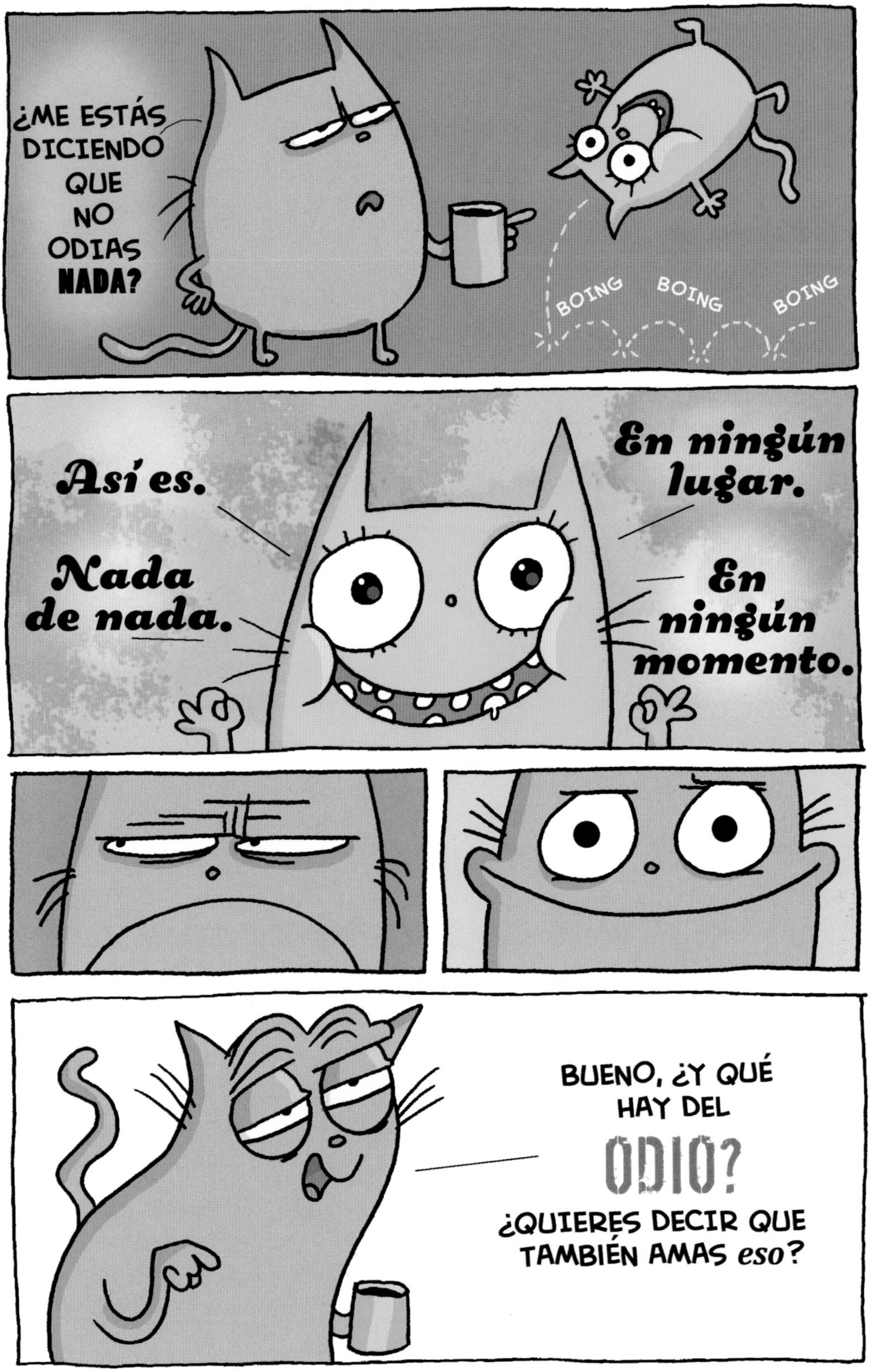
¿ME ESTÁS DICIENDO QUE NO ODIAS **NADA?**
BOING
BOING
BOING
Así es.
Nada de nada.
En ningún lugar.
En ningún momento.
BUENO, ¿Y QUÉ HAY DEL
ODIO?
¿QUIERES DECIR QUE TAMBIÉN AMAS *eso*?

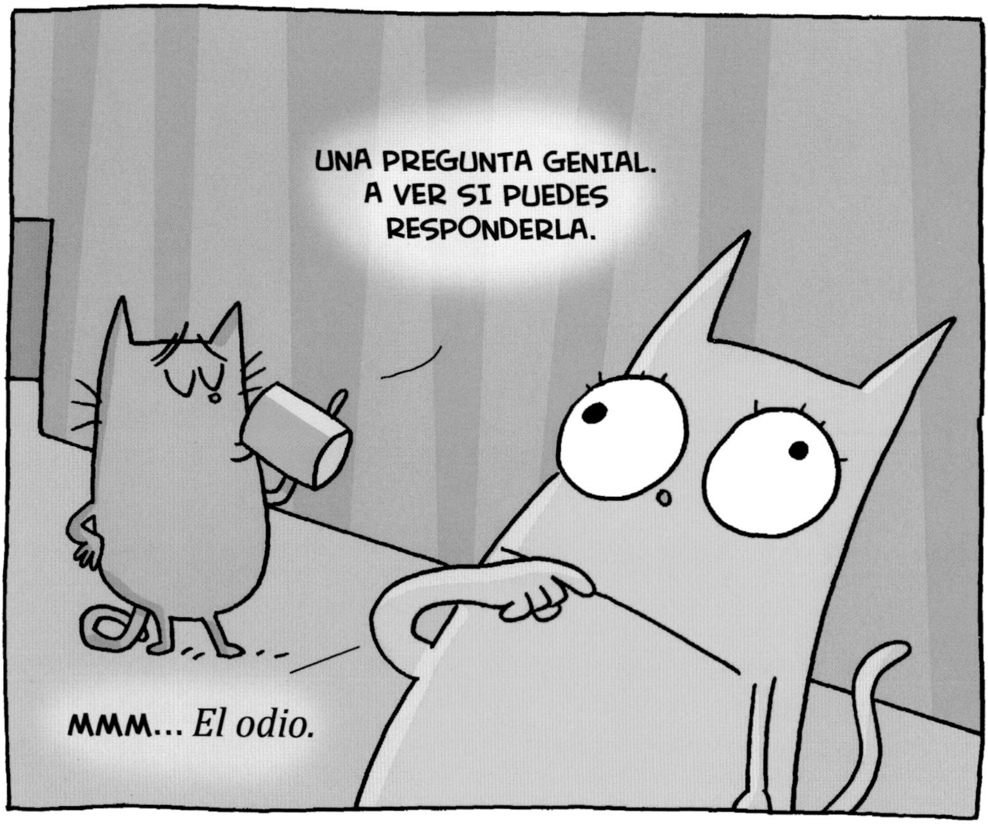
UNA PREGUNTA GENIAL. A VER SI PUEDES RESPONDERLA.
MMM... *El odio.*

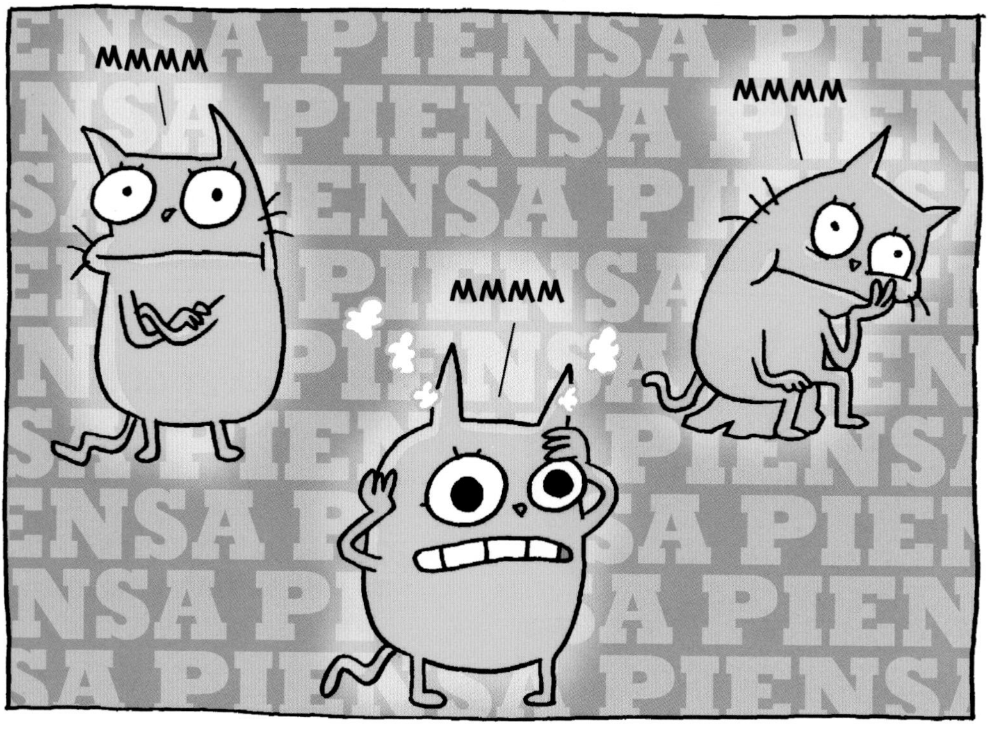
MMMM
MMMM
MMMM

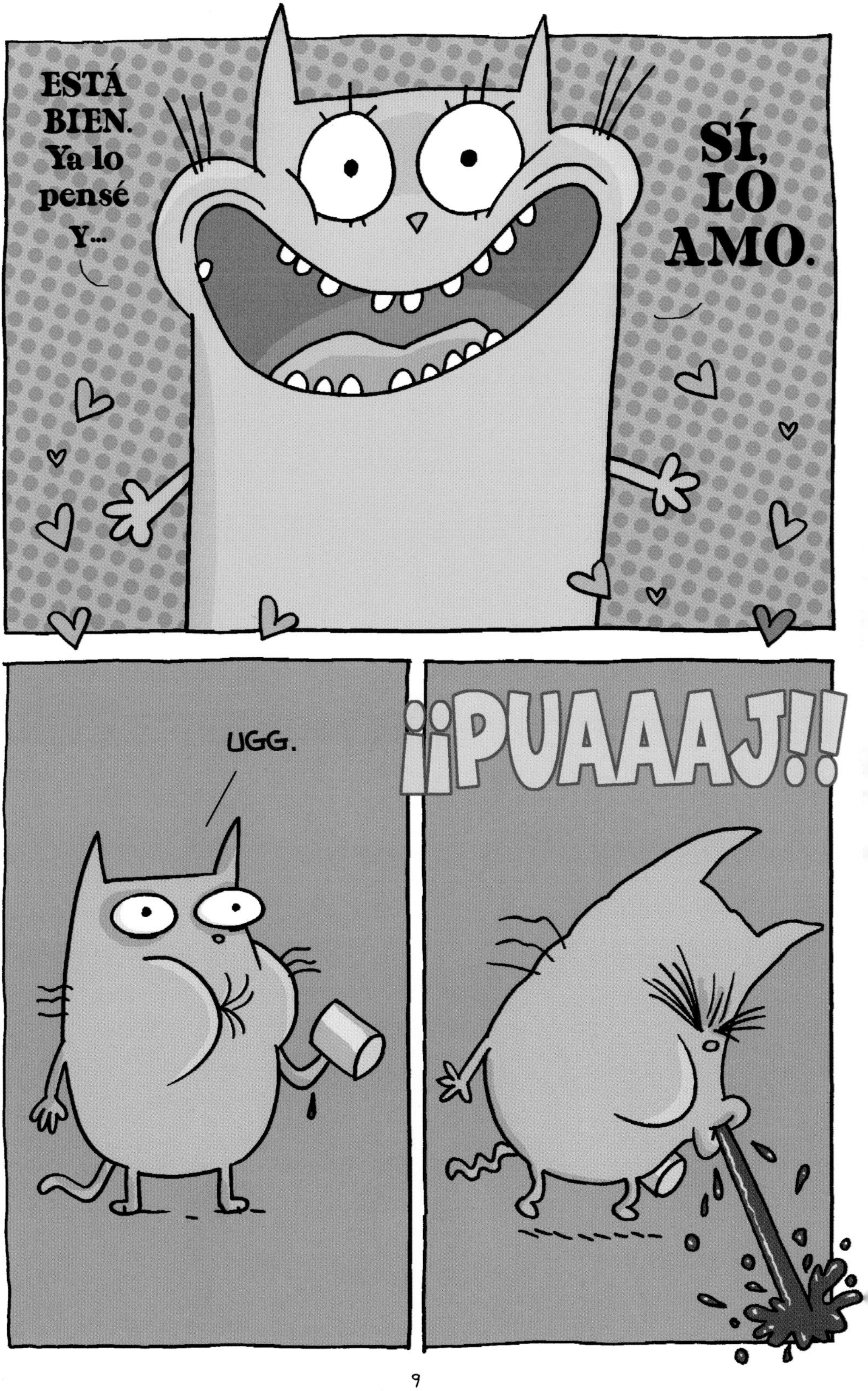
ESTÁ BIEN. Ya lo pensé y...
SÍ, LO AMO.
UGG.
¡¡PUAAAJ!!

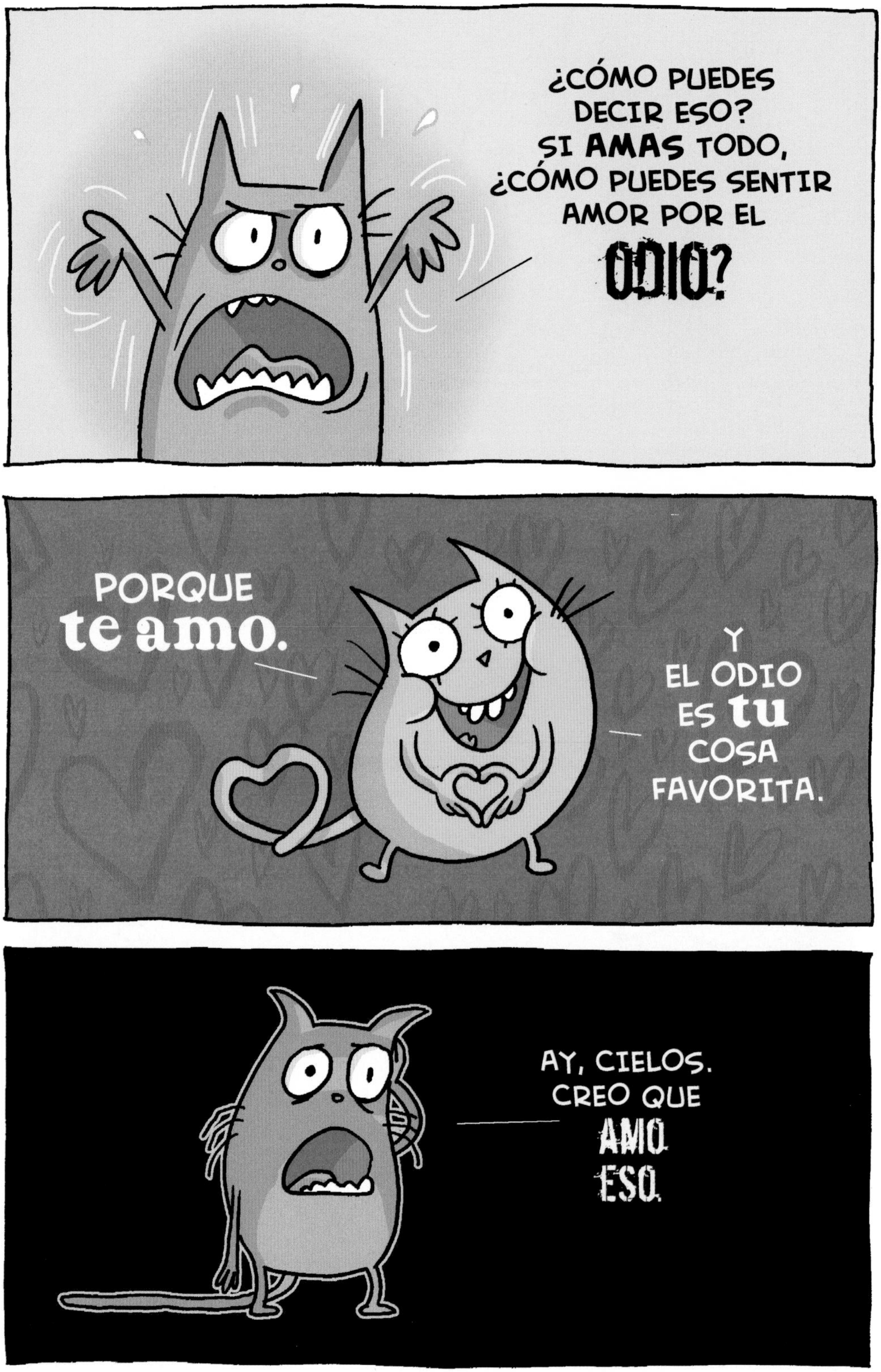
¿CÓMO PUEDES DECIR ESO? SI AMAS TODO, ¿CÓMO PUEDES SENTIR AMOR POR EL ODIO?
PORQUE te amo.
Y EL ODIO ES tu COSA FAVORITA.
AY, CIELOS. CREO QUE AMO ESO.

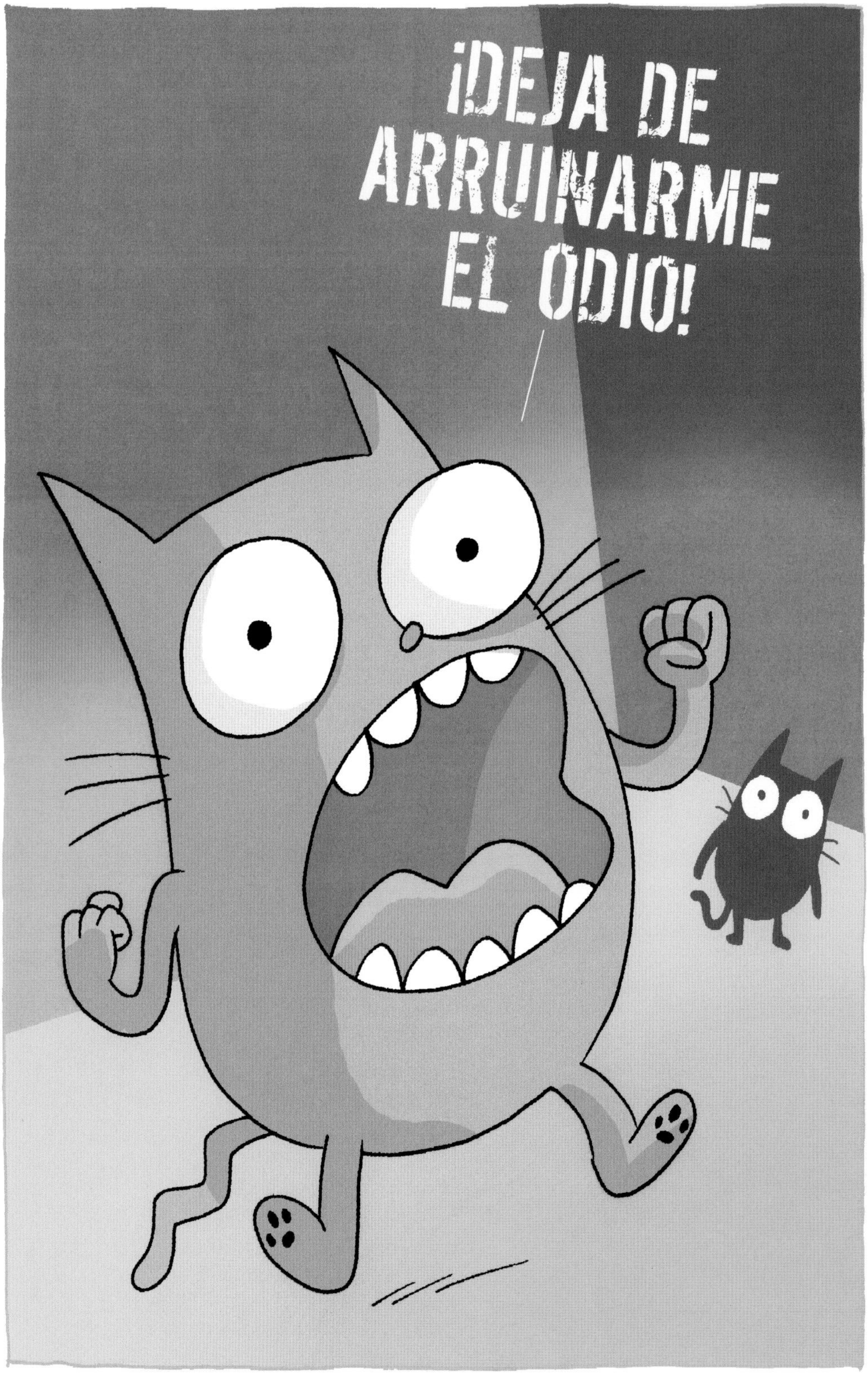
¡DEJA DE ARRUINARME EL ODIO!

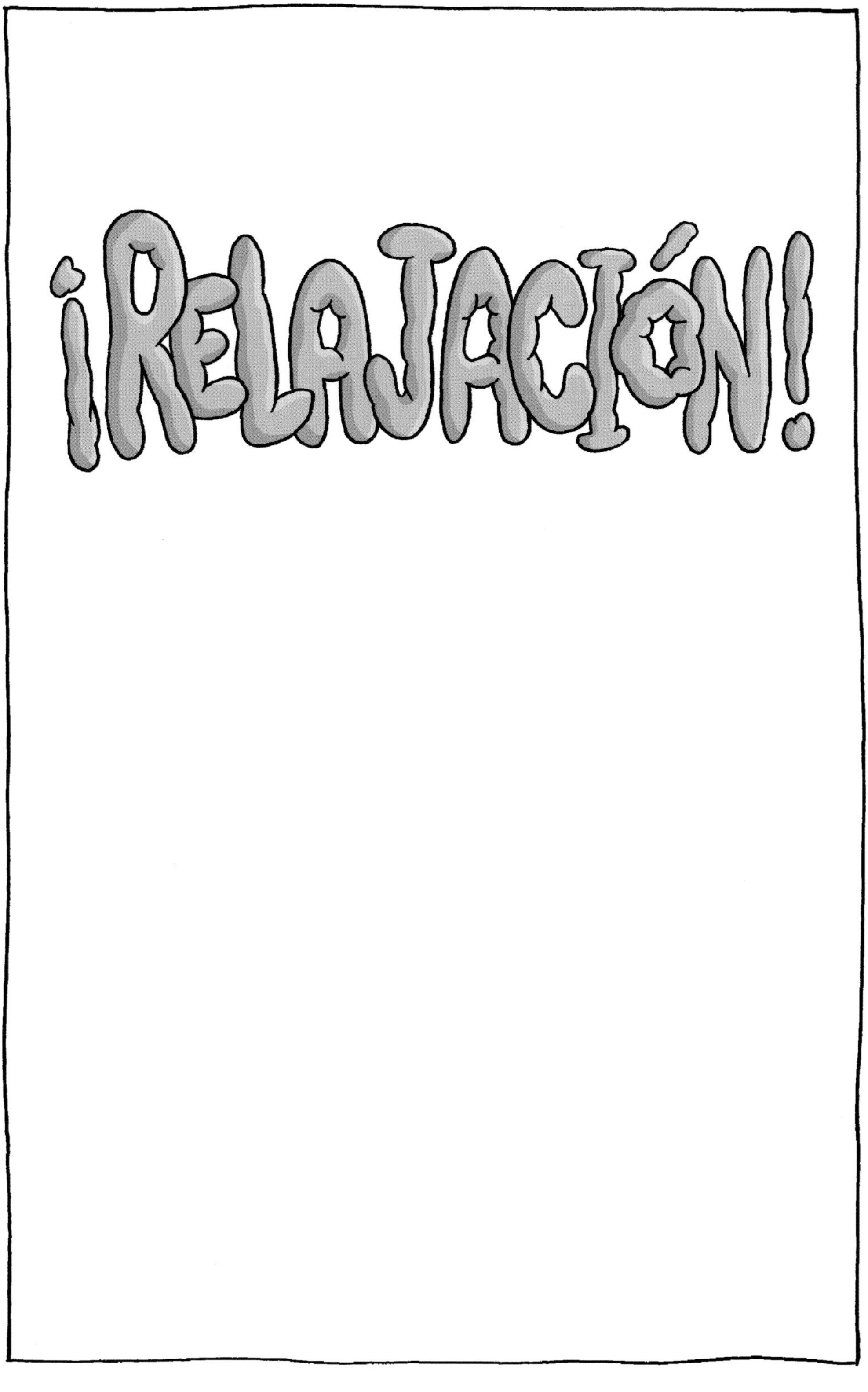
¡RELAJACIÓN!

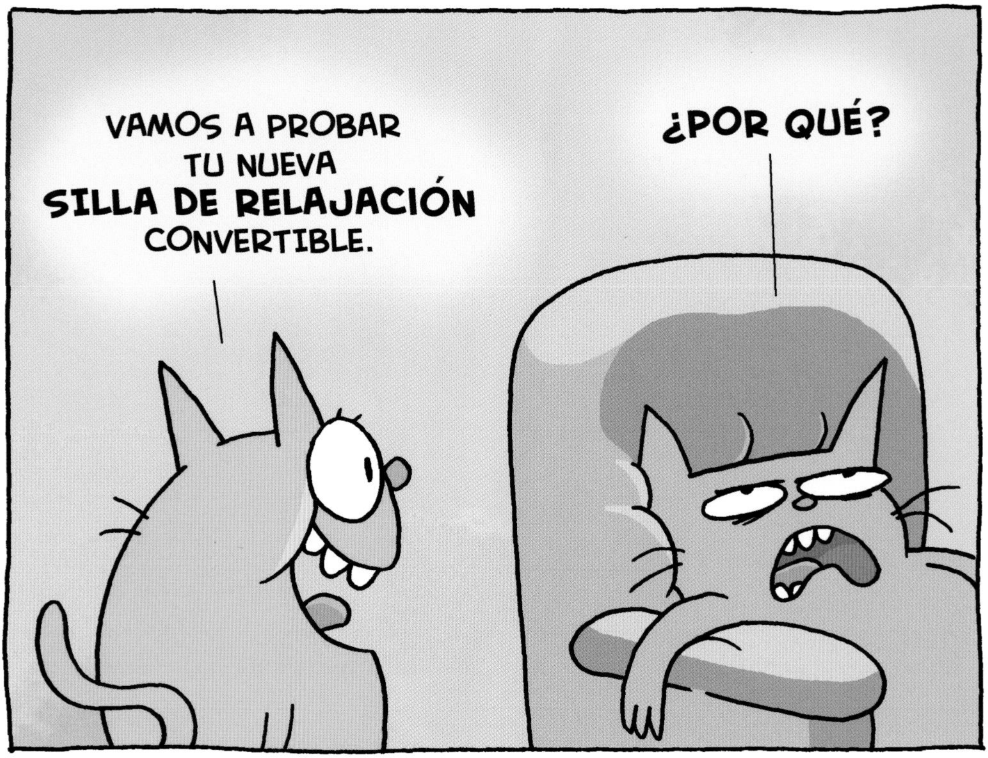
VAMOS A PROBAR TU NUEVA **SILLA DE RELAJACIÓN** CONVERTIBLE.
¿POR QUÉ?

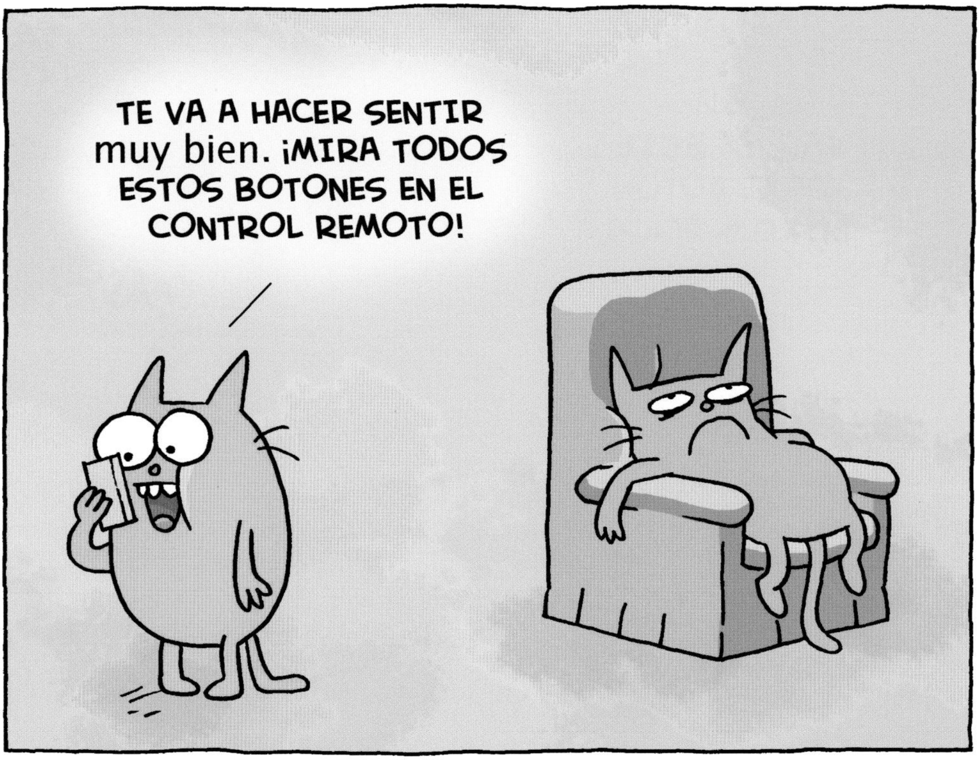
TE VA A HACER SENTIR muy bien. ¡MIRA TODOS ESTOS BOTONES EN EL CONTROL REMOTO!

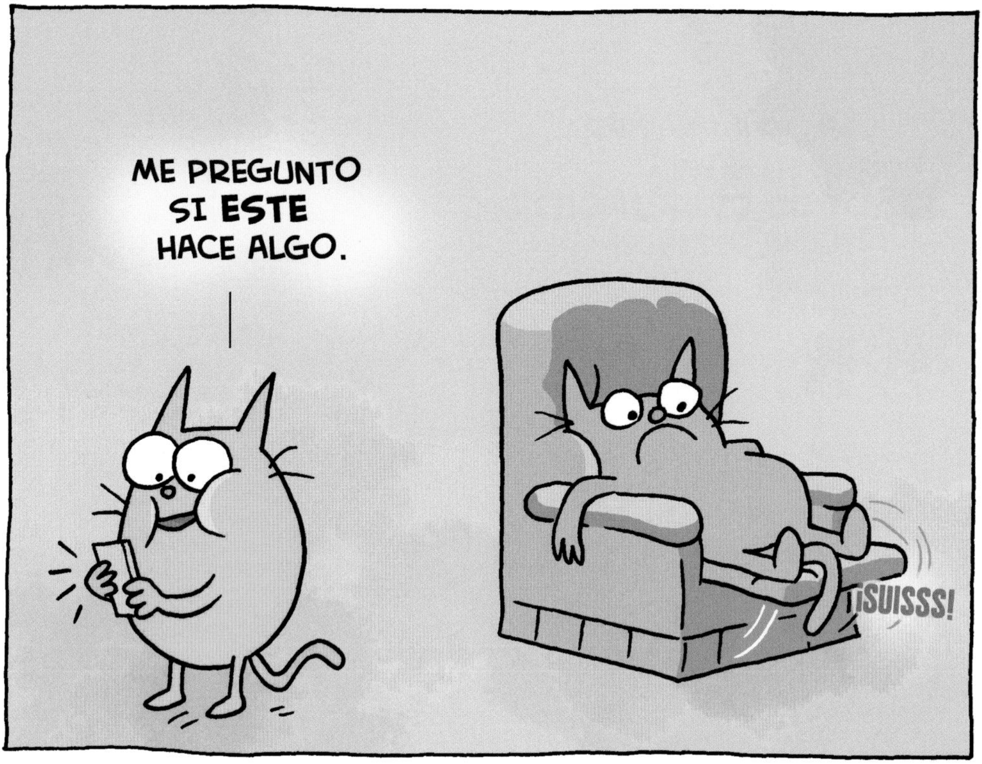
ME PREGUNTO SI ESTE HACE ALGO.
¡¡SUISSS!

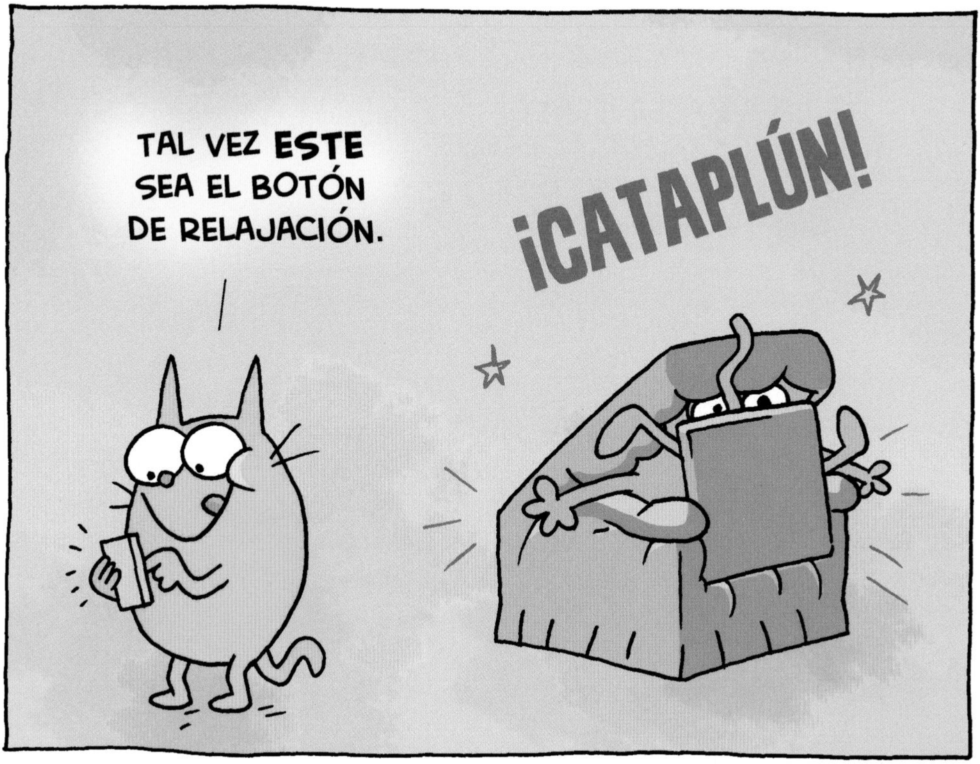
TAL VEZ ESTE SEA EL BOTÓN DE RELAJACIÓN.
¡CATAPLÚN!

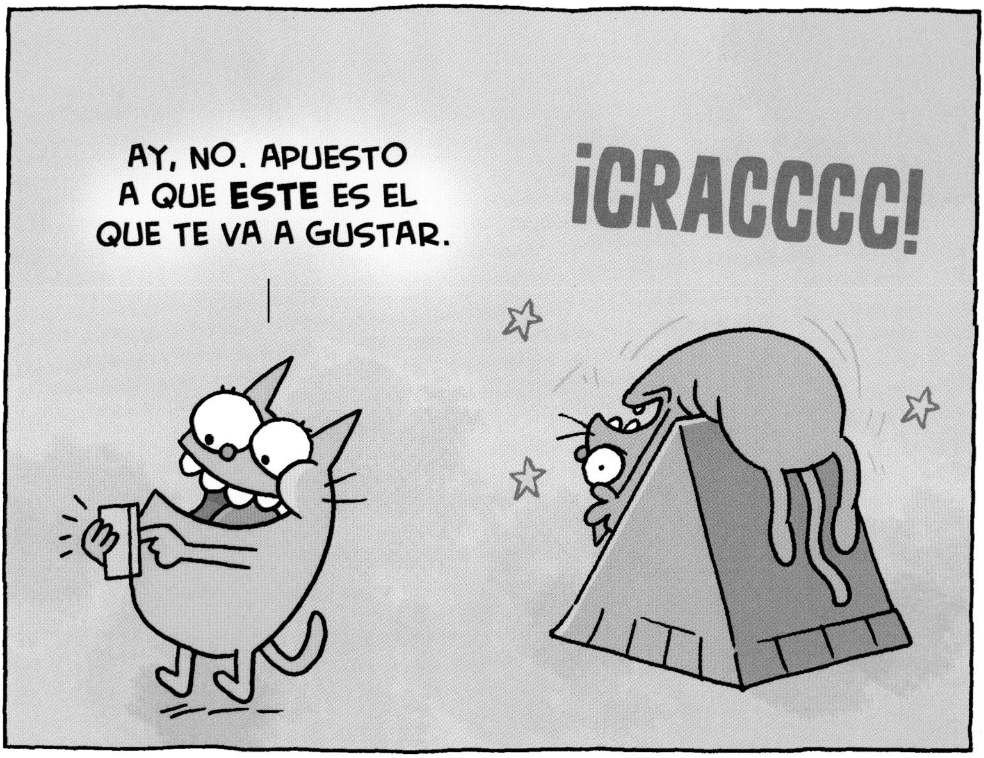
AY, NO. APUESTO A QUE **ESTE** ES EL QUE TE VA A GUSTAR.
¡CRACCCC!

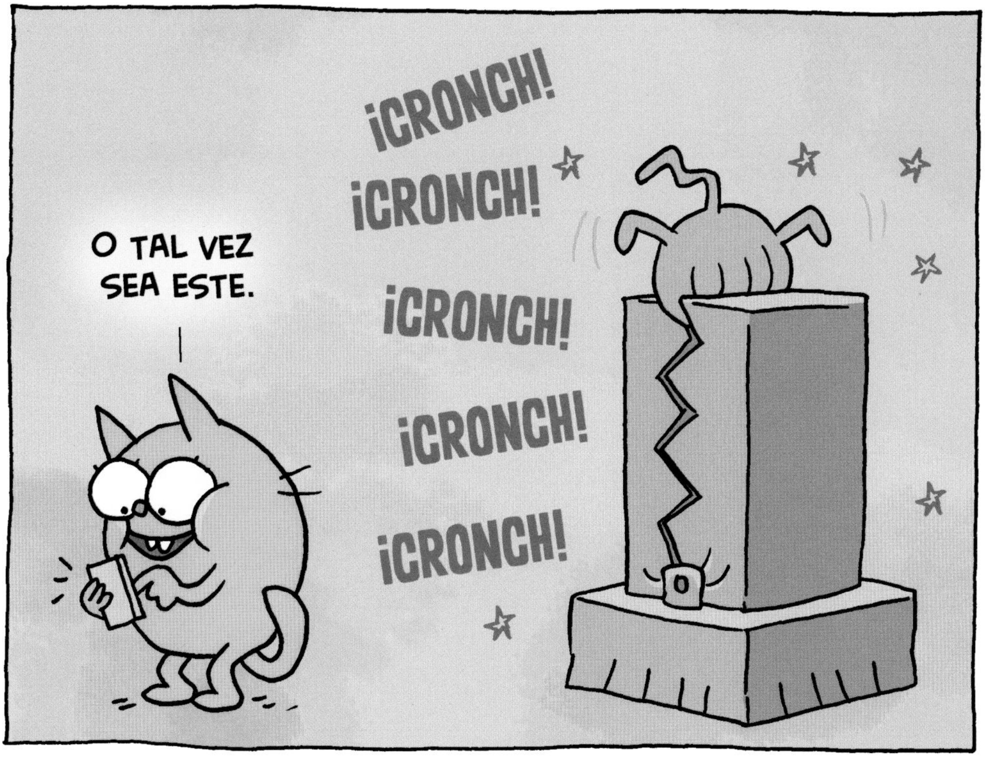
O TAL VEZ SEA ESTE.
¡CRONCH!
¡CRONCH!
¡CRONCH!
¡CRONCH!
¡CRONCH!

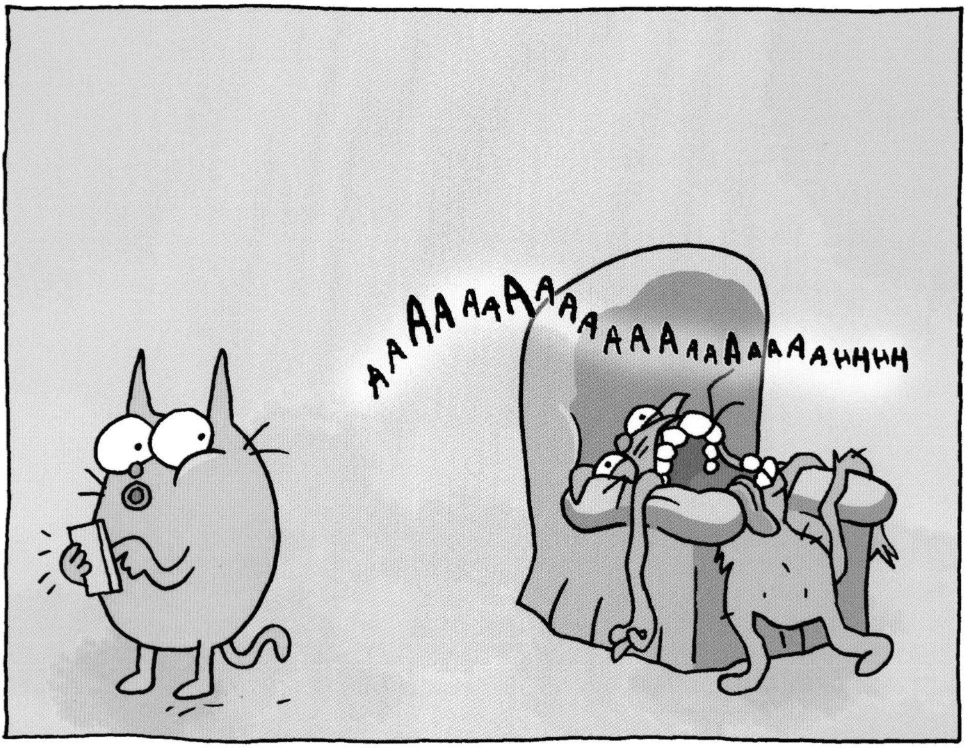
AAAAAAAAAAAAAAAAAAAAAAAHHHH

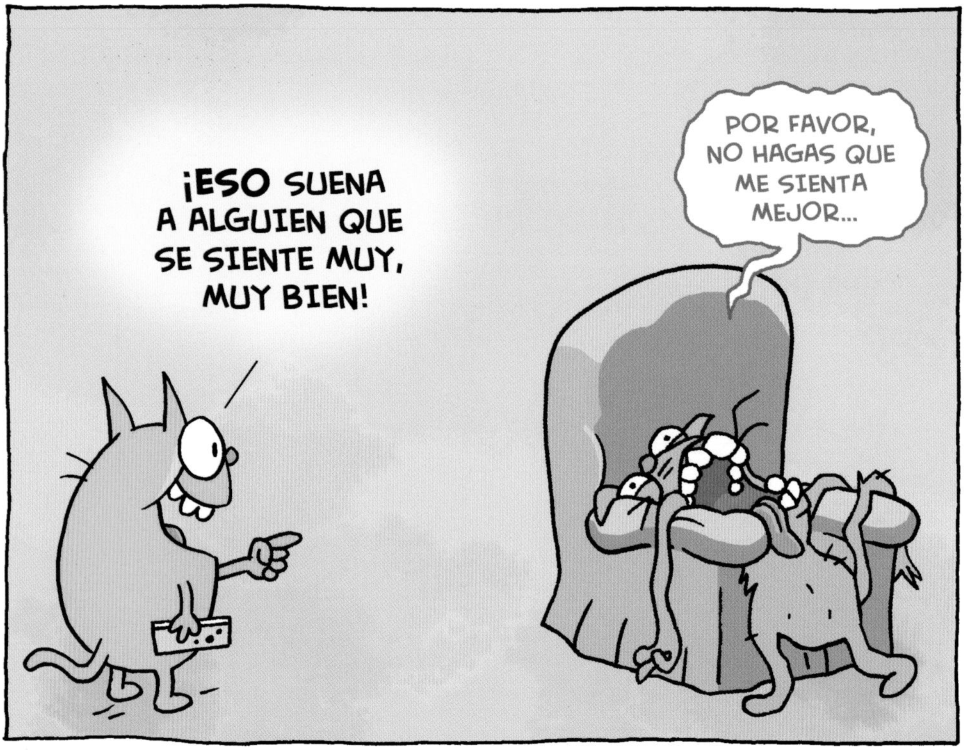
¡ESO SUENA A ALGUIEN QUE SE SIENTE MUY, MUY BIEN!
POR FAVOR, NO HAGAS QUE ME SIENTA MEJOR...

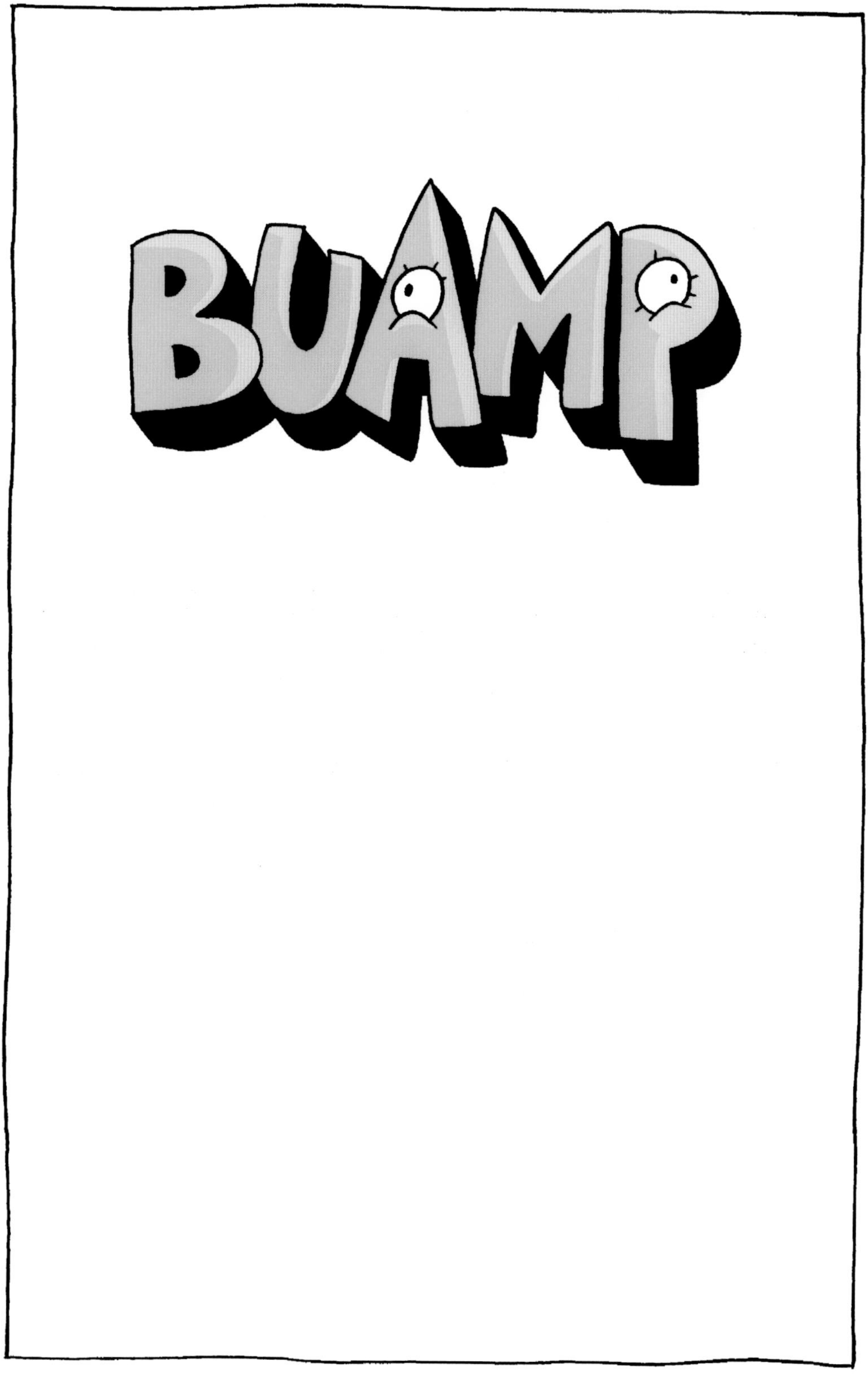
BUAMP

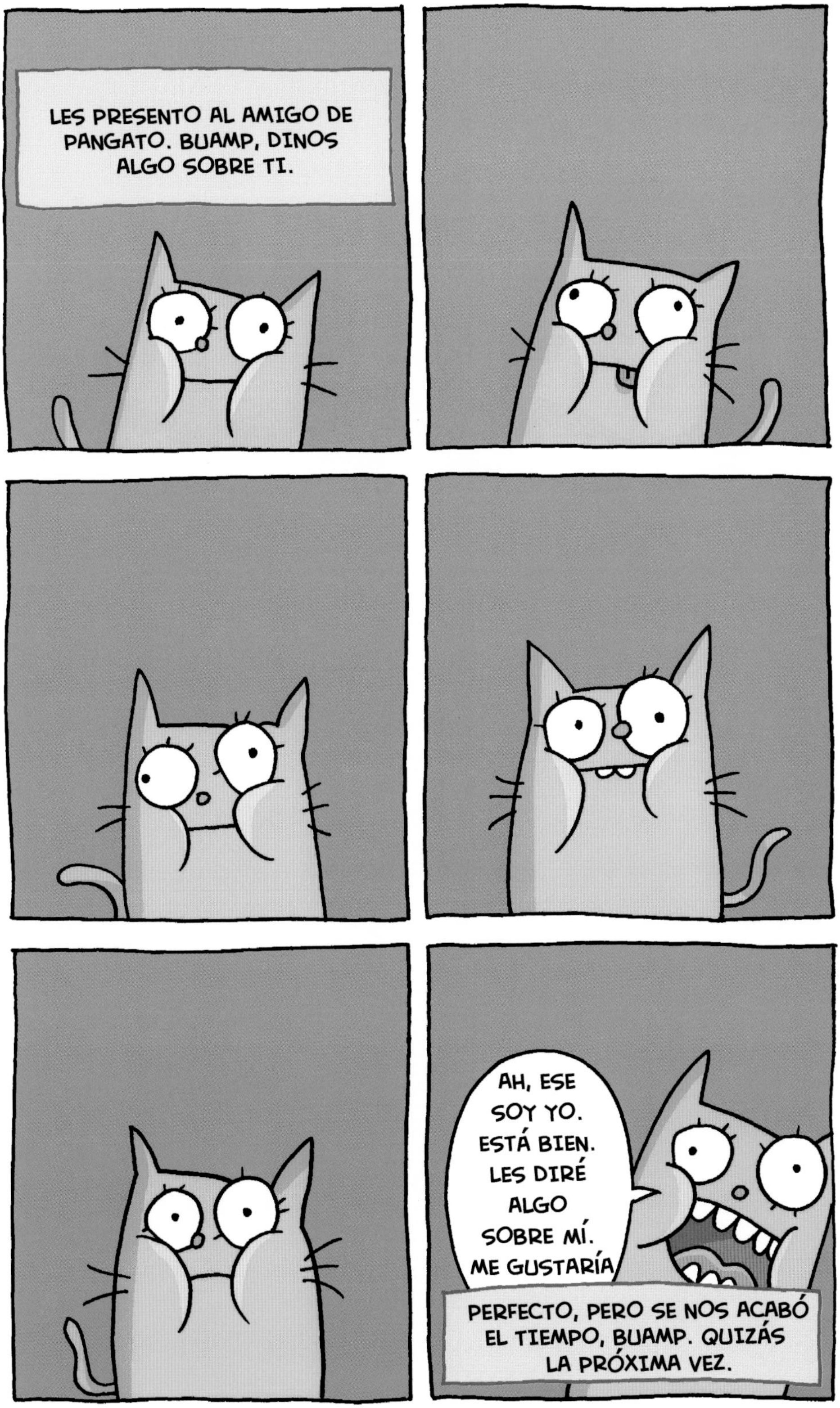
LES PRESENTO AL AMIGO DE PANGATO. BUAMP, DINOS ALGO SOBRE TI.
AH, ESE SOY YO. ESTÁ BIEN. LES DIRÉ ALGO SOBRE MÍ. ME GUSTARÍA
PERFECTO, PERO SE NOS ACABÓ EL TIEMPO, BUAMP. QUIZÁS LA PRÓXIMA VEZ.

CEPILLAR

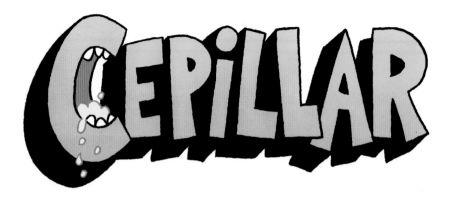

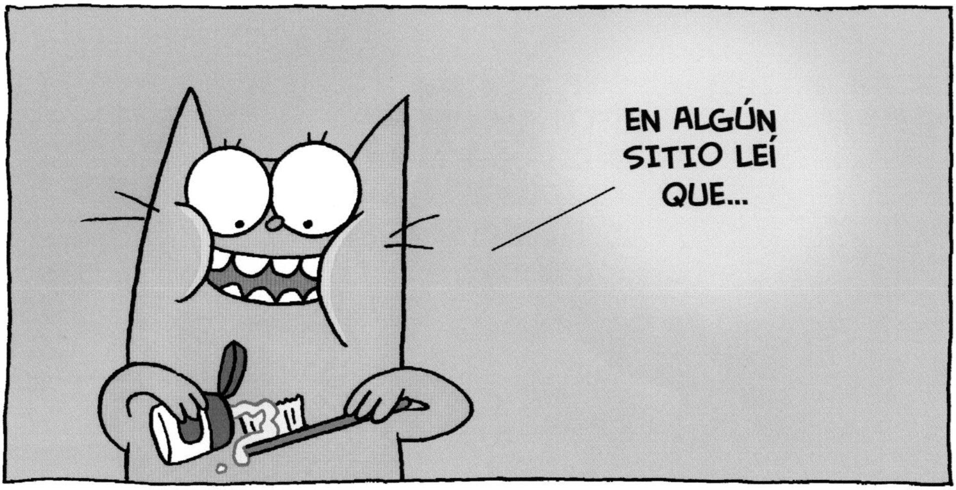
EN ALGÚN SITIO LEÍ QUE...

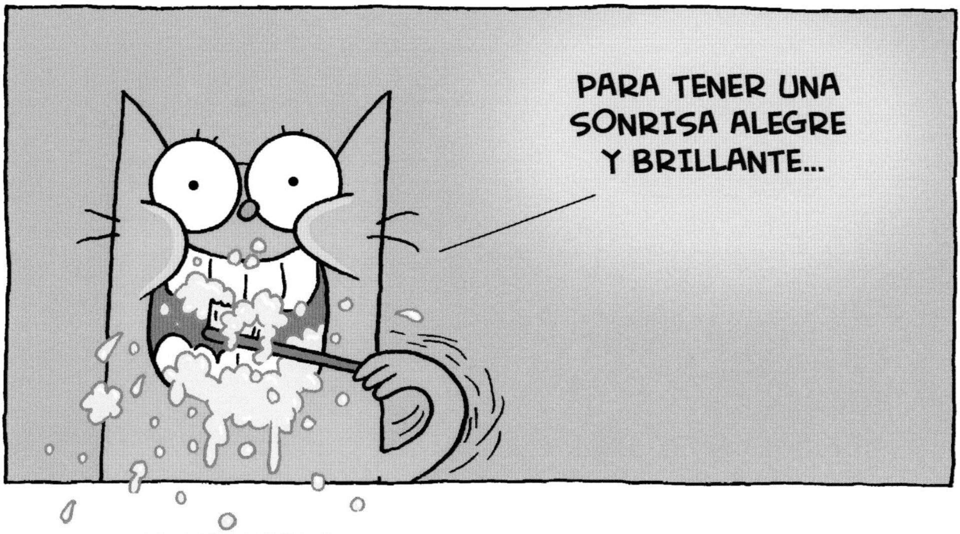
PARA TENER UNA SONRISA ALEGRE Y BRILLANTE...

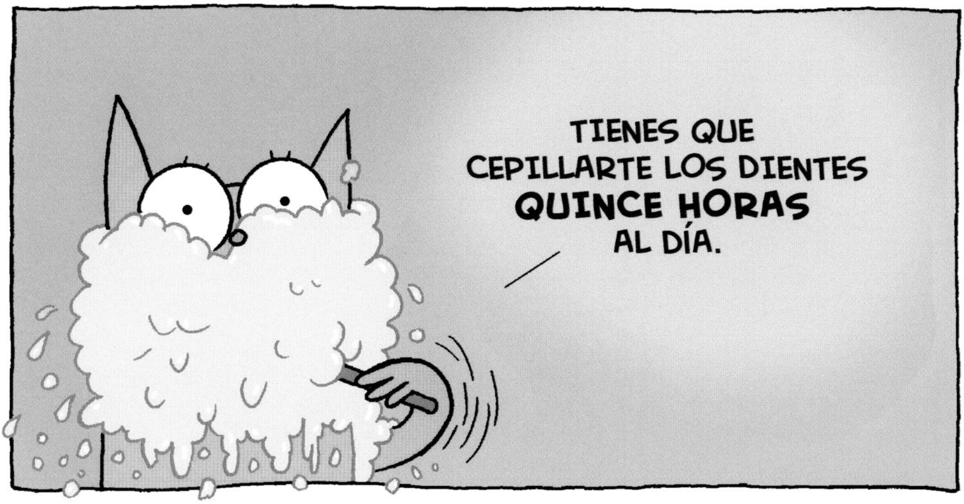
TIENES QUE CEPILLARTE LOS DIENTES QUINCE HORAS AL DÍA.

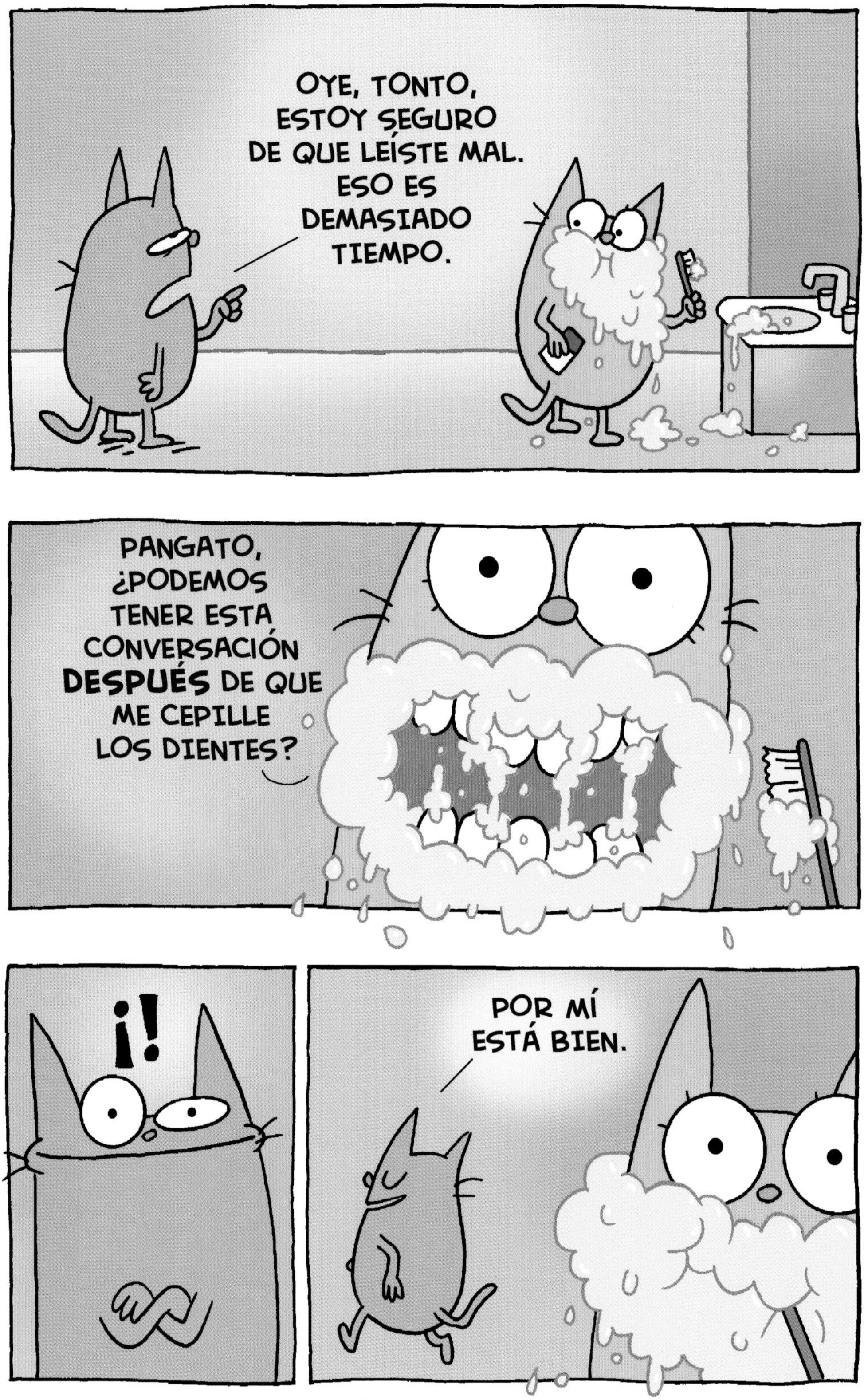
OYE, TONTO, ESTOY SEGURO DE QUE LEÍSTE MAL. ESO ES DEMASIADO TIEMPO.
PANGATO, ¿PODEMOS TENER ESTA CONVERSACIÓN **DESPUÉS** DE QUE ME CEPILLE LOS DIENTES?
¡!
POR MÍ ESTÁ BIEN.

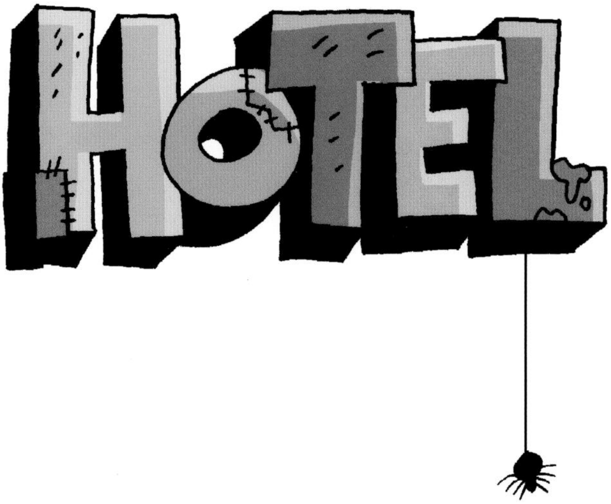
HOTEL

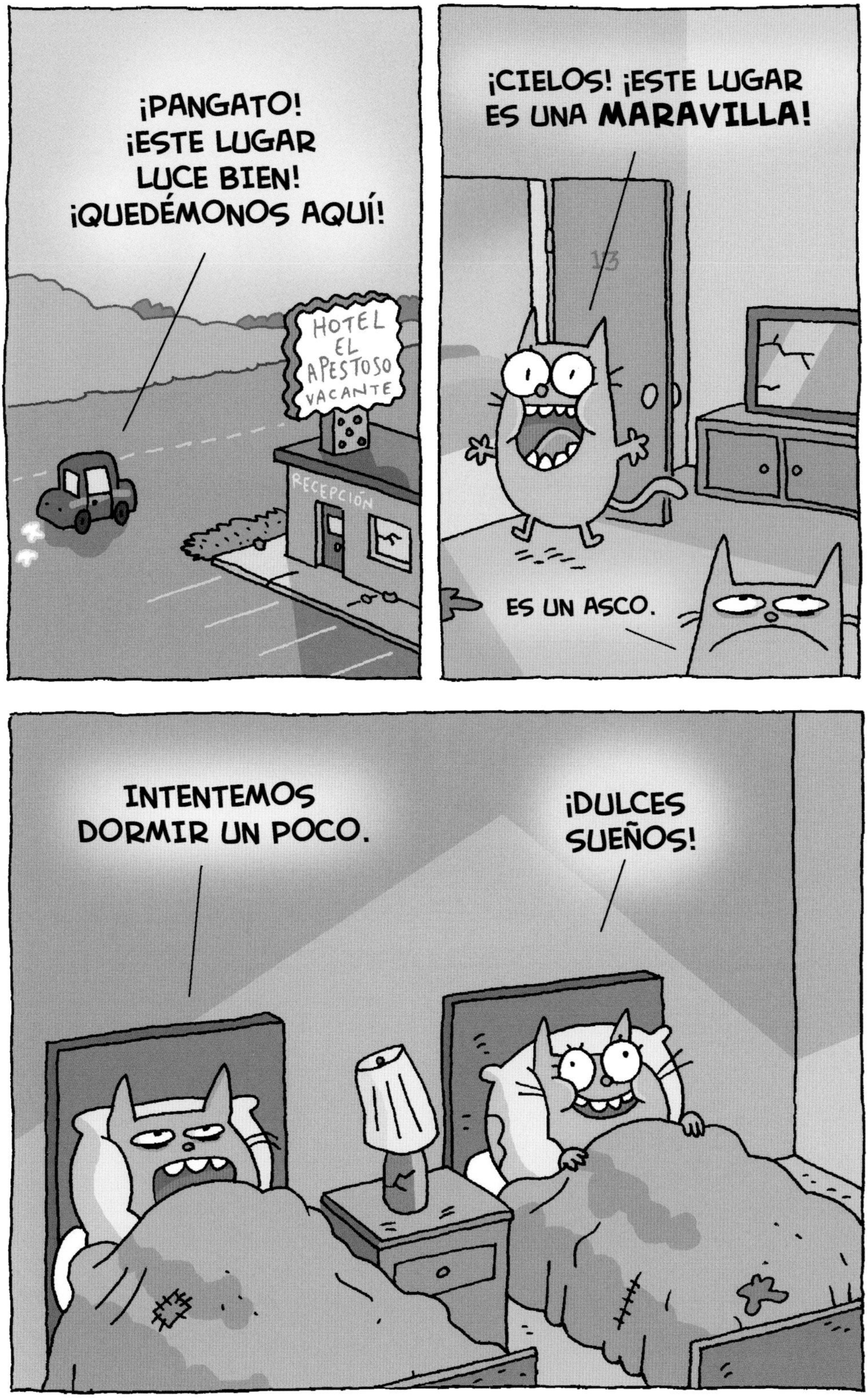
¡PANGATO! ¡ESTE LUGAR LUCE BIEN! ¡QUEDÉMONOS AQUÍ!
HOTEL EL APESTOSO
VACANTE
RECEPCIÓN
¡CIELOS! ¡ESTE LUGAR ES UNA **MARAVILLA**!
13
ES UN ASCO.
INTENTEMOS DORMIR UN POCO.
¡DULCES SUEÑOS!

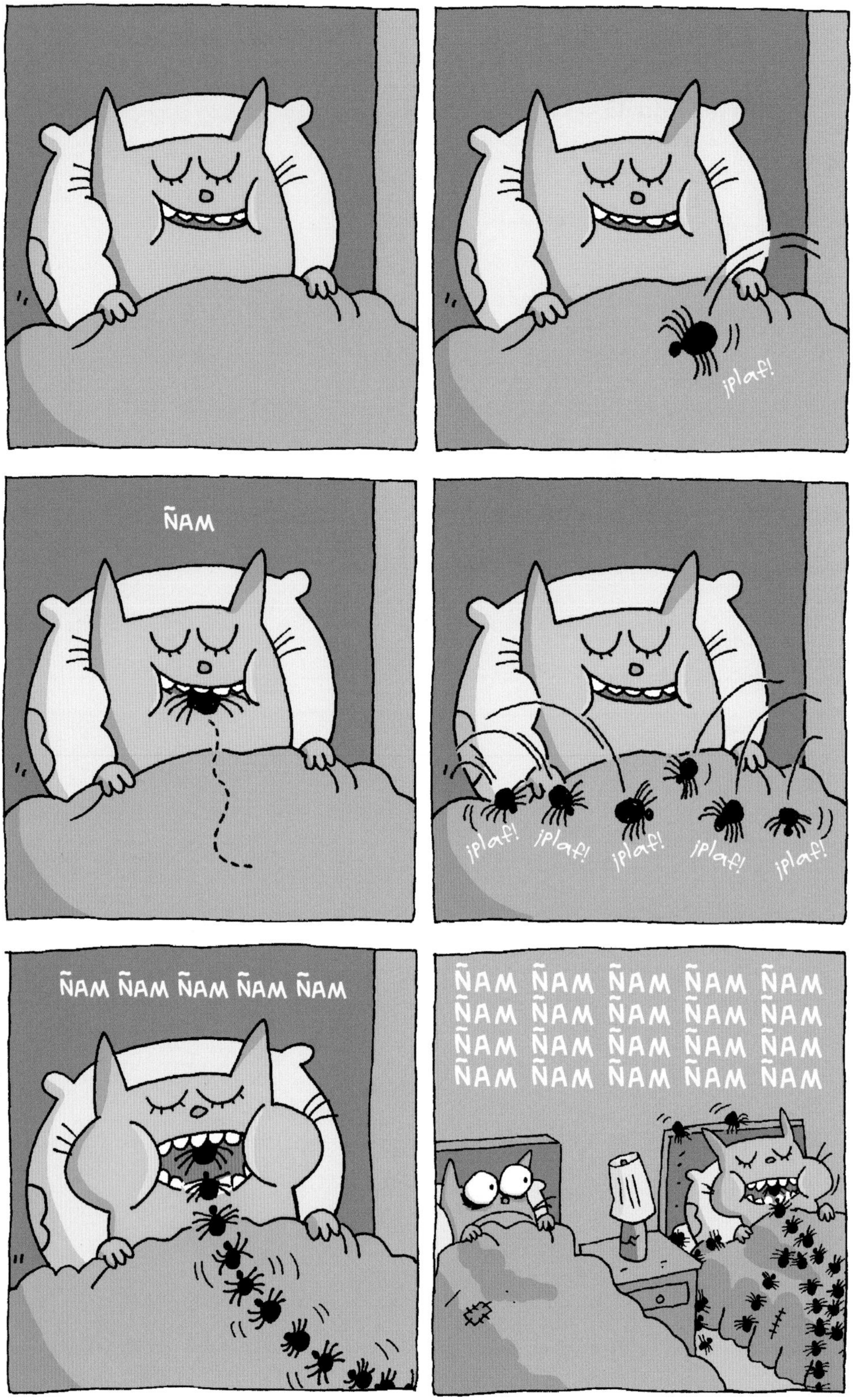
¡plaf!
ÑAM
¡plaf! ¡plaf! ¡plaf! ¡plaf! ¡plaf!
ÑAM ÑAM ÑAM ÑAM ÑAM
ÑAM ÑAM ÑAM ÑAM ÑAM
ÑAM ÑAM ÑAM ÑAM ÑAM
ÑAM ÑAM ÑAM ÑAM ÑAM
ÑAM ÑAM ÑAM ÑAM ÑAM

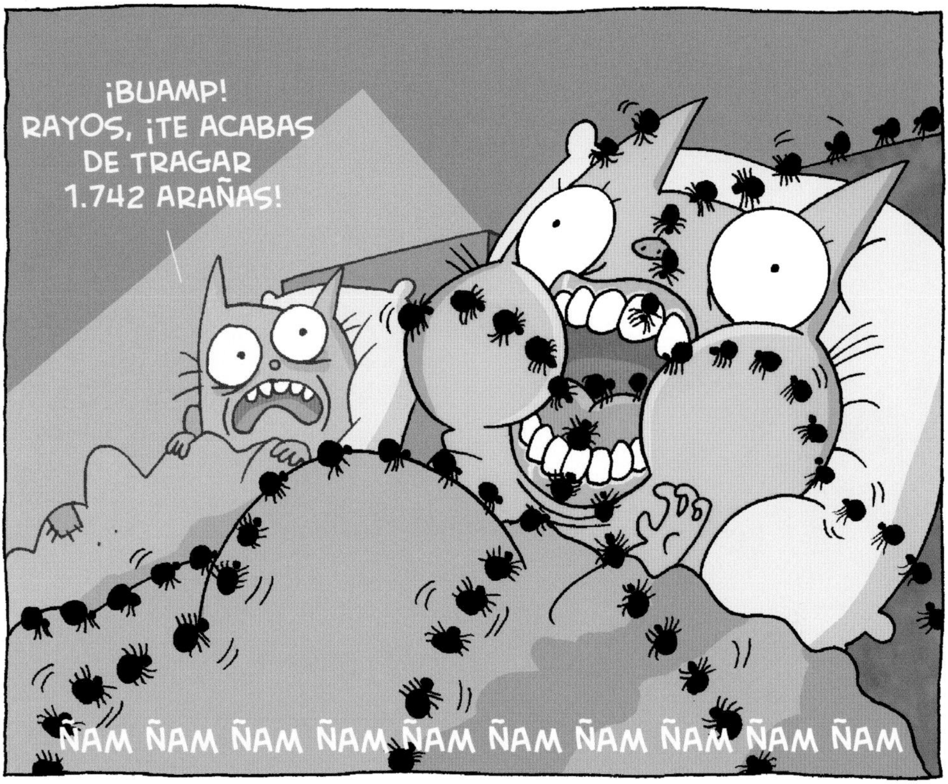
¡BUAMP!
RAYOS, ¡TE ACABAS DE TRAGAR 1.742 ARAÑAS!
ÑAM ÑAM ÑAM ÑAM ÑAM ÑAM ÑAM ÑAM ÑAM ÑAM

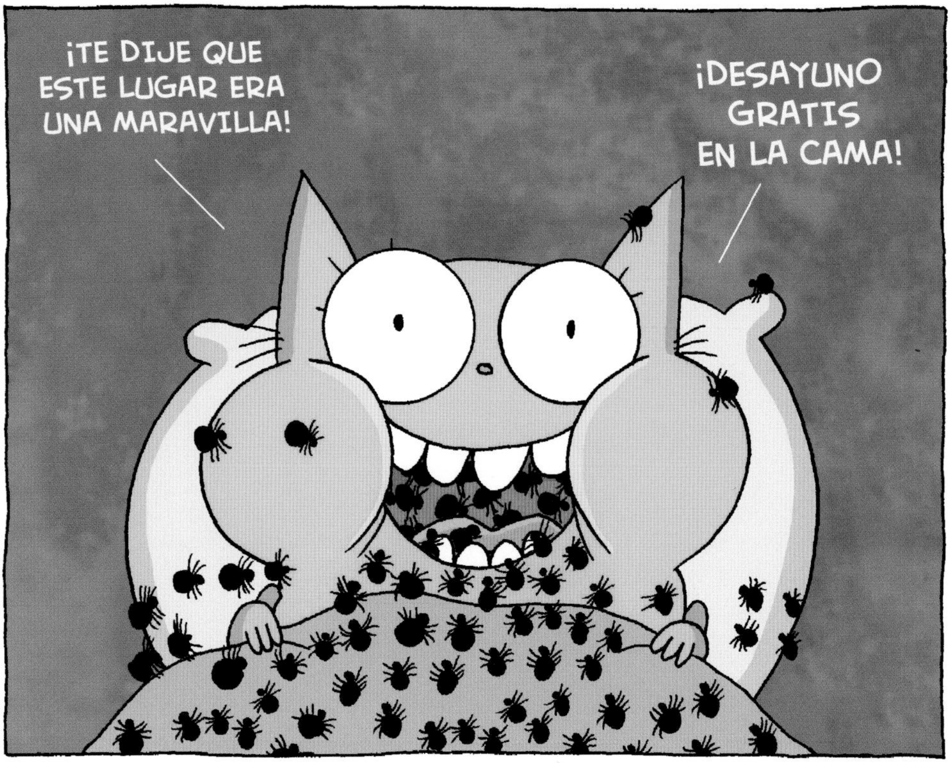
¡TE DIJE QUE ESTE LUGAR ERA UNA MARAVILLA!
¡DESAYUNO GRATIS EN LA CAMA!

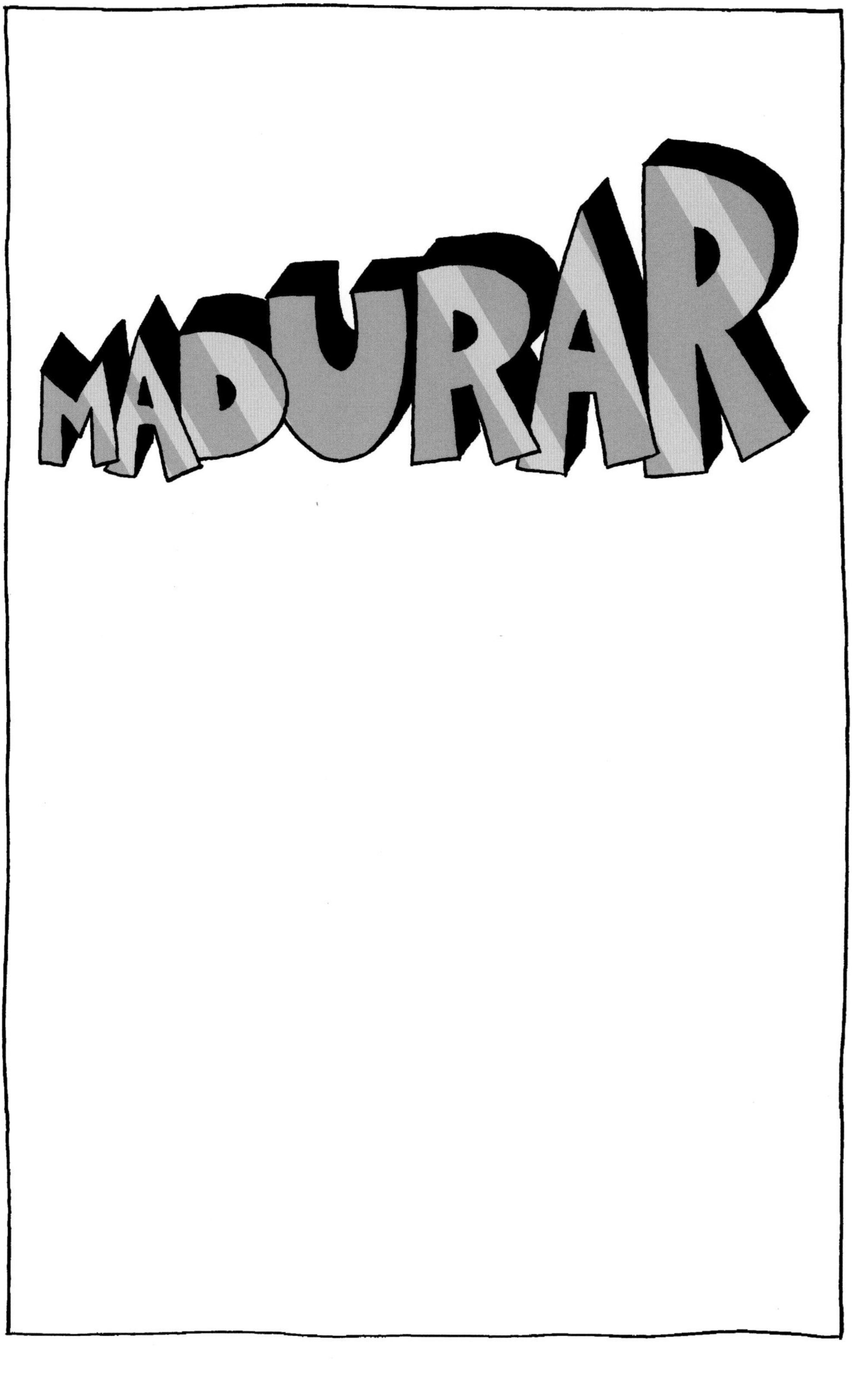
MADURAR

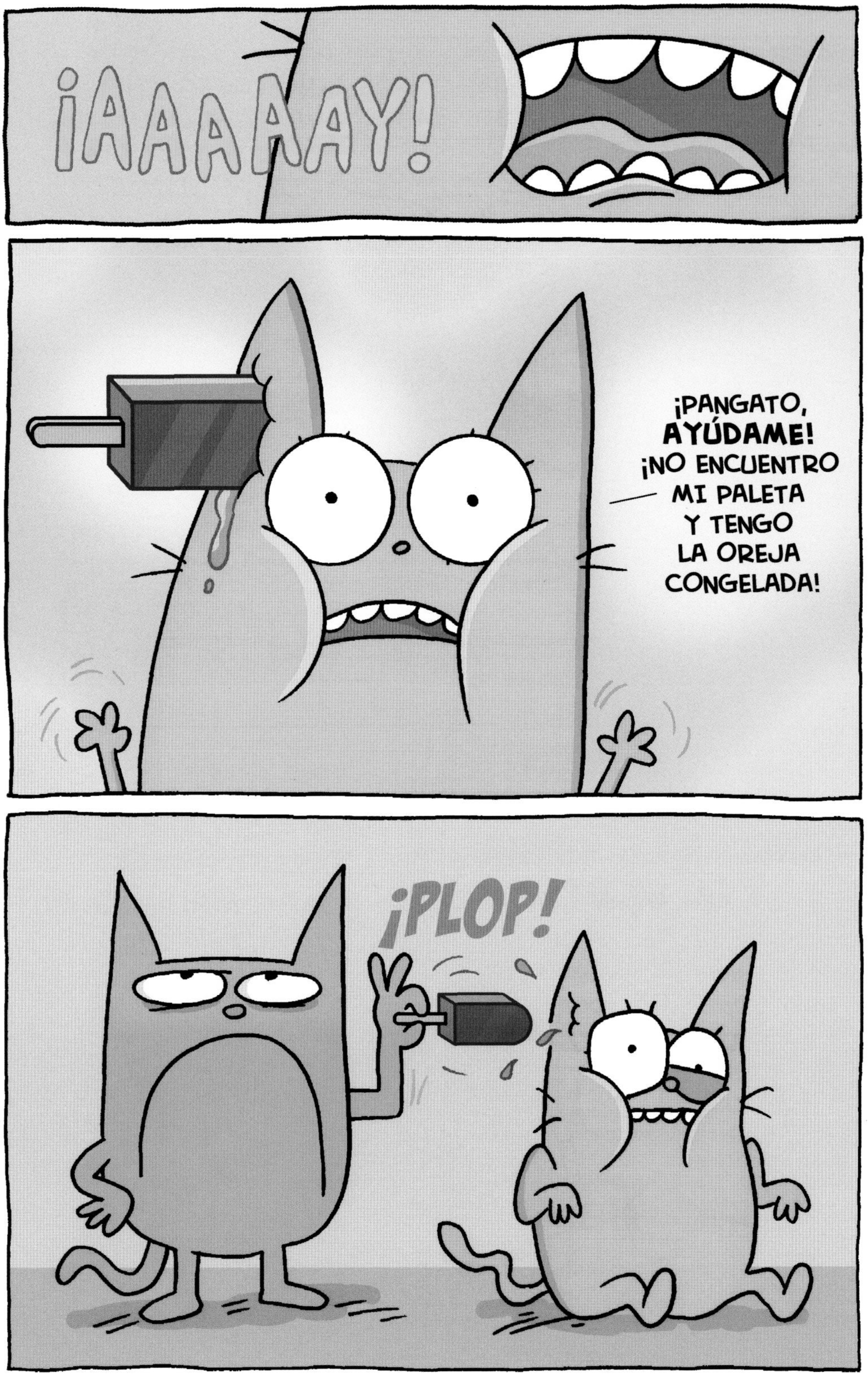
¡AAAAAY!
¡PANGATO, **AYÚDAME!** ¡NO ENCUENTRO MI PALETA Y TENGO LA OREJA CONGELADA!
¡PLOP!

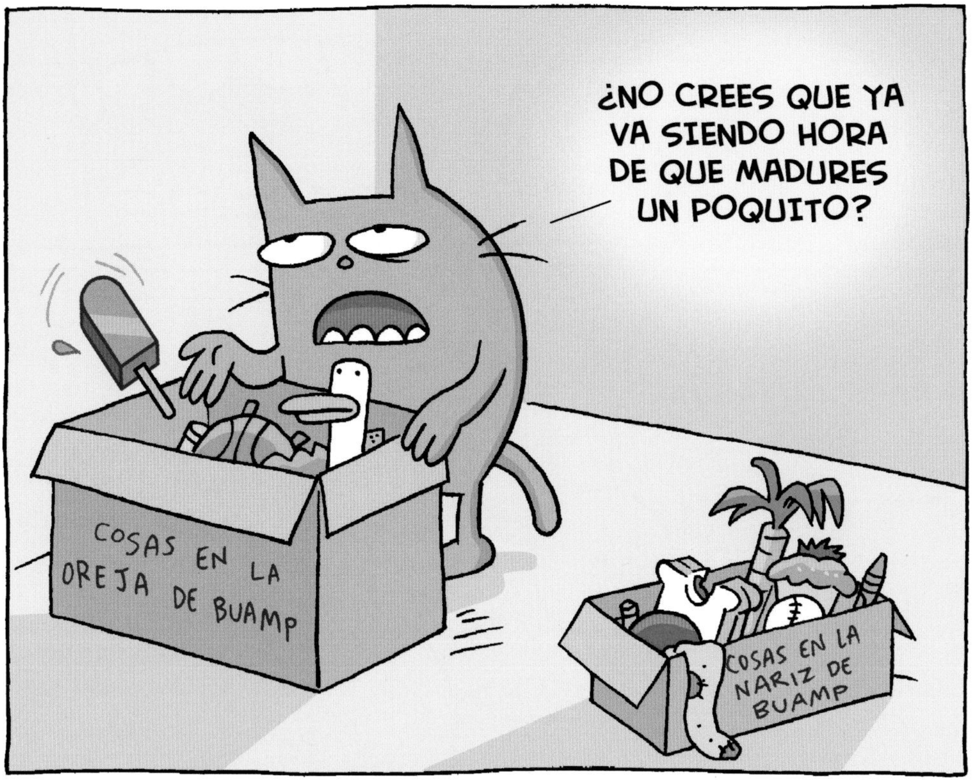
¿NO CREES QUE YA VA SIENDO HORA DE QUE MADURES UN POQUITO?
COSAS EN LA OREJA DE BUAMP
COSAS EN LA NARIZ DE BUAMP

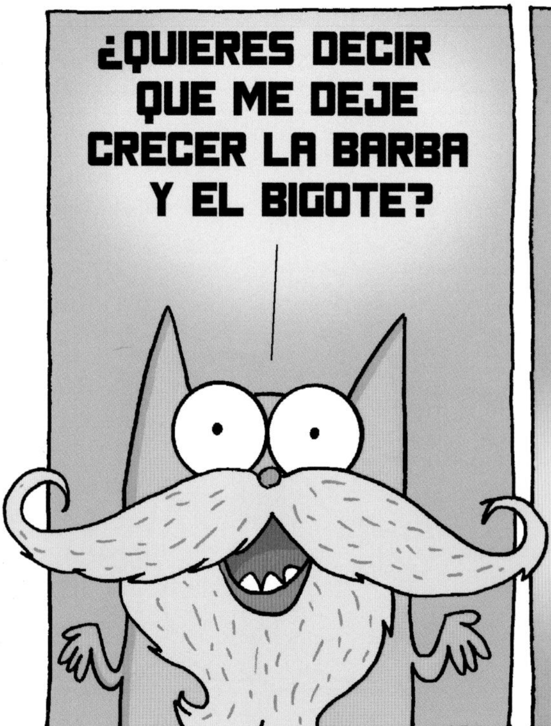
¿QUIERES DECIR QUE ME DEJE CRECER LA BARBA Y EL BIGOTE?

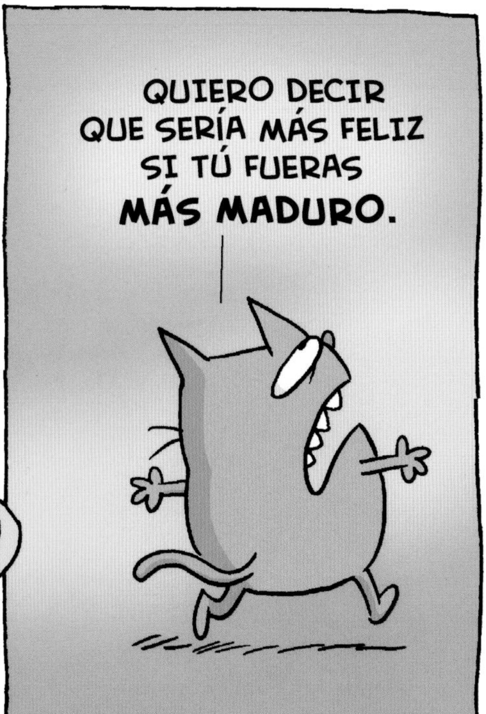
QUIERO DECIR QUE SERÍA MÁS FELIZ SI TÚ FUERAS **MÁS MADURO.**

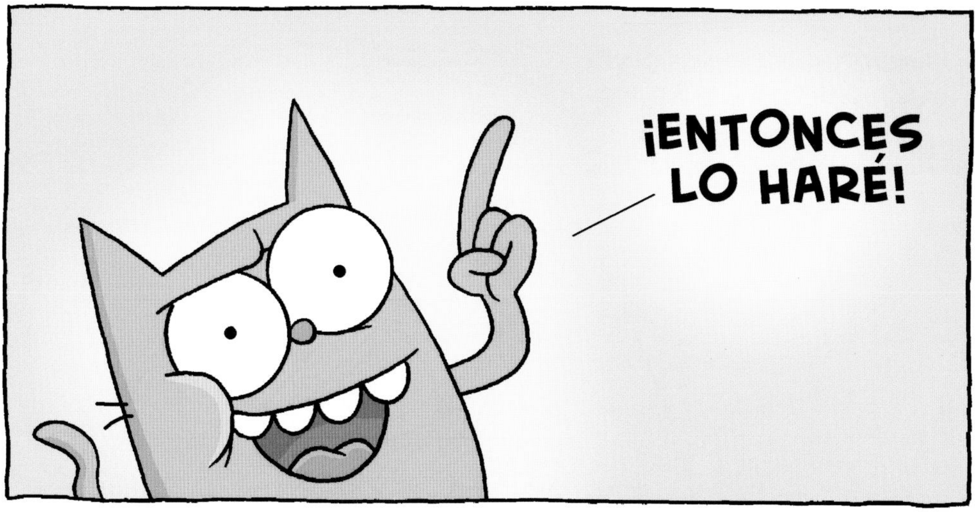
¡ENTONCES LO HARÉ!

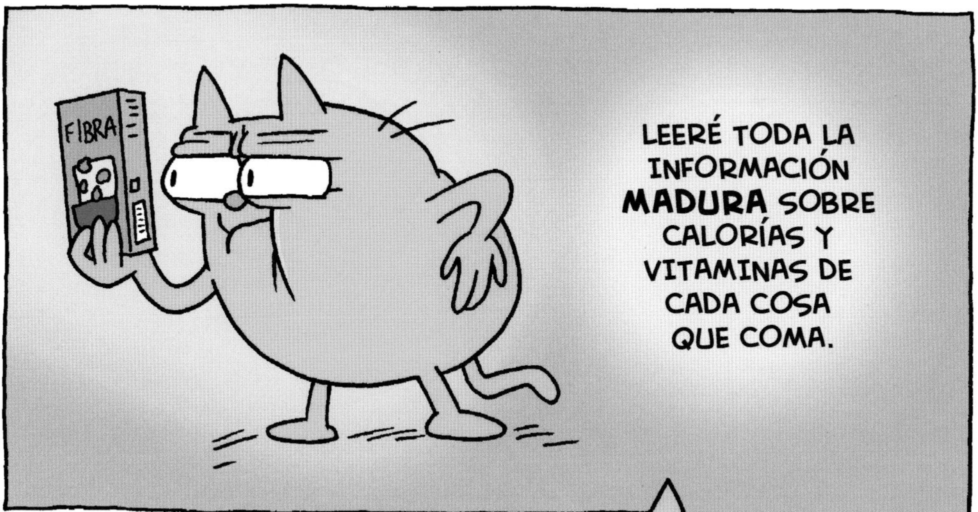
FIBRA
LEERÉ TODA LA INFORMACIÓN **MADURA** SOBRE CALORÍAS Y VITAMINAS DE CADA COSA QUE COMA.

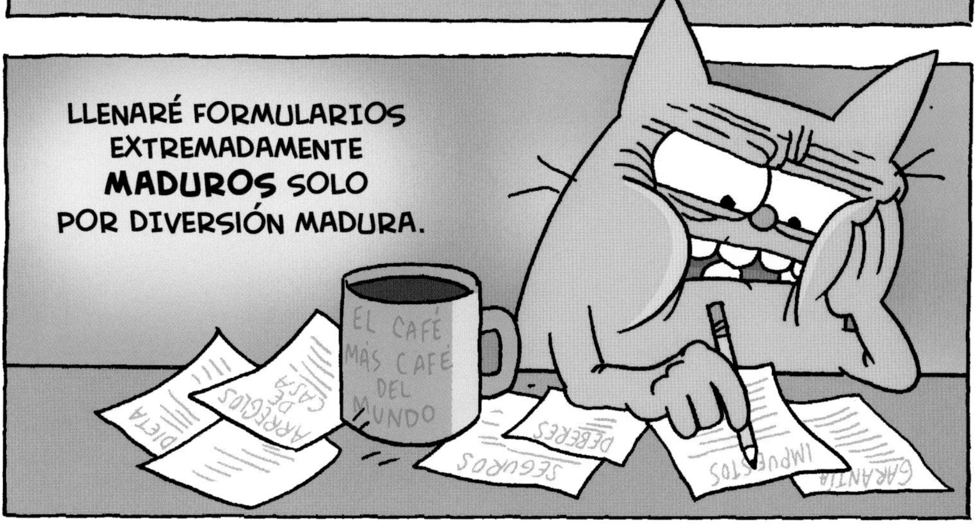
LLENARÉ FORMULARIOS EXTREMADAMENTE **MADUROS** SOLO POR DIVERSIÓN MADURA.
EL CAFÉ MÁS CAFÉ DEL MUNDO
DIETA
ARREGLOS DE CASA
SEGUROS
DEBERES
IMPUESTOS
GARANTÍA

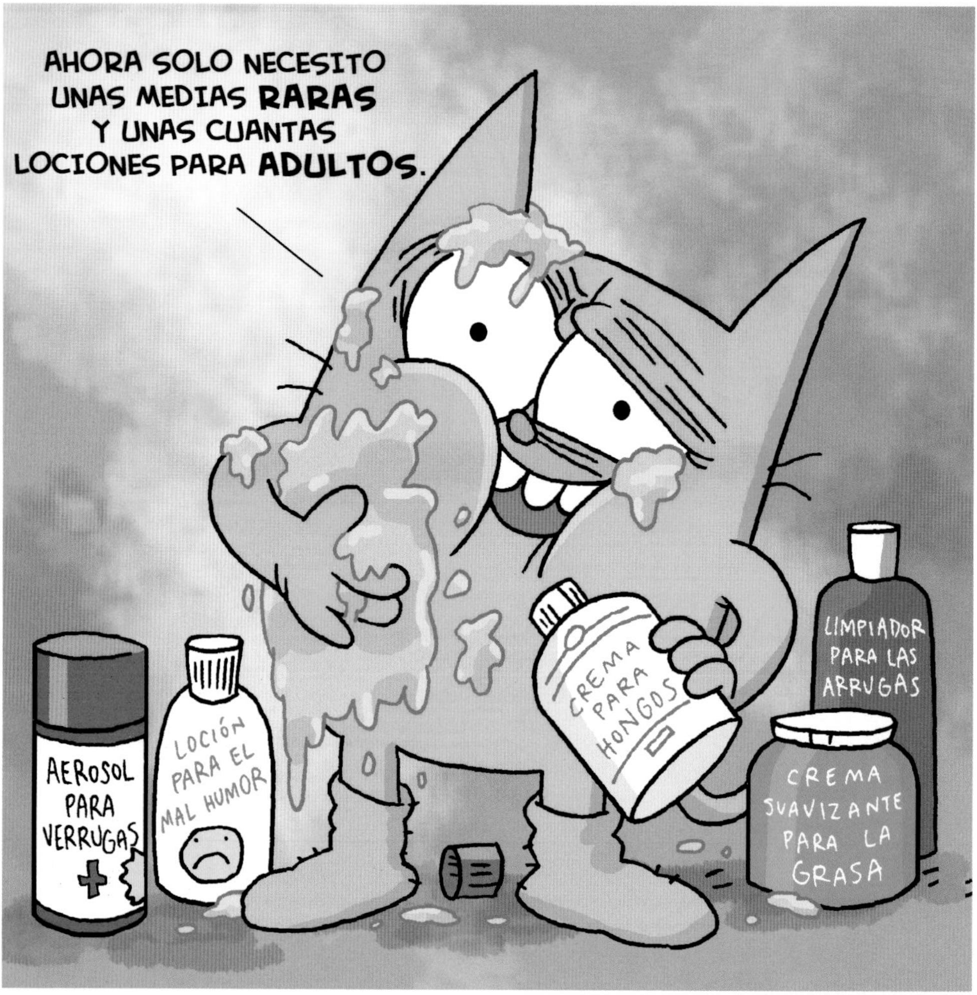
AHORA SOLO NECESITO UNAS MEDIAS **RARAS** Y UNAS CUANTAS LOCIONES PARA **ADULTOS**.
AEROSOL PARA VERRUGAS
LOCIÓN PARA EL MAL HUMOR
CREMA PARA HONGOS
LIMPIADOR PARA LAS ARRUGAS
CREMA SUAVIZANTE PARA LA GRASA

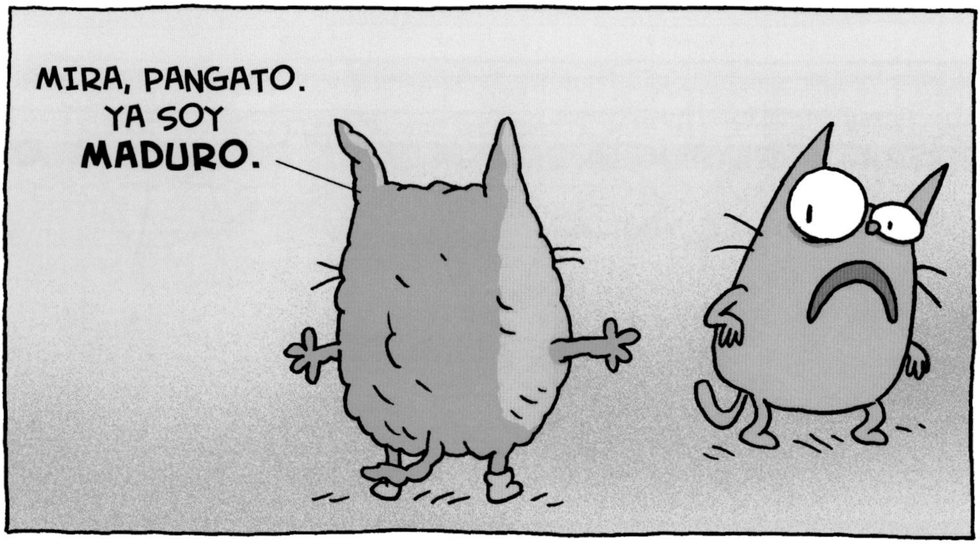
MIRA, PANGATO. YA SOY **MADURO**.

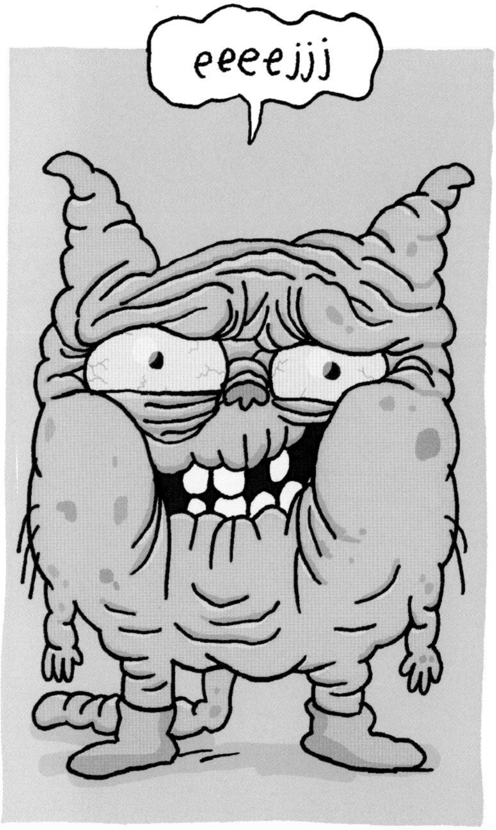
eeeejjj

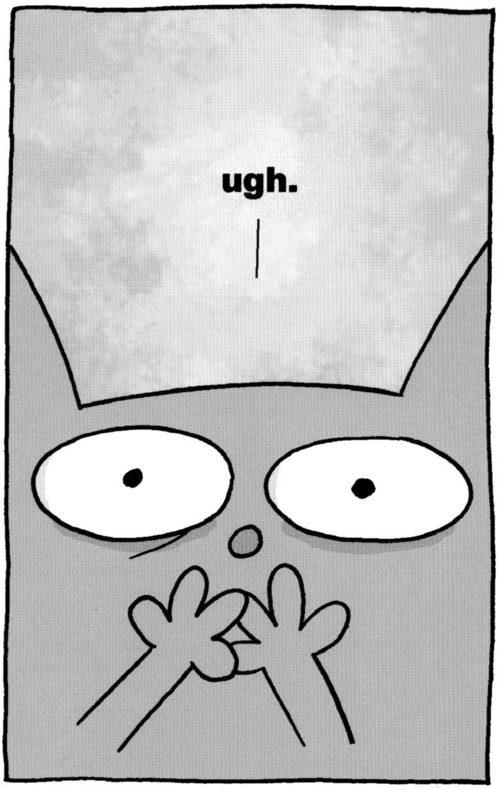
ugh.

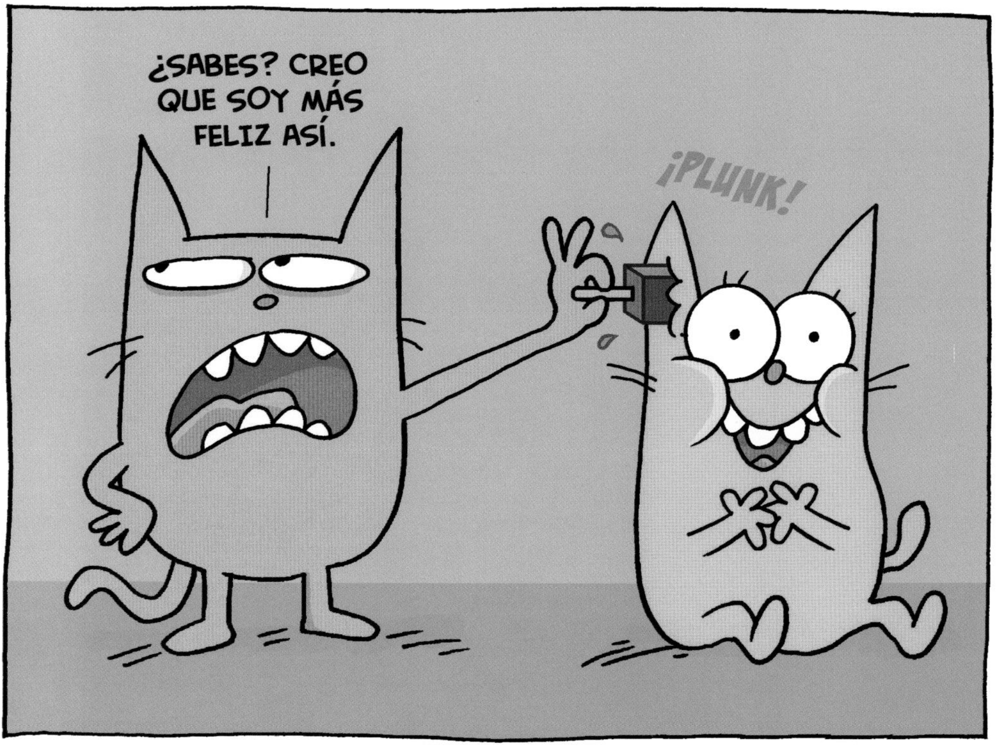
¿SABES? CREO QUE SOY MÁS FELIZ ASÍ.
¡PLUNK!

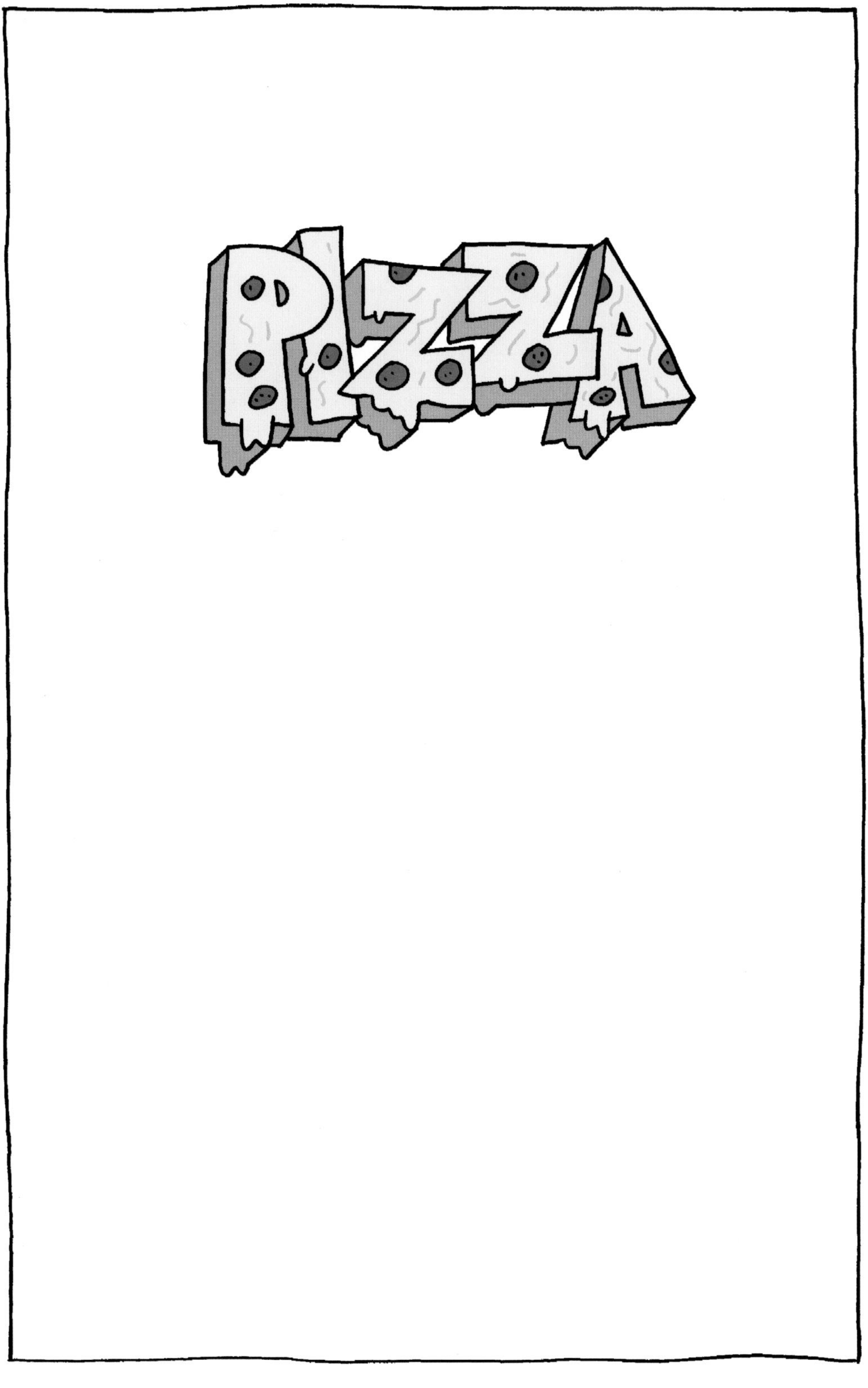
PIZZA

TENGO HAMBRE. ¿QUIERES QUE COMPRE UNA PIZZA?

¡SÍ!

¡ES MI COMIDA REDONDA Y PLANA FAVORITA!

¿CON QUÉ QUIERES COMÉRTELA?

PIZZERÍA SR. PÁJARO
MENÚ
QUESO
PEPPERONI
KOALA
COMIDA DE PERRO
SALCHICHAS
HONGOS
PELO
PIÑA
CHOCOLATE

CON ESTAS.

CON MIS MANOS.

QUIERO COMÉRMELA CON MIS MANOS.

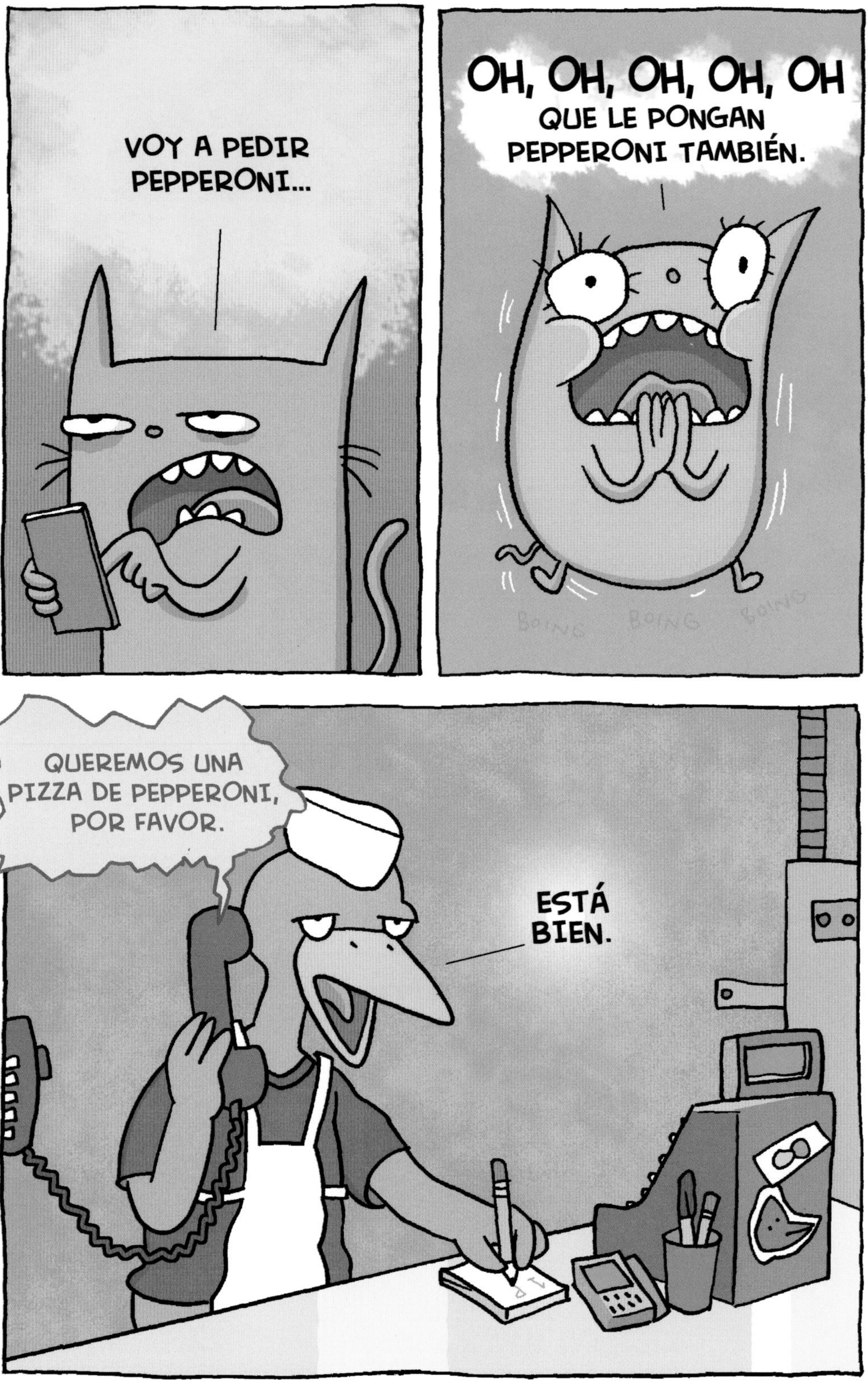
VOY A PEDIR PEPPERONI...
OH, OH, OH, OH, OH
QUE LE PONGAN PEPPERONI TAMBIÉN.
BOING BOING BOING
QUEREMOS UNA PIZZA DE PEPPERONI, POR FAVOR.
ESTÁ BIEN.

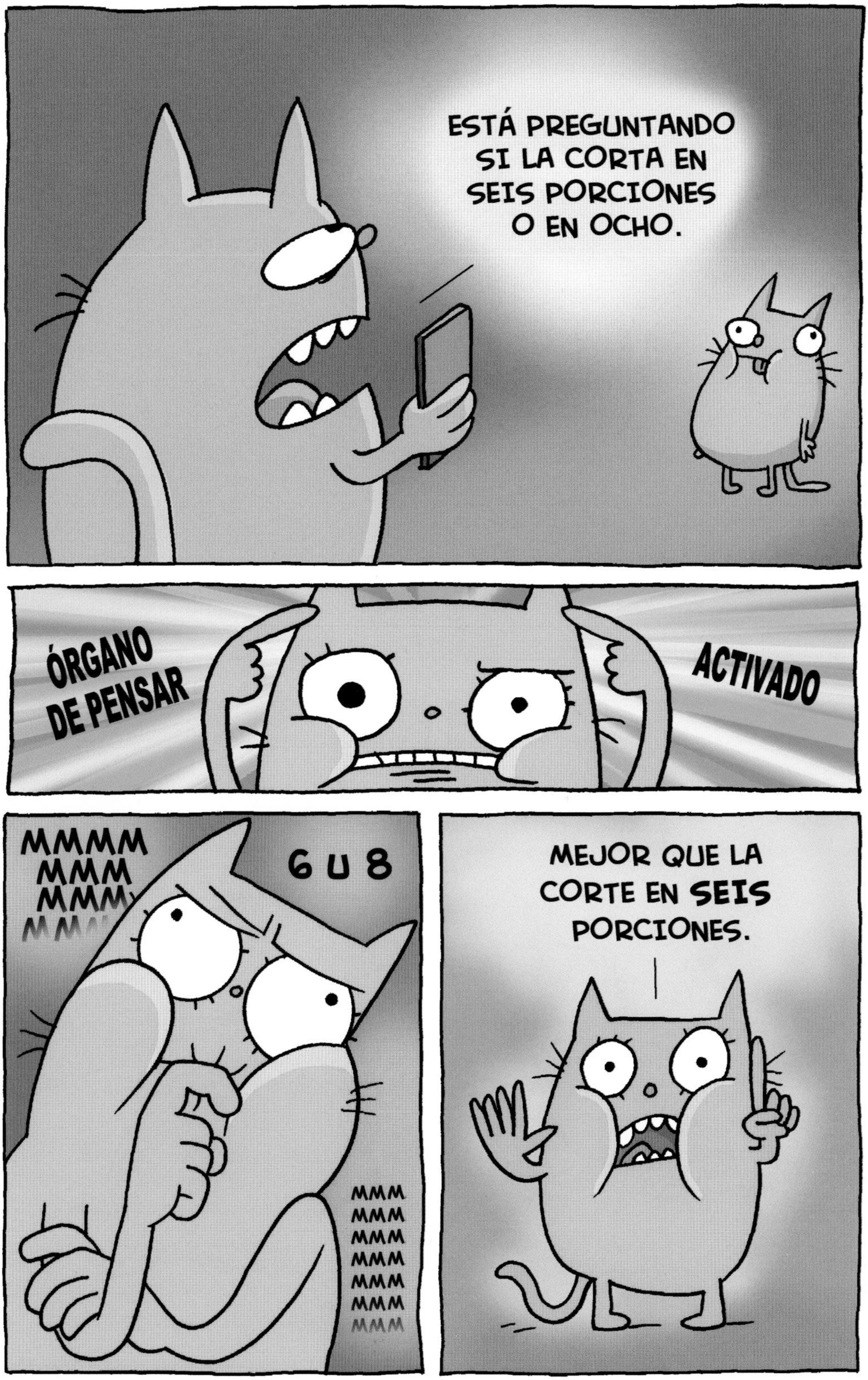
ESTÁ PREGUNTANDO SI LA CORTA EN SEIS PORCIONES O EN OCHO.
ÓRGANO DE PENSAR
ACTIVADO
MMMM MMM MMM
6 U 8
MMM MMM MMM MMM MMM MMM MMM
MEJOR QUE LA CORTE EN SEIS PORCIONES.

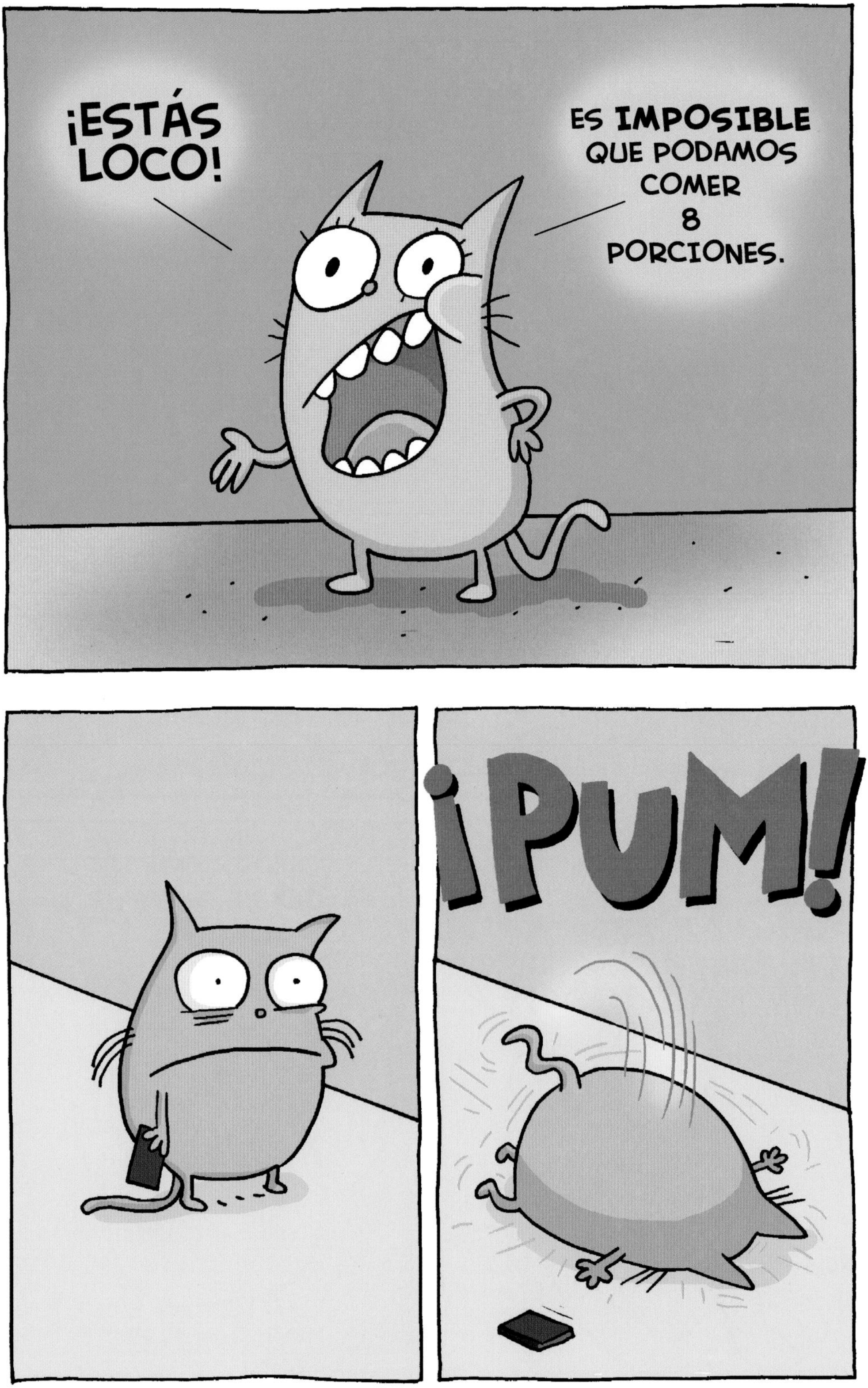
¡ESTÁS LOCO!
ES IMPOSIBLE QUE PODAMOS COMER 8 PORCIONES.
¡PUM!

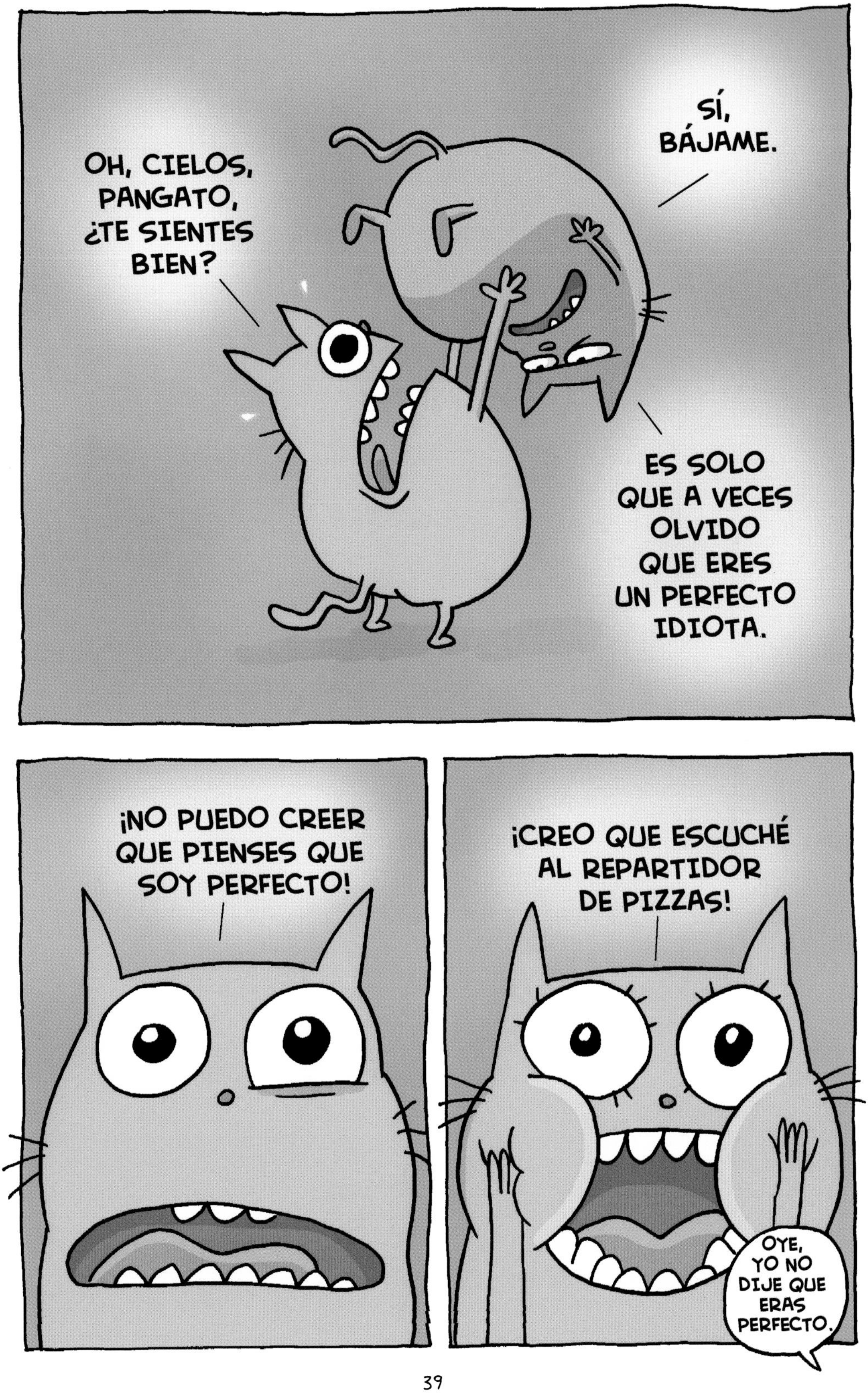
OH, CIELOS, PANGATO, ¿TE SIENTES BIEN?
SÍ, BÁJAME.
ES SOLO QUE A VECES OLVIDO QUE ERES UN PERFECTO IDIOTA.
¡NO PUEDO CREER QUE PIENSES QUE SOY PERFECTO!
¡CREO QUE ESCUCHÉ AL REPARTIDOR DE PIZZAS!
OYE, YO NO DIJE QUE ERAS PERFECTO.

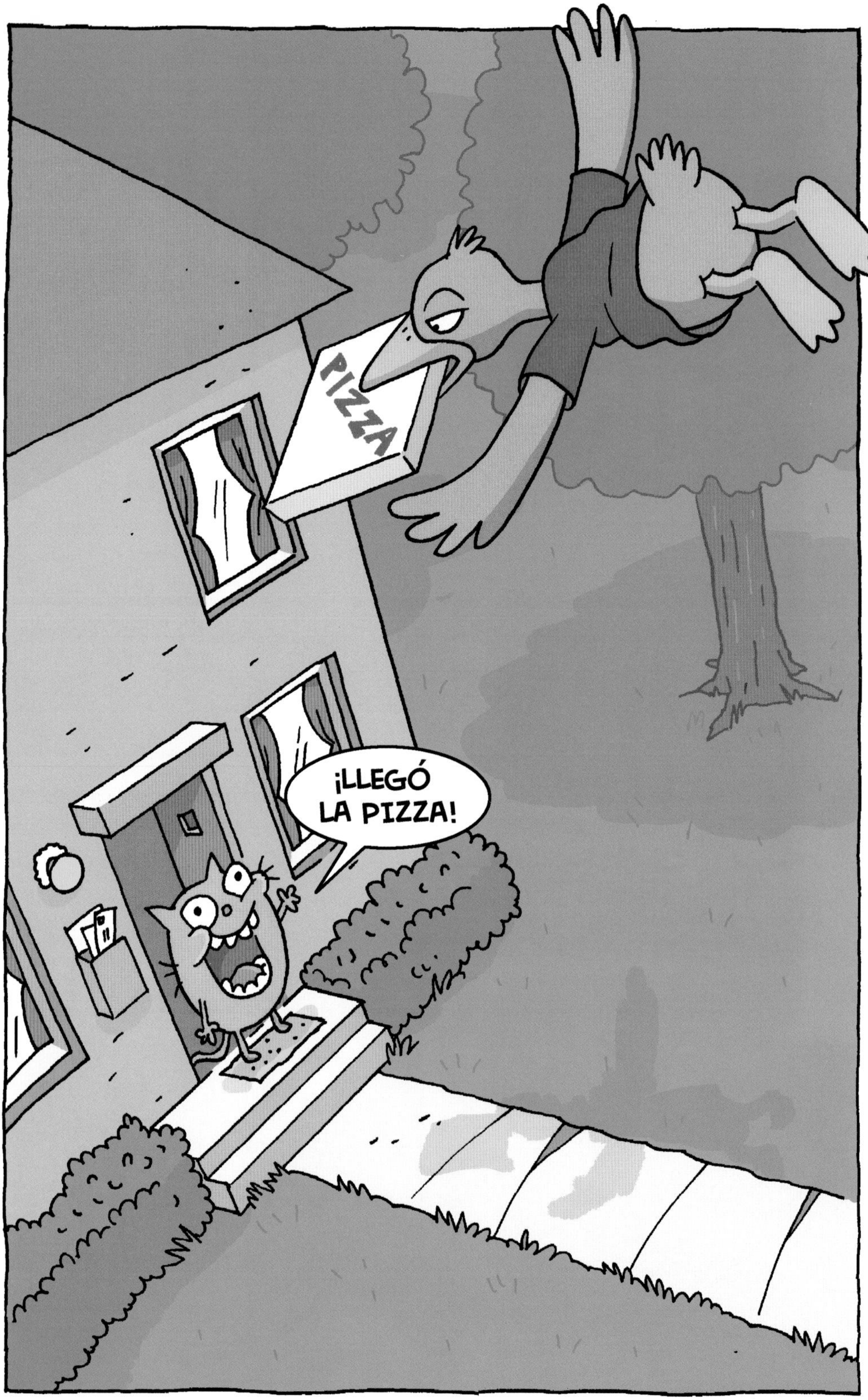
PIZZA
¡LLEGÓ LA PIZZA!

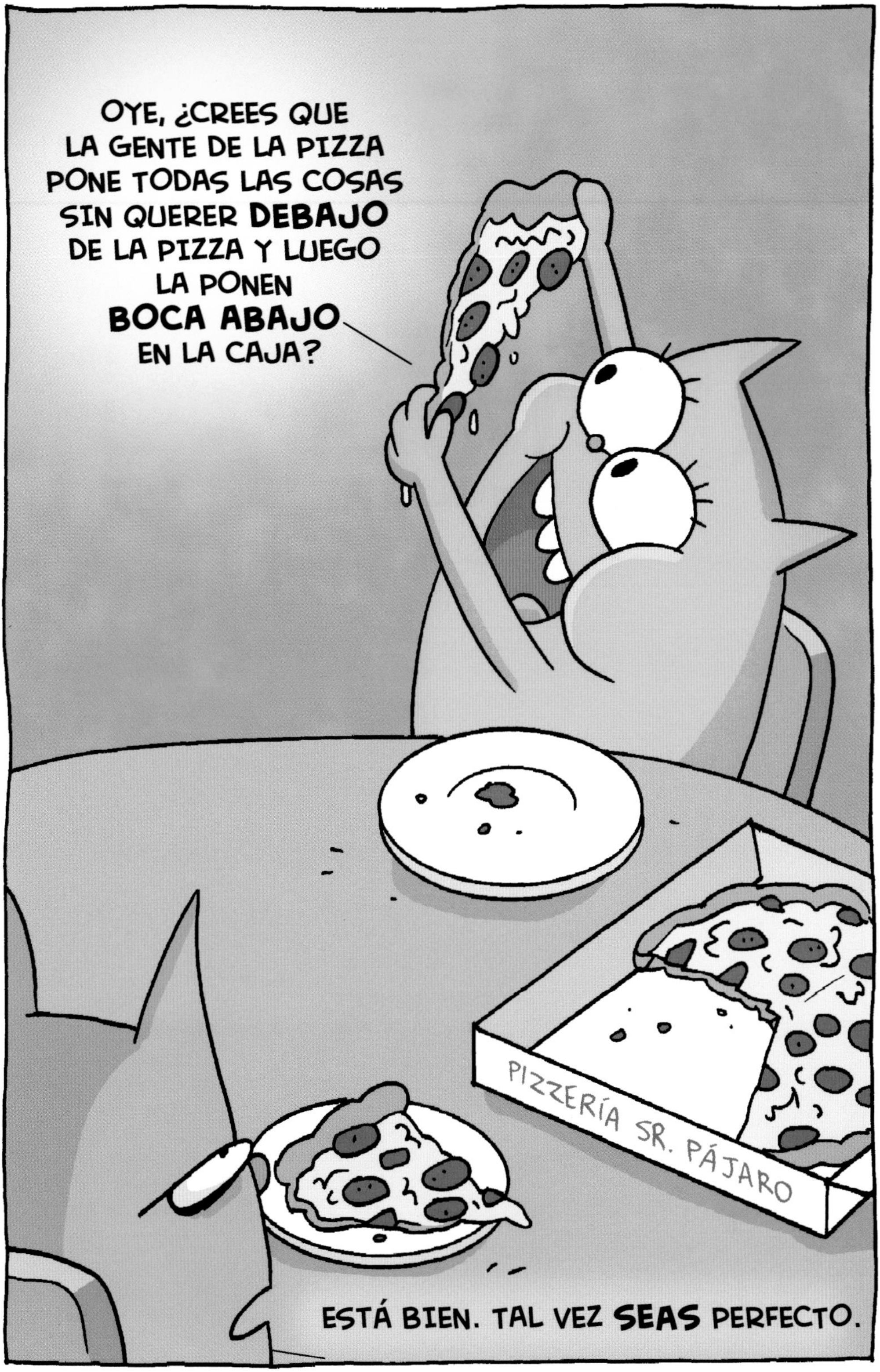
OYE, ¿CREES QUE LA GENTE DE LA PIZZA PONE TODAS LAS COSAS SIN QUERER DEBAJO DE LA PIZZA Y LUEGO LA PONEN BOCA ABAJO EN LA CAJA?
PIZZERÍA SR. PÁJARO
ESTÁ BIEN. TAL VEZ SEAS PERFECTO.

¿Me quieres?

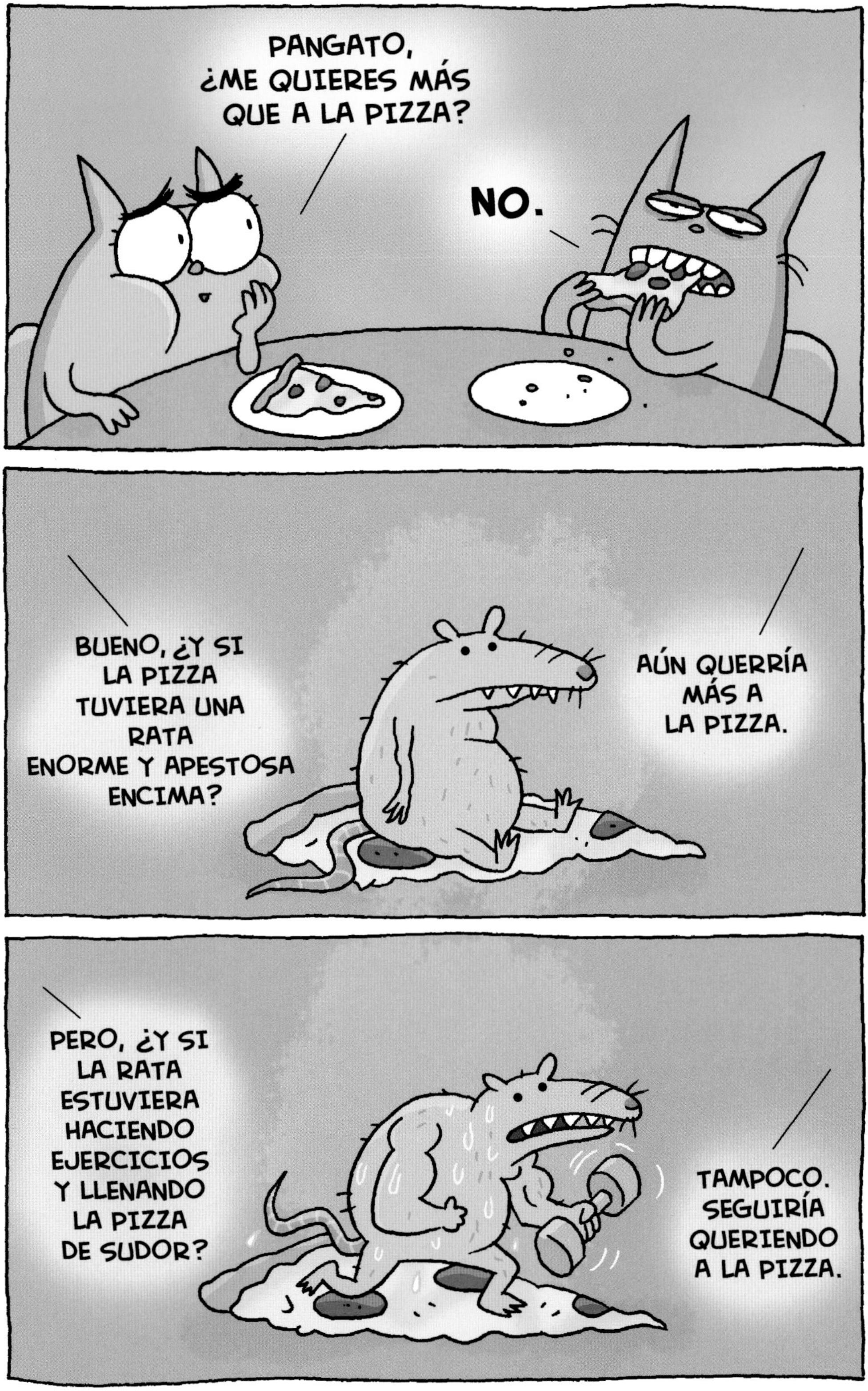
PANGATO, ¿ME QUIERES MÁS QUE A LA PIZZA?
NO.
BUENO, ¿Y SI LA PIZZA TUVIERA UNA RATA ENORME Y APESTOSA ENCIMA?
AÚN QUERRÍA MÁS A LA PIZZA.
PERO, ¿Y SI LA RATA ESTUVIERA HACIENDO EJERCICIOS Y LLENANDO LA PIZZA DE SUDOR?
TAMPOCO. SEGUIRÍA QUERIENDO A LA PIZZA.

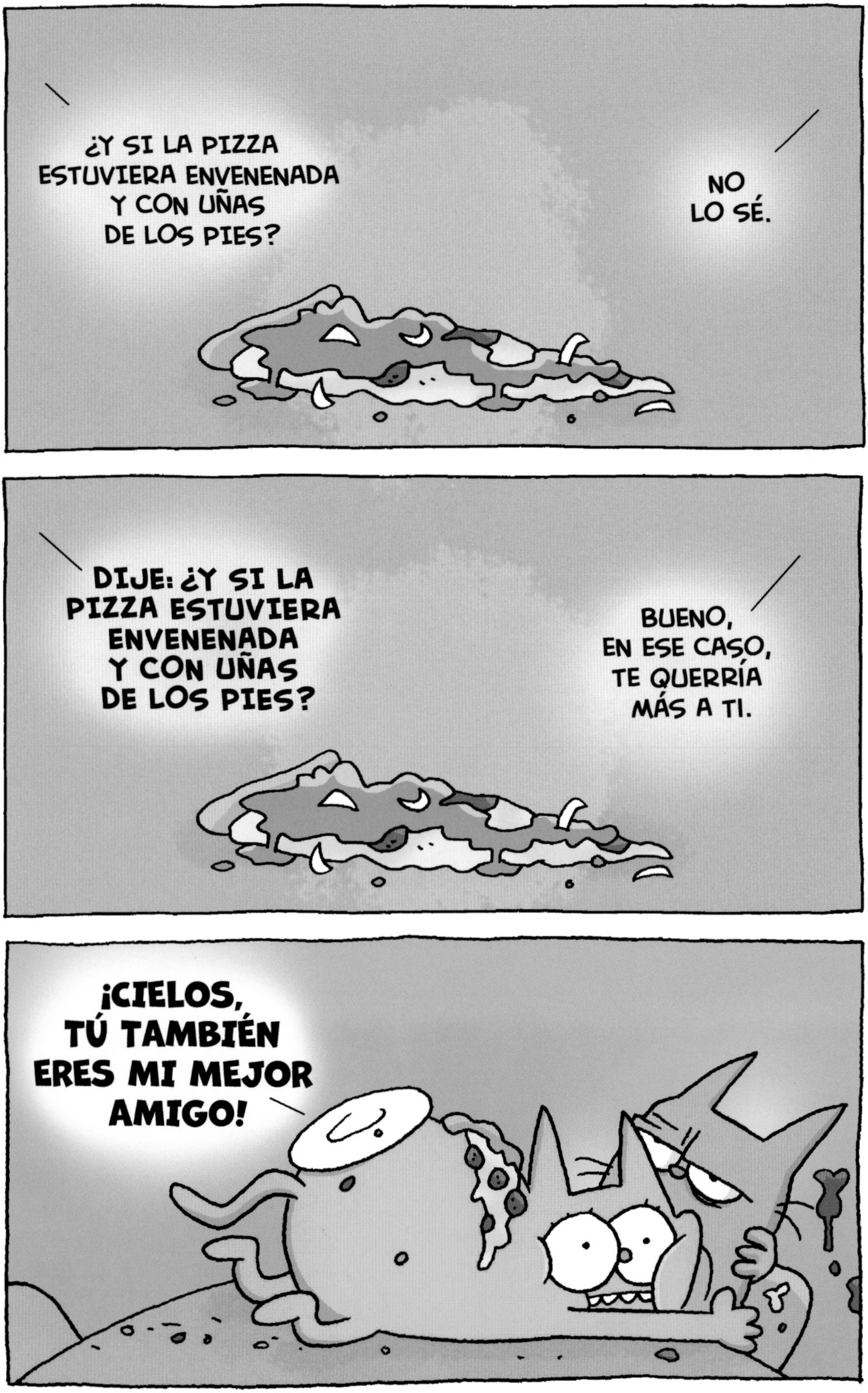
¿Y SI LA PIZZA ESTUVIERA ENVENENADA Y CON UÑAS DE LOS PIES?
NO LO SÉ.
DIJE: ¿Y SI LA PIZZA ESTUVIERA ENVENENADA Y CON UÑAS DE LOS PIES?
BUENO, EN ESE CASO, TE QUERRÍA MÁS A TI.
¡CIELOS, TÚ TAMBIÉN ERES MI MEJOR AMIGO!

¿QUÉ HAY EN UN NOMBRE?

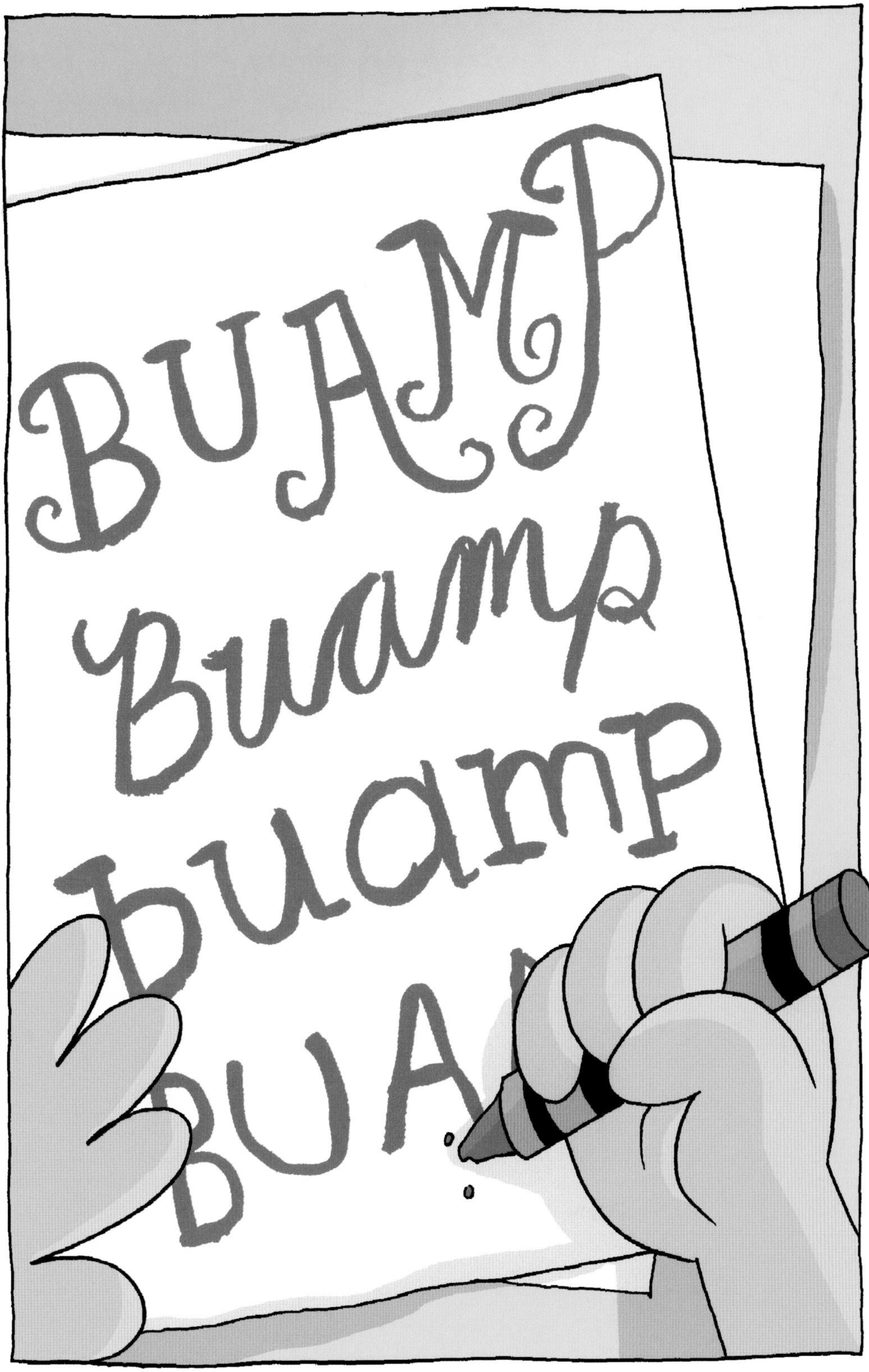
BUAMP
Buamp
buamp
BUA

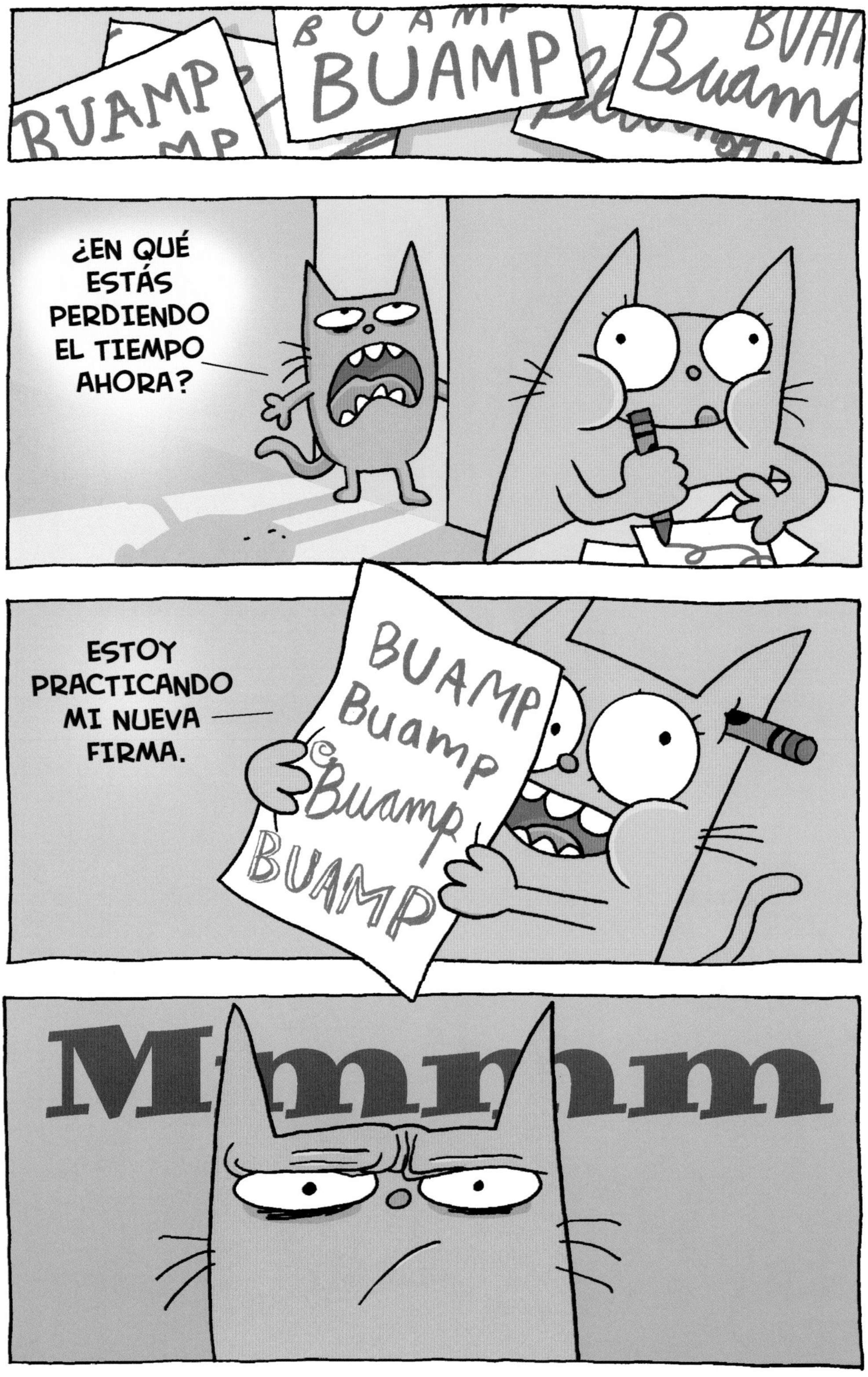
BUAMP
BUAMP
Buamp
¿EN QUÉ ESTÁS PERDIENDO EL TIEMPO AHORA?
ESTOY PRACTICANDO MI NUEVA FIRMA.
BUAMP
Buamp
Buamp
BUAMP
Mmmmm

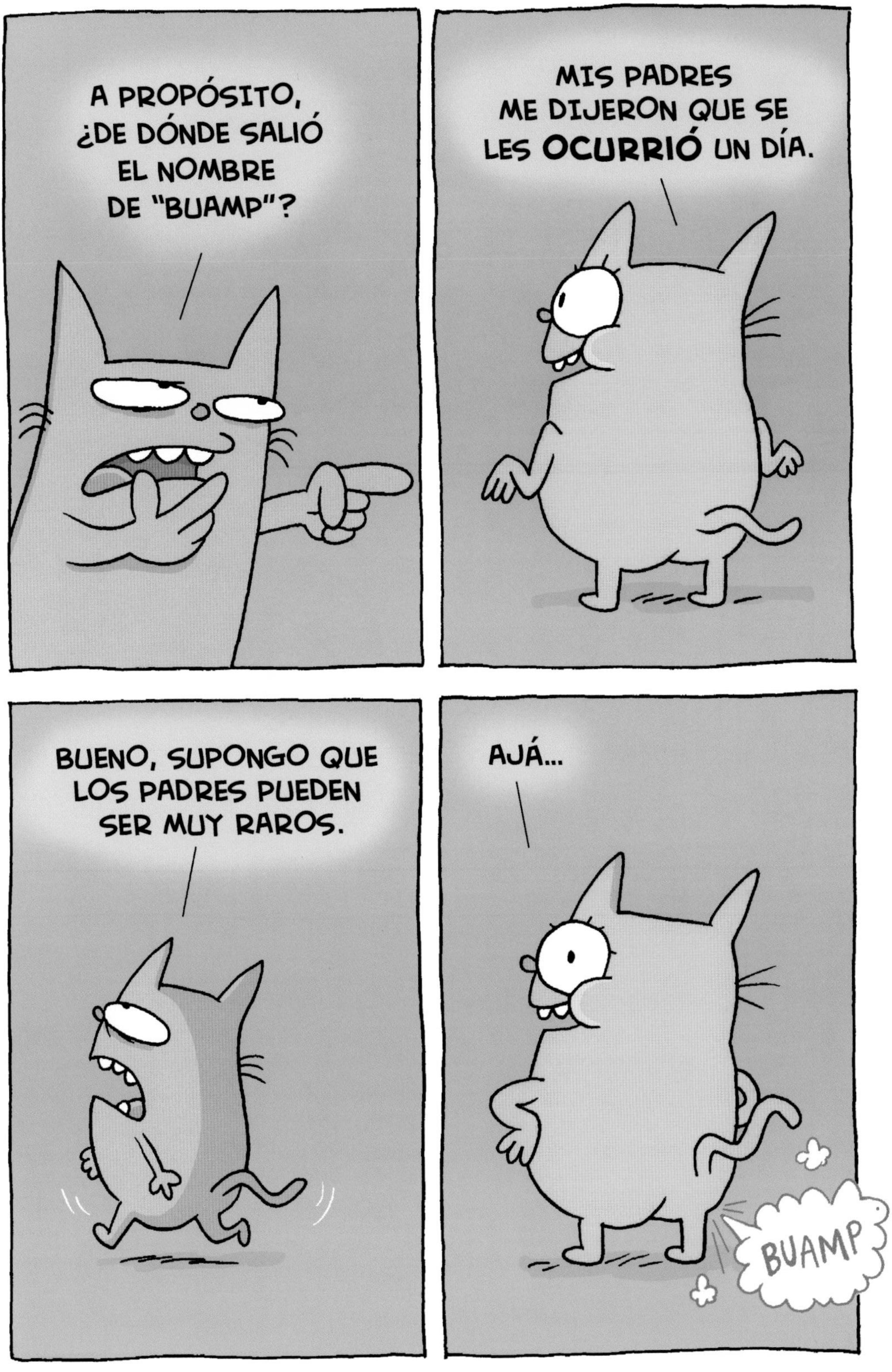
A PROPÓSITO, ¿DE DÓNDE SALIÓ EL NOMBRE DE "BUAMP"?
MIS PADRES ME DIJERON QUE SE LES OCURRIÓ UN DÍA.
BUENO, SUPONGO QUE LOS PADRES PUEDEN SER MUY RAROS.
AJÁ...
BUAMP

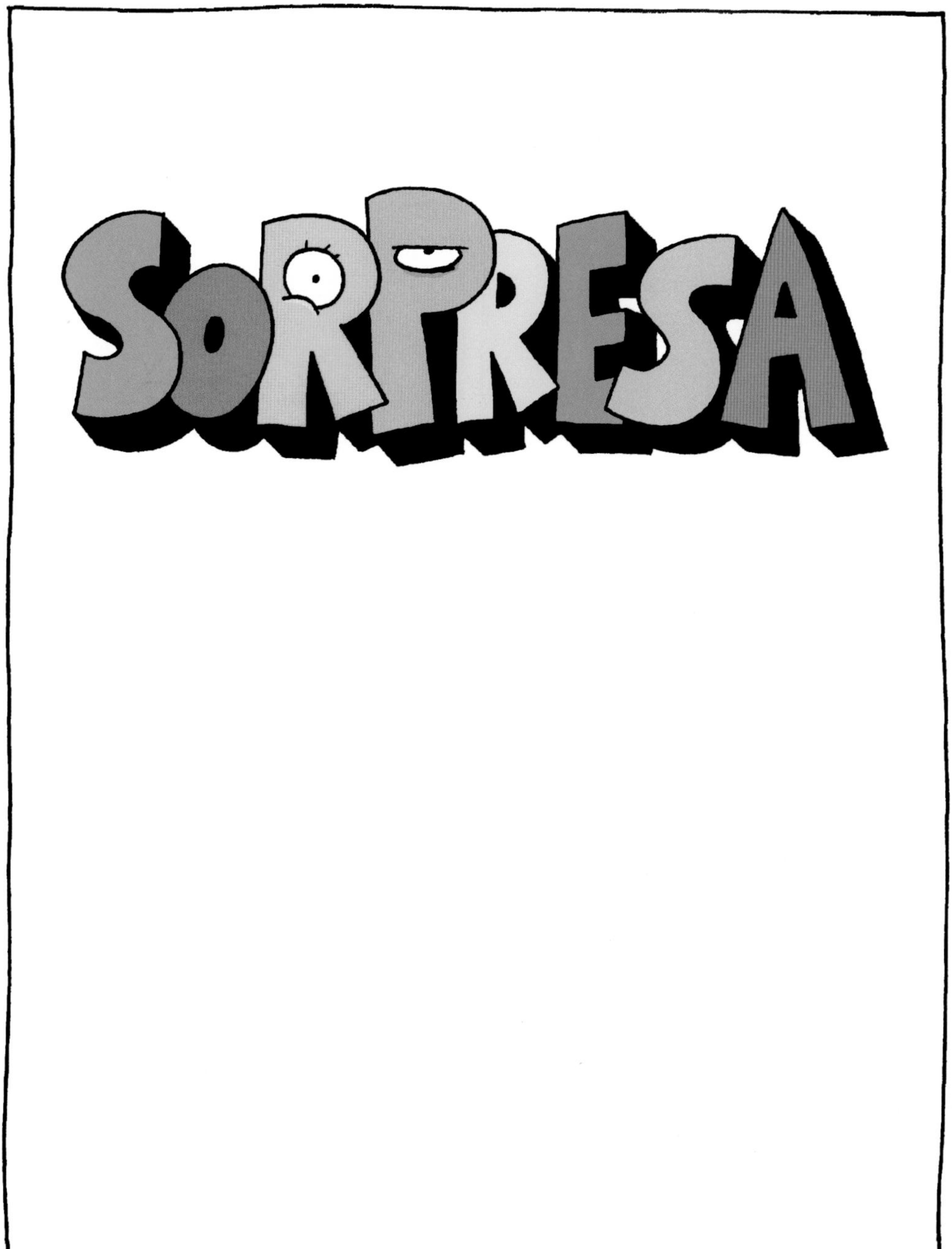
SORPRESA

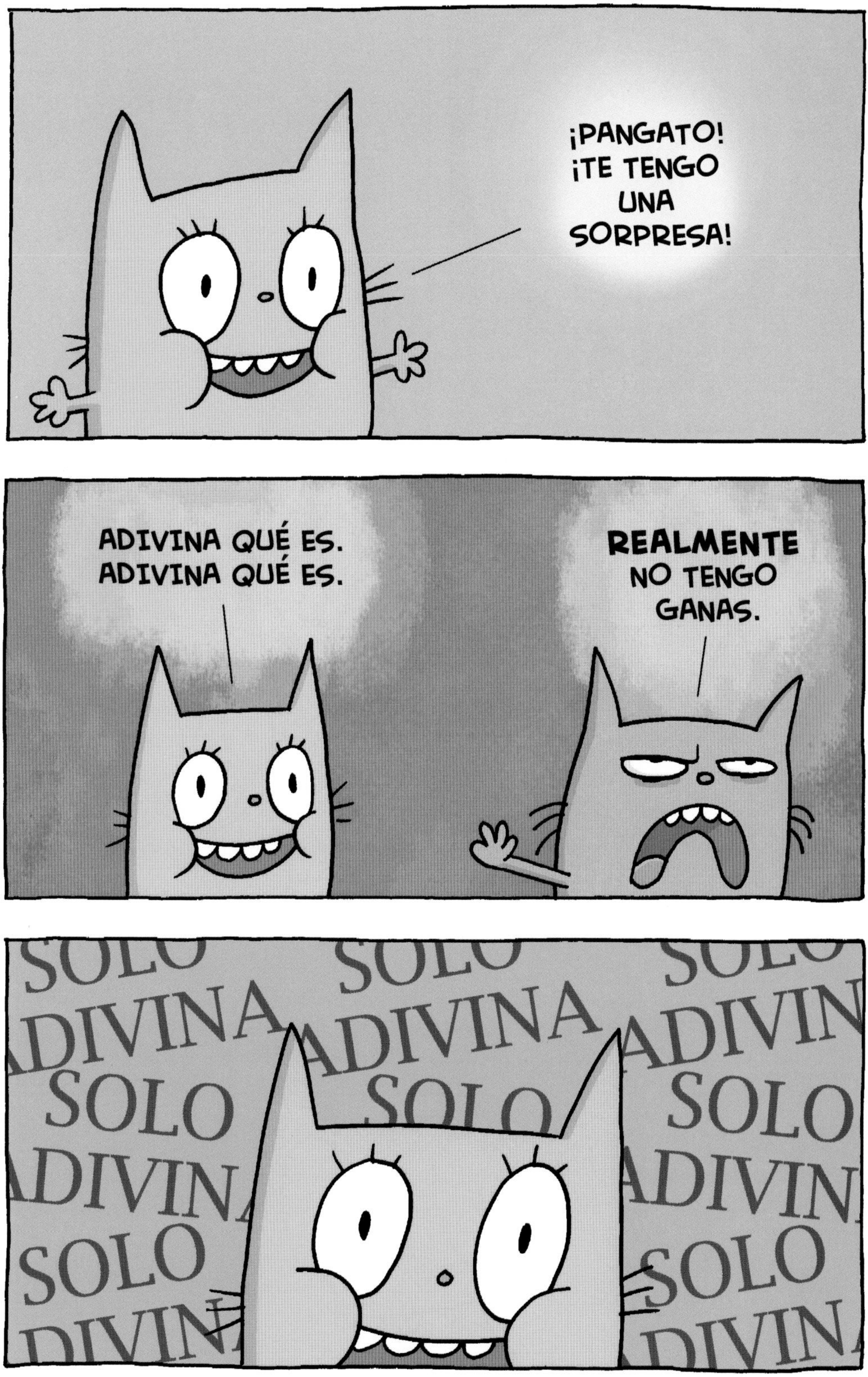
¡PANGATO! ¡TE TENGO UNA SORPRESA!
ADIVINA QUÉ ES. ADIVINA QUÉ ES.
REALMENTE NO TENGO GANAS.
SOLO ADIVINA
SOLO ADIVINA
SOLO ADIVINA

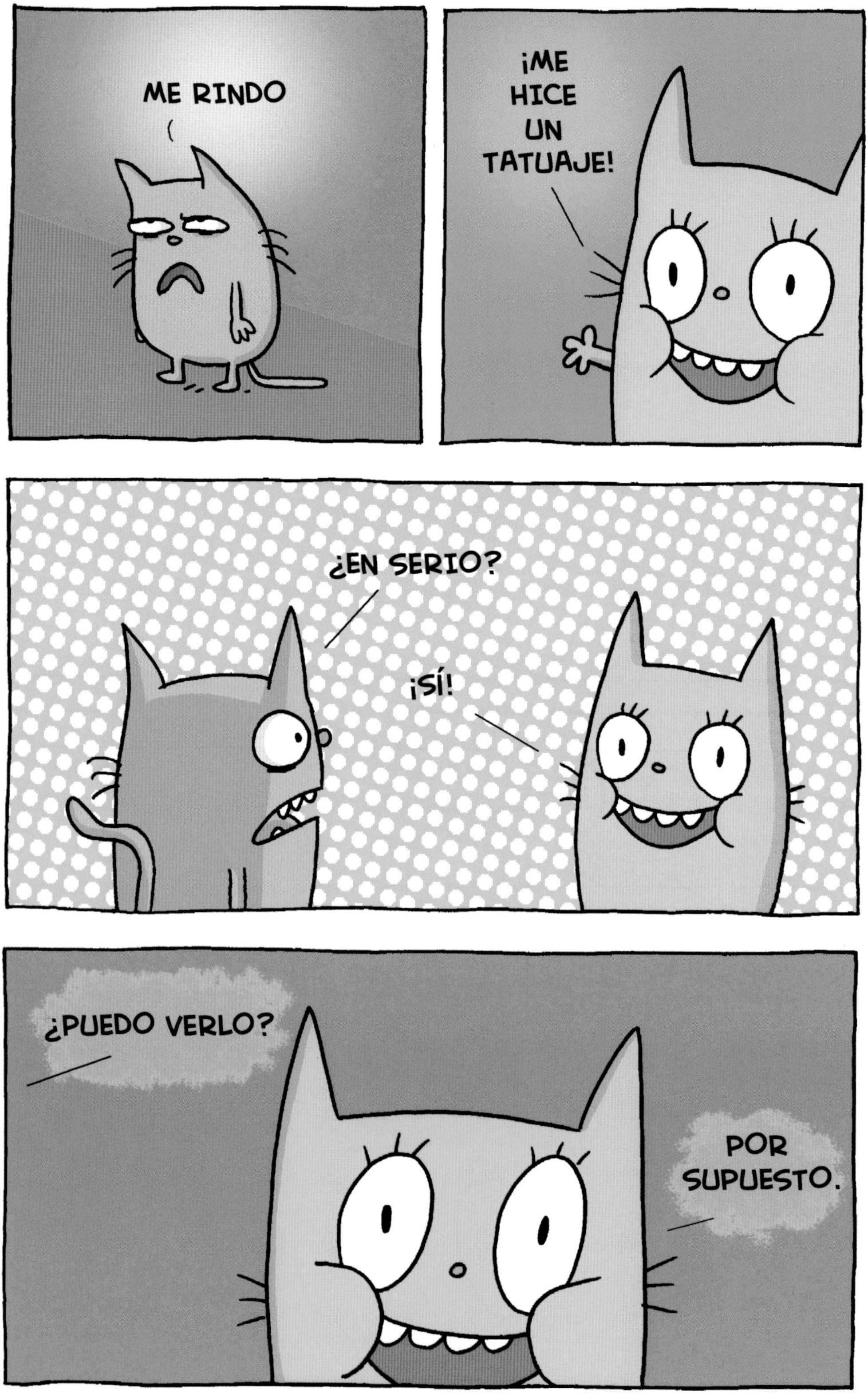
ME RINDO
¡ME HICE UN TATUAJE!
¿EN SERIO?
¡SÍ!
¿PUEDO VERLO?
POR SUPUESTO.

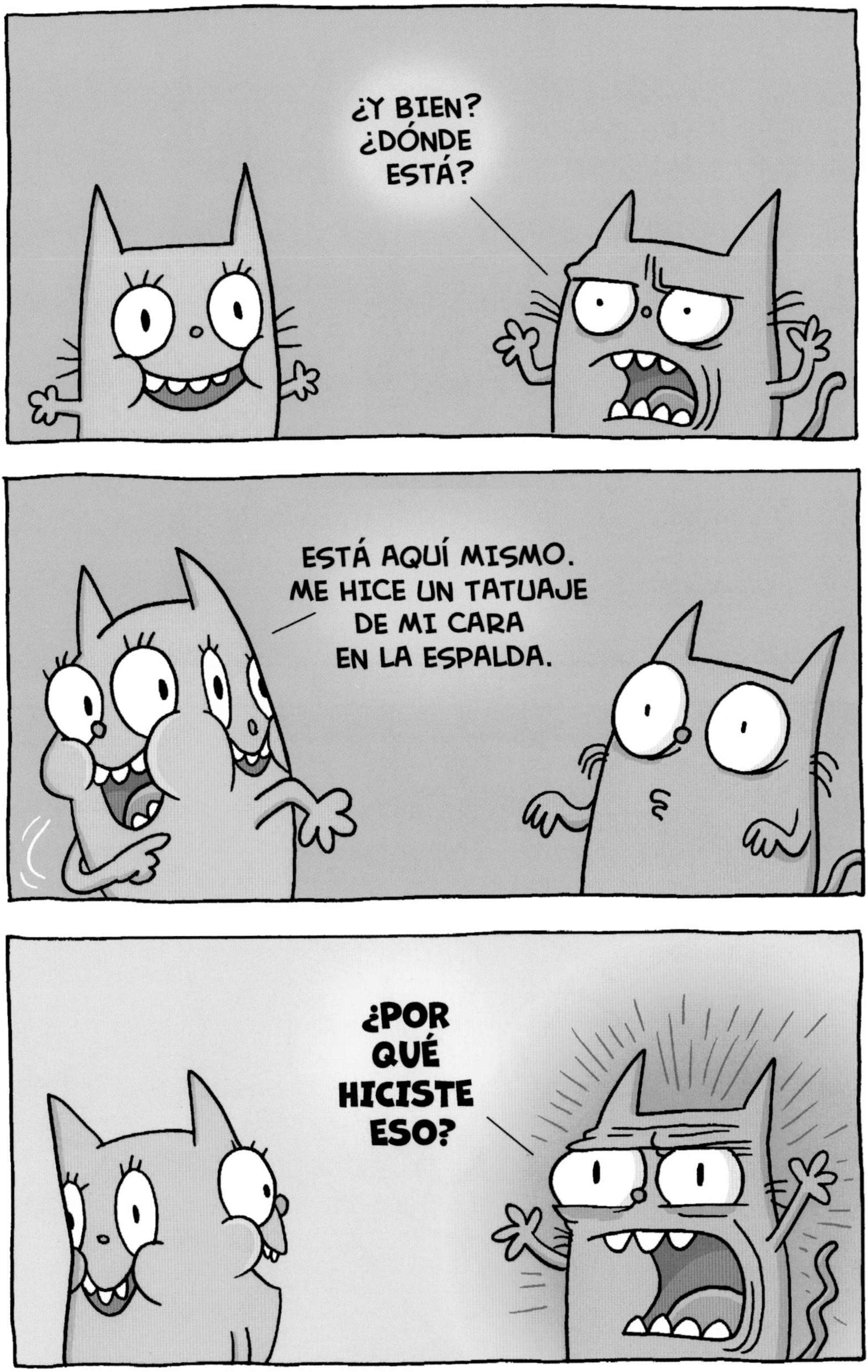
¿Y BIEN? ¿DÓNDE ESTÁ?
ESTÁ AQUÍ MISMO. ME HICE UN TATUAJE DE MI CARA EN LA ESPALDA.
¿POR QUÉ HICISTE ESO?

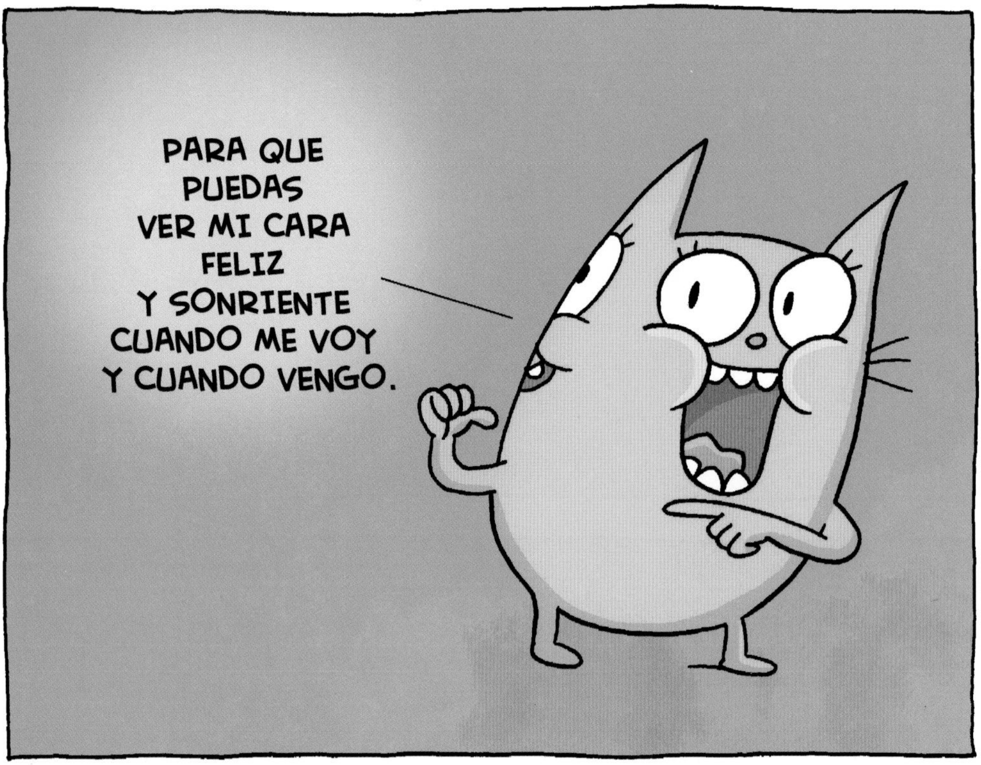
PARA QUE PUEDAS VER MI CARA FELIZ Y SONRIENTE CUANDO ME VOY Y CUANDO VENGO.

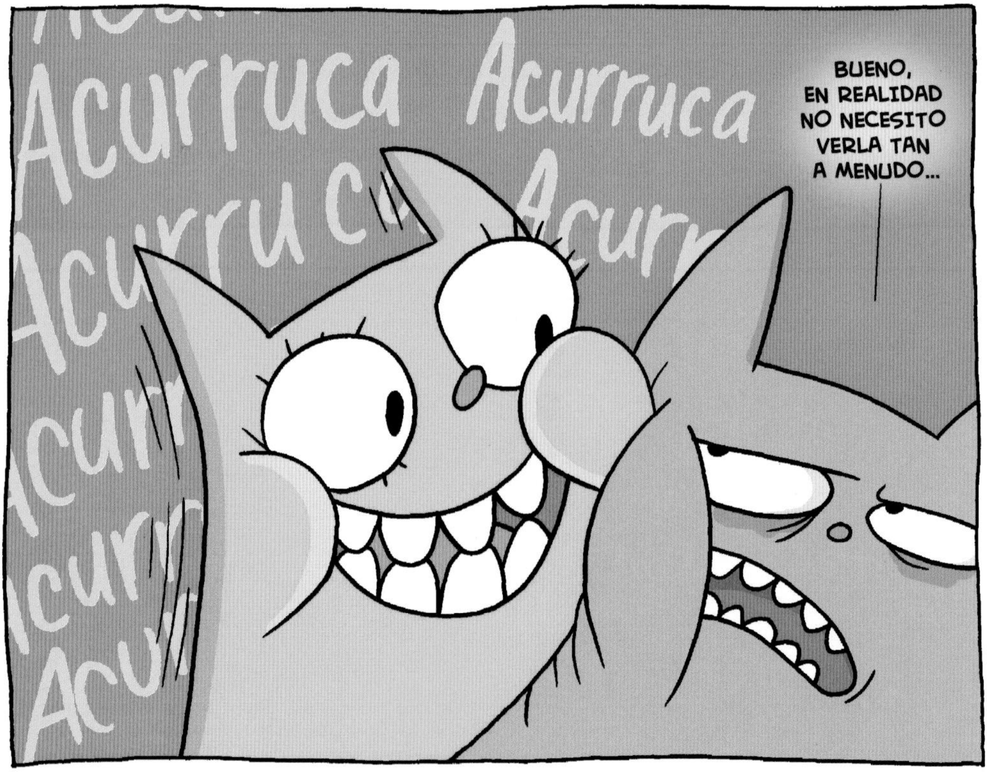
Acurruca Acurruca
BUENO, EN REALIDAD NO NECESITO VERLA TAN A MENUDO...

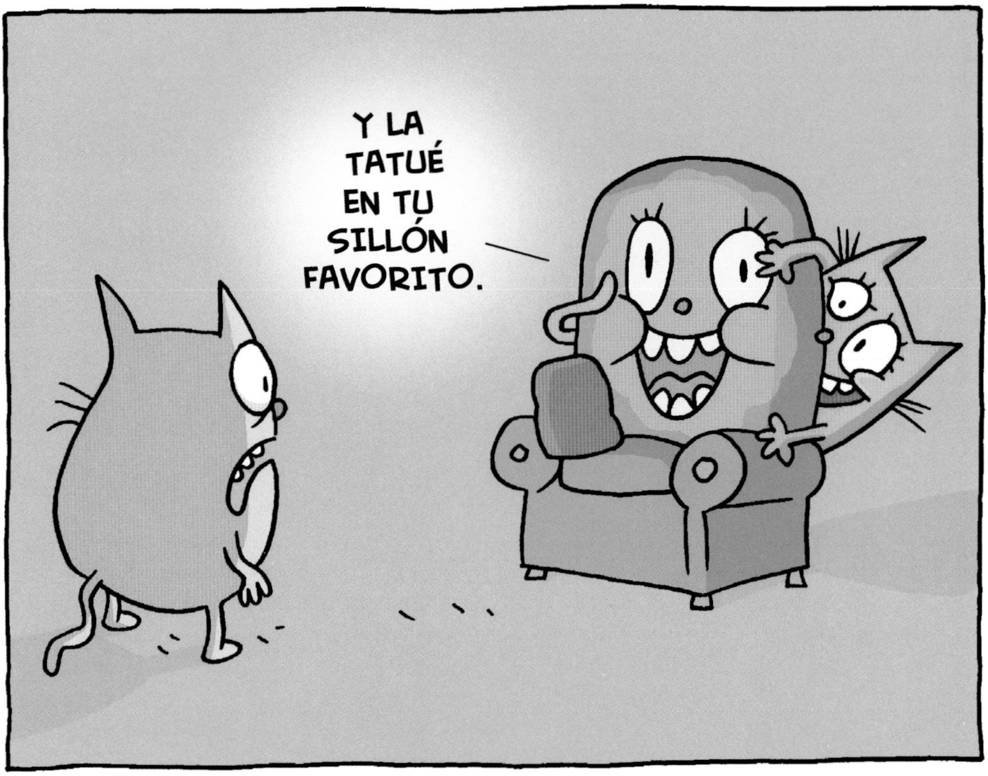
Y LA TATUÉ EN TU SILLÓN FAVORITO.

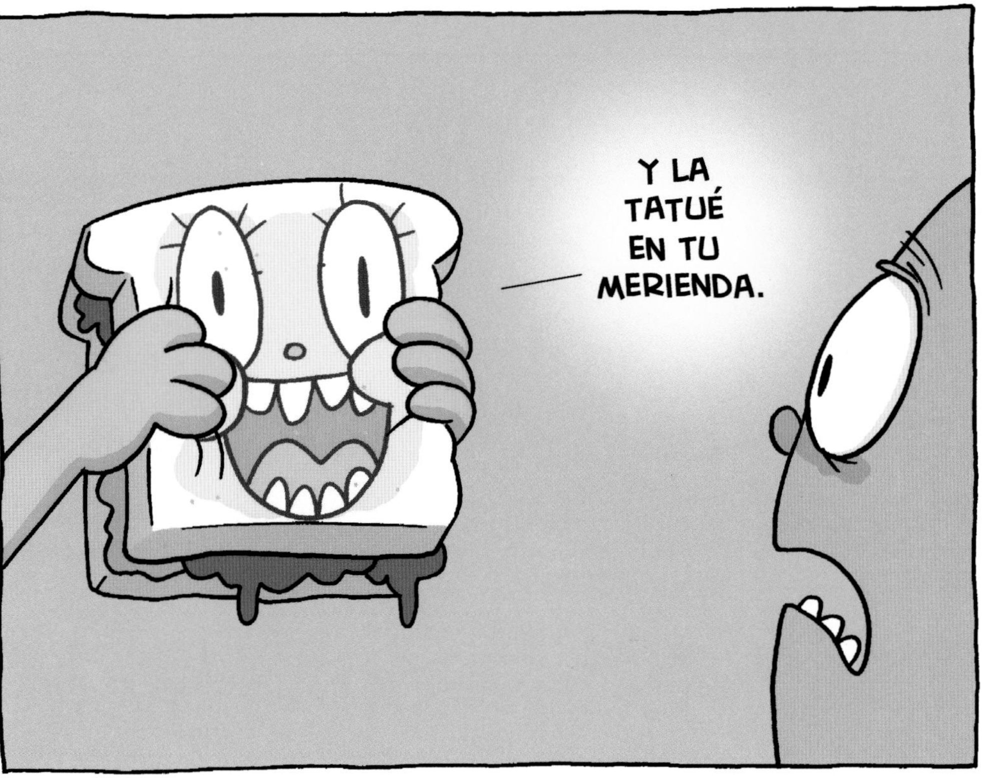
Y LA TATUÉ EN TU MERIENDA.

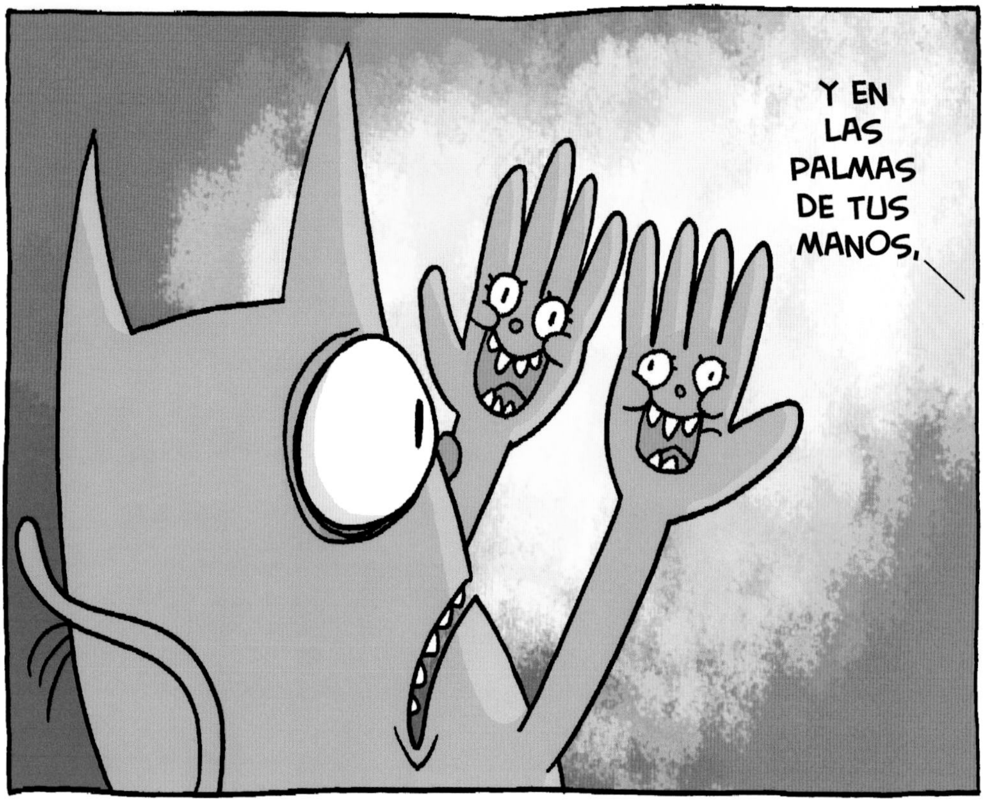
Y EN LAS PALMAS DE TUS MANOS,

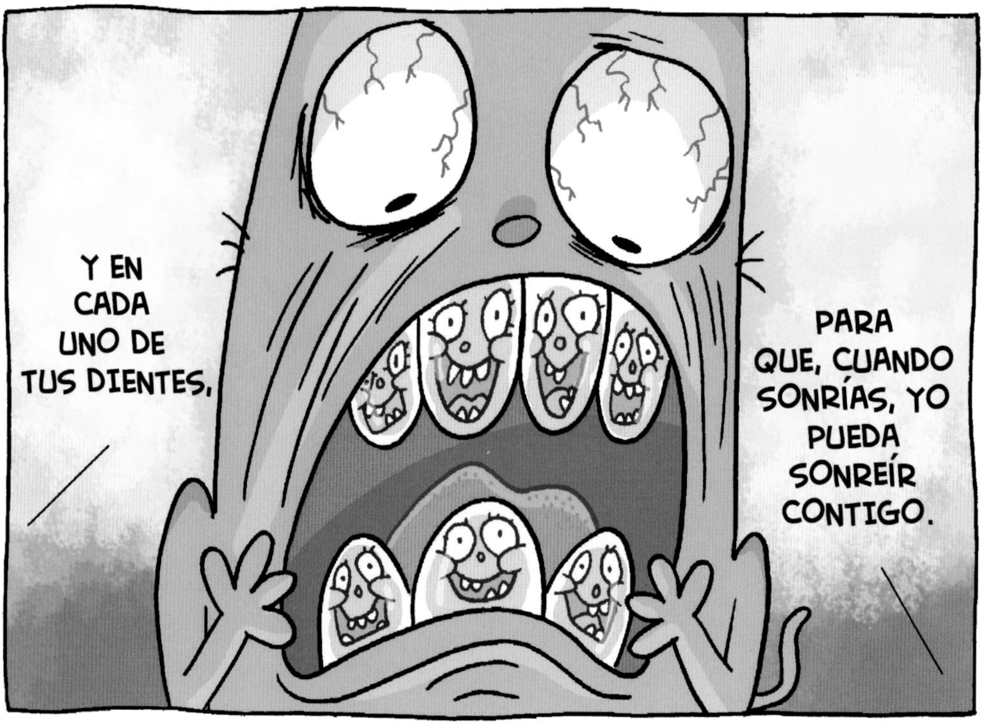
Y EN CADA UNO DE TUS DIENTES,
PARA QUE, CUANDO SONRÍAS, YO PUEDA SONREÍR CONTIGO.

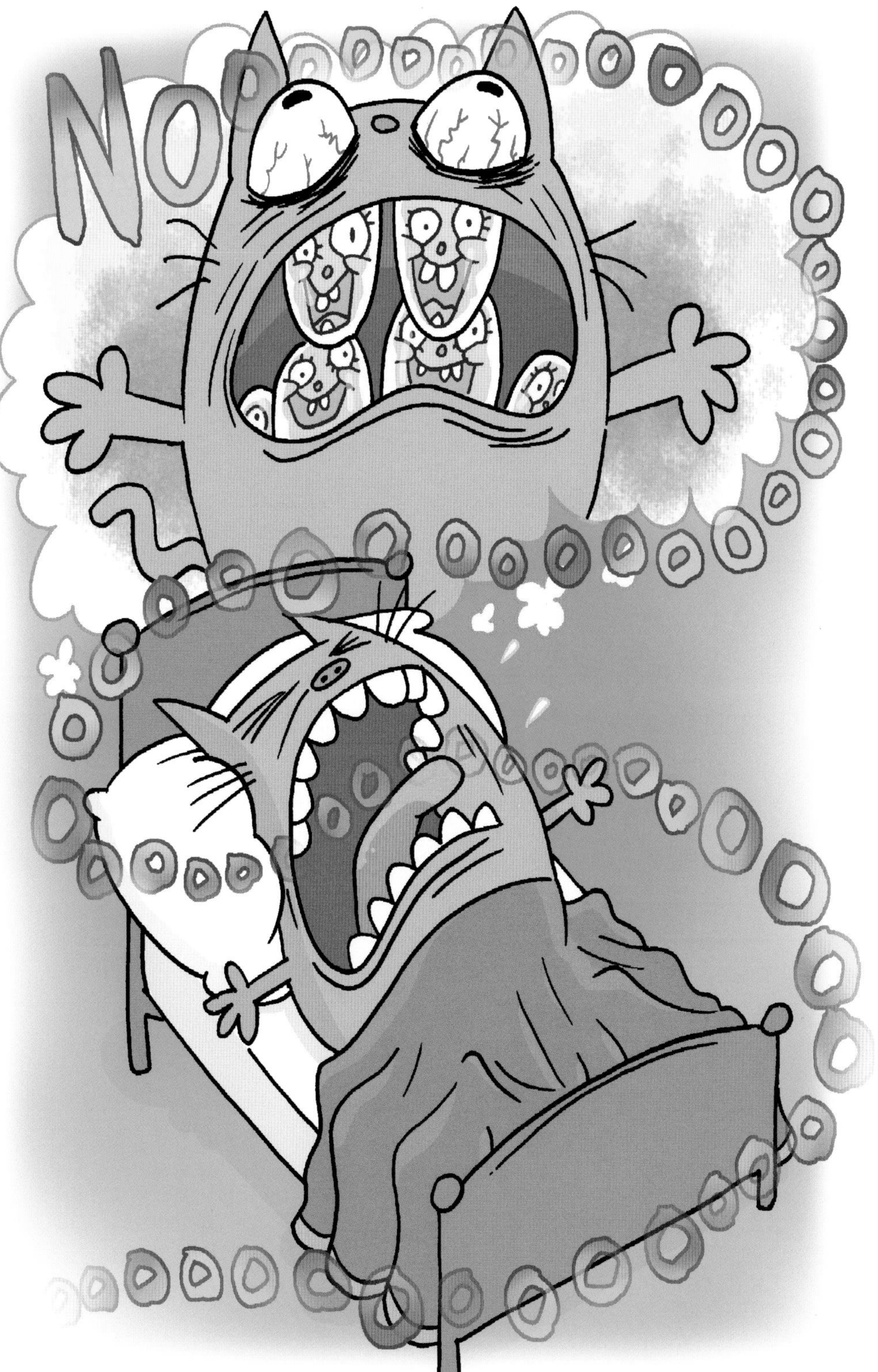
NOOOOOOOOOOOOOOOOOOOOOOOOOOOOOOOOOOOOOOOOOOOOOOOOOOOOOOOOOOOOOOOOOOOO

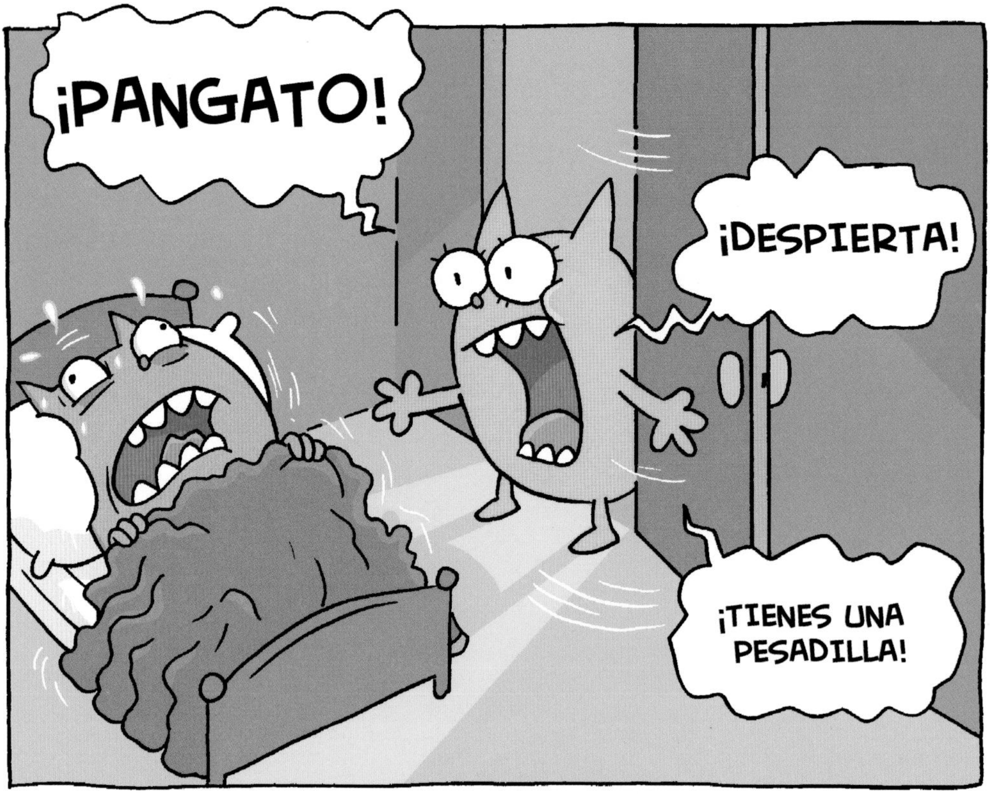
¡PANGATO!
¡DESPIERTA!
¡TIENES UNA PESADILLA!

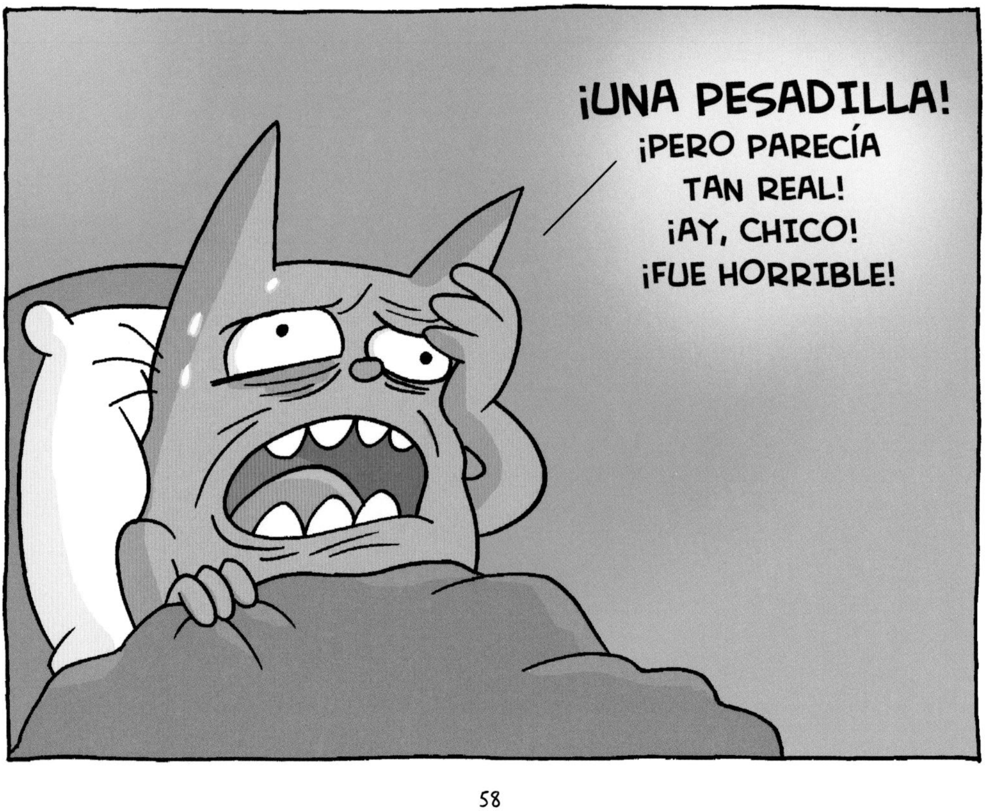
¡UNA PESADILLA!
¡PERO PARECÍA TAN REAL!
¡AY, CHICO!
¡FUE HORRIBLE!

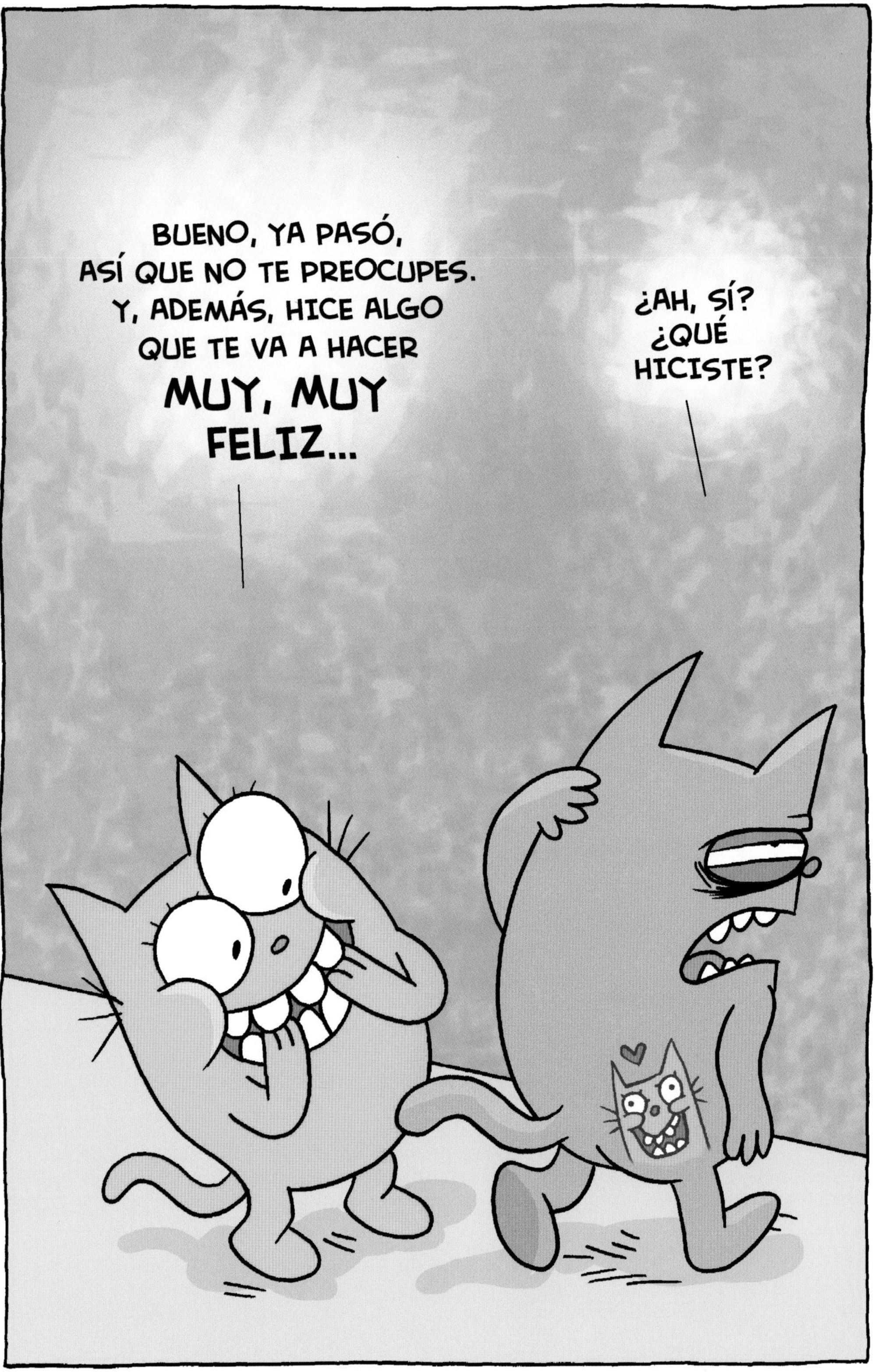
BUENO, YA PASÓ, ASÍ QUE NO TE PREOCUPES. Y, ADEMÁS, HICE ALGO QUE TE VA A HACER **MUY, MUY FELIZ...**
¿AH, SÍ? ¿QUÉ HICISTE?

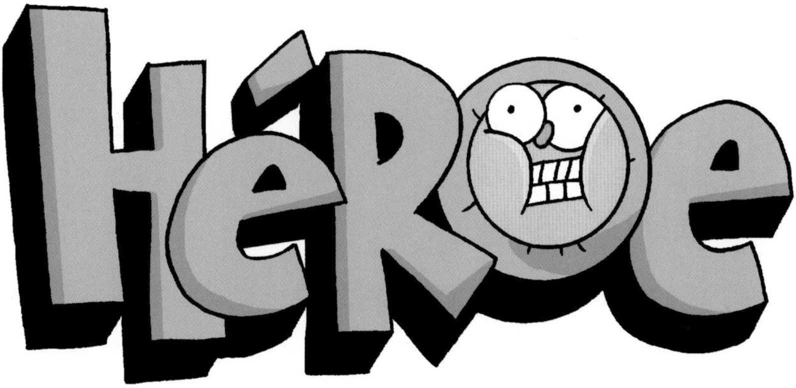
HéRoe

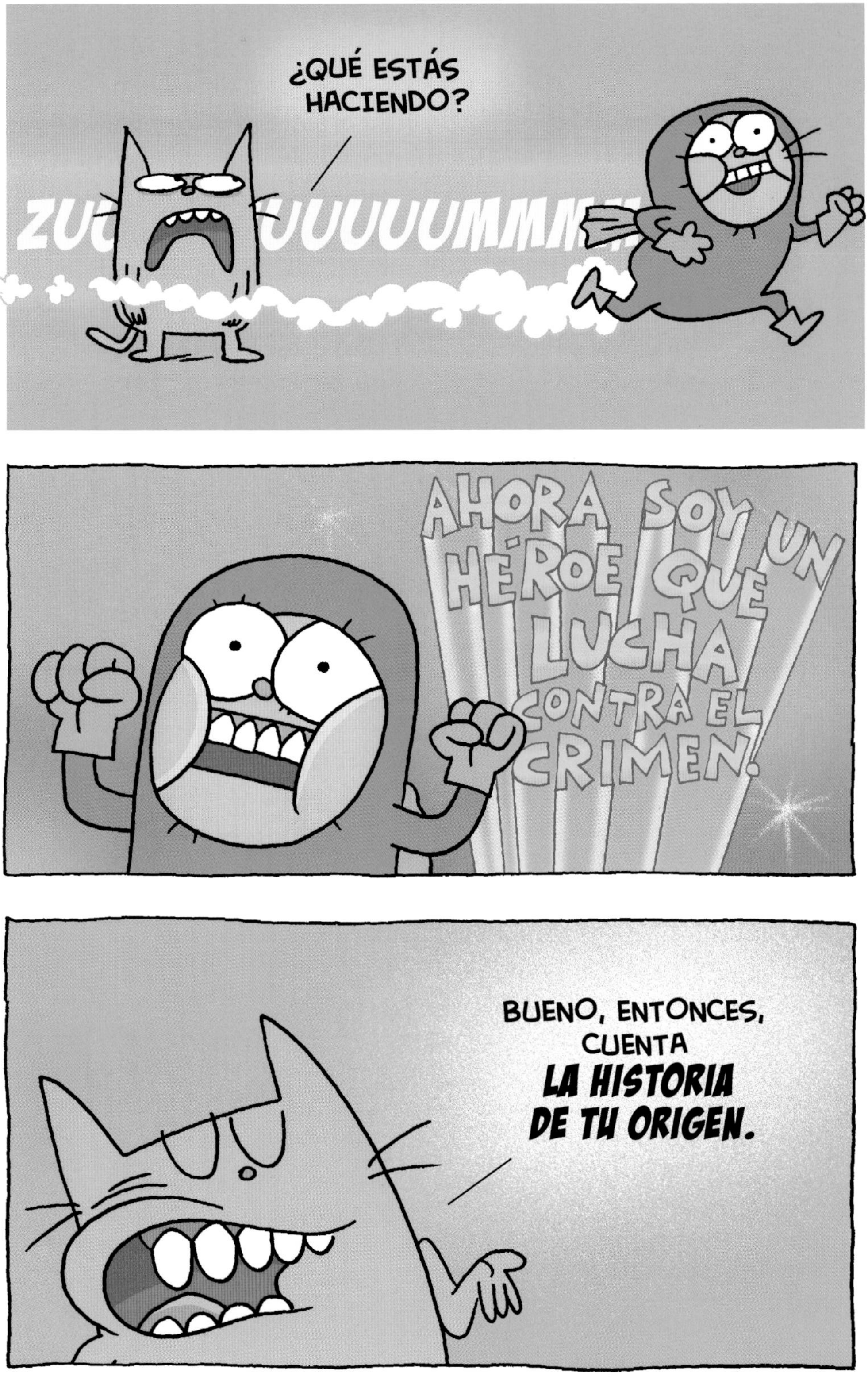
¿QUÉ ESTÁS HACIENDO?
AHORA SOY UN HÉROE QUE LUCHA CONTRA EL CRIMEN!
BUENO, ENTONCES, CUENTA LA HISTORIA DE TU ORIGEN.

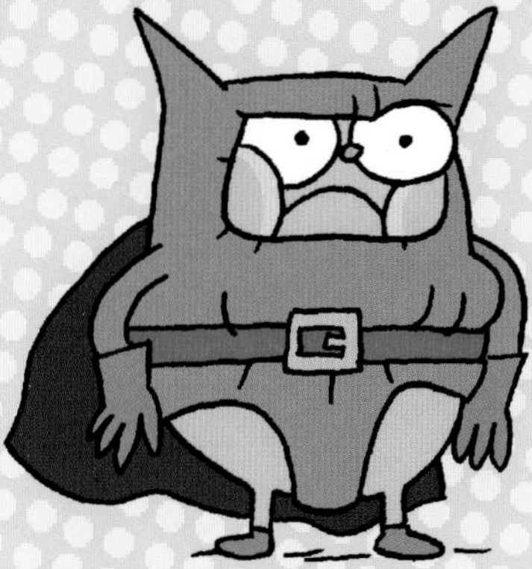

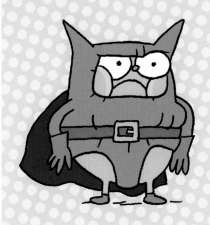

Bueno, *pensé* que podría *ser* uno de esos misteriosos y FURIOSOS HÉROES DE LA NOCHE.

Pero me acuesto demasiado temprano.

Consideré ser mordido por algún INSECTO RADIOACTIVO.

Pero tuve miedo de que fuera alguno de esos insectos tontos que siempre rondan la *caca de perro*.

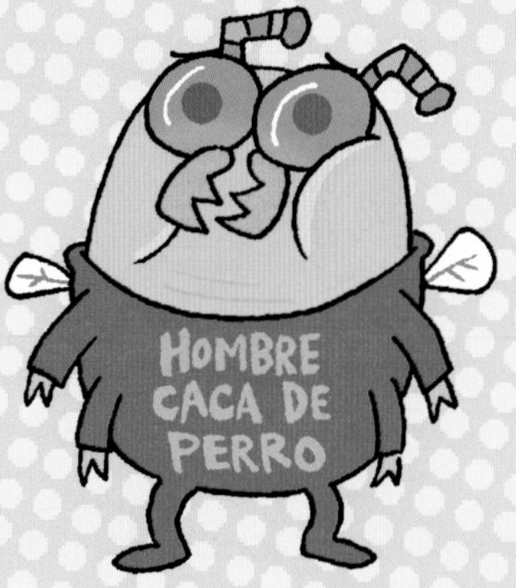
HOMBRE
CACA DE
PERRO

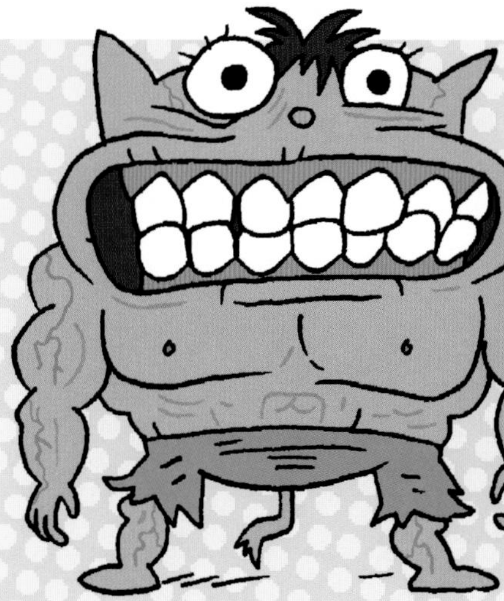

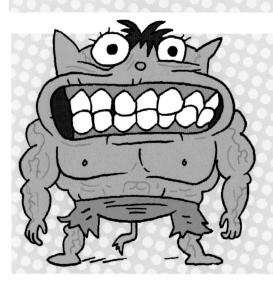

Y no podría ser uno de esos tipos que se hacen GRANDES Y FUERTES cuando se enojan.

Porque ser grande y fuerte me haría tan feliz que simplemente me volvería a *encoger*.

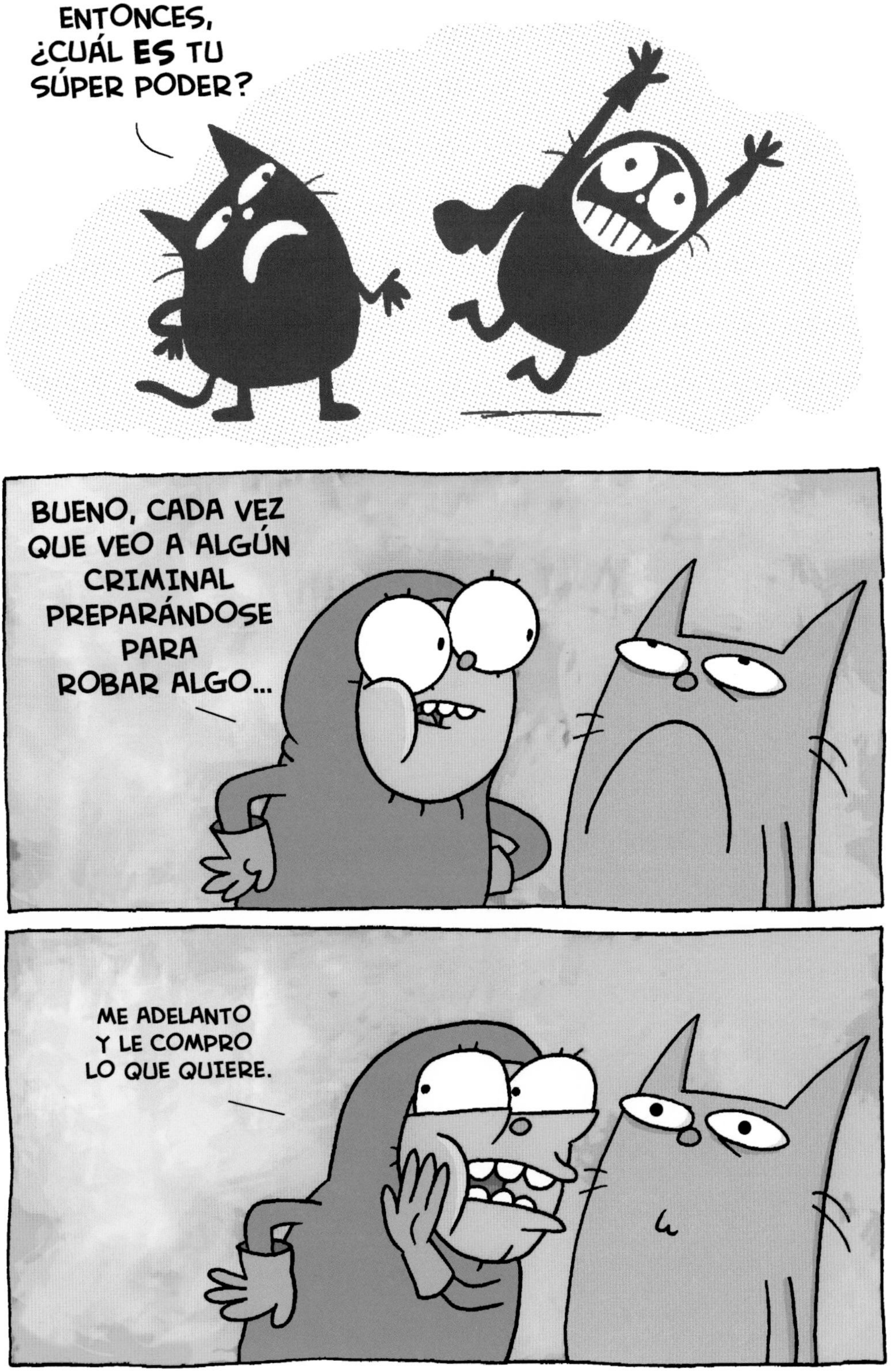
ENTONCES, ¿CUÁL **ES** TU SÚPER PODER?
BUENO, CADA VEZ QUE VEO A ALGÚN CRIMINAL PREPARÁNDOSE PARA ROBAR ALGO...
ME ADELANTO Y LE COMPRO LO QUE QUIERE.

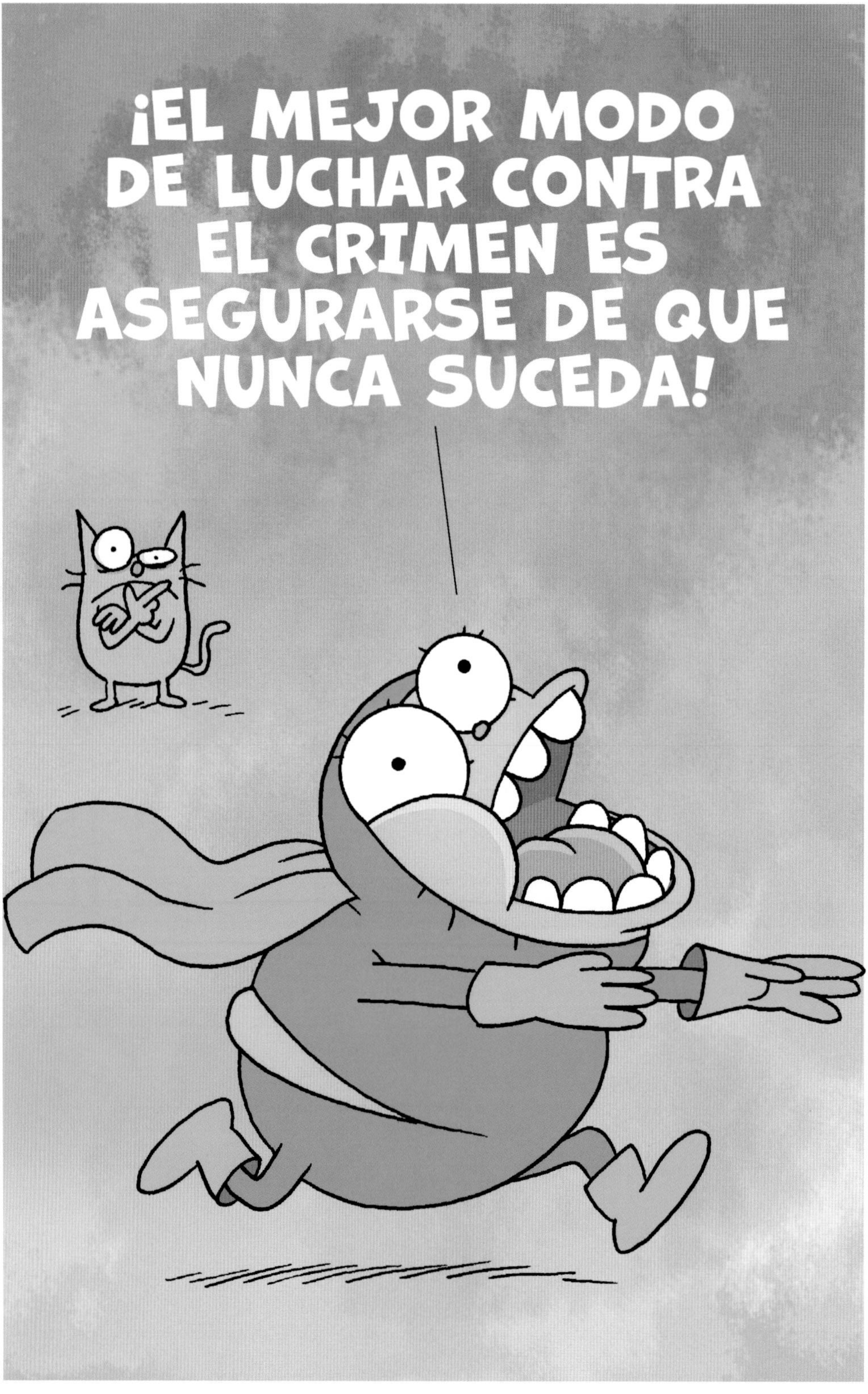
¡EL MEJOR MODO DE LUCHAR CONTRA EL CRIMEN ES ASEGURARSE DE QUE NUNCA SUCEDA!

Leyenda

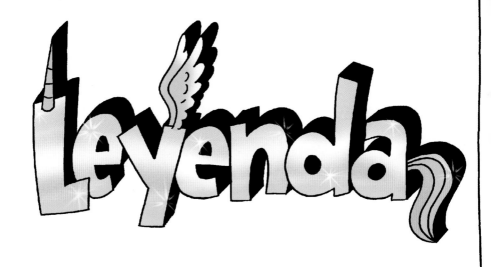

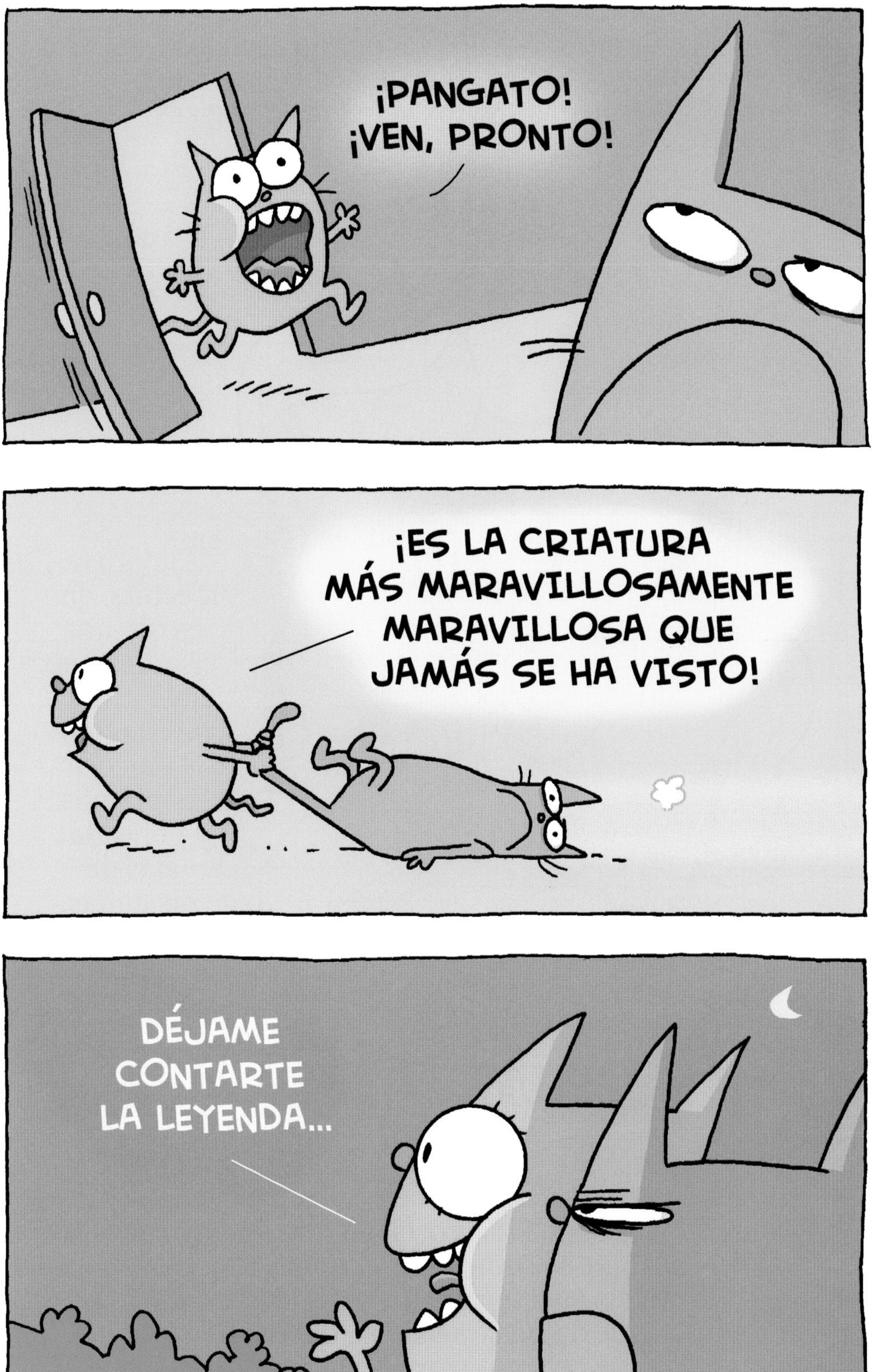
¡PANGATO!
¡VEN, PRONTO!
¡ES LA CRIATURA MÁS MARAVILLOSAMENTE MARAVILLOSA QUE JAMÁS SE HA VISTO!
DÉJAME CONTARTE LA LEYENDA...

Como sabes, los unicornios son los seres vivos más hermosos del mundo, y las hadas son los seres más mágicos.

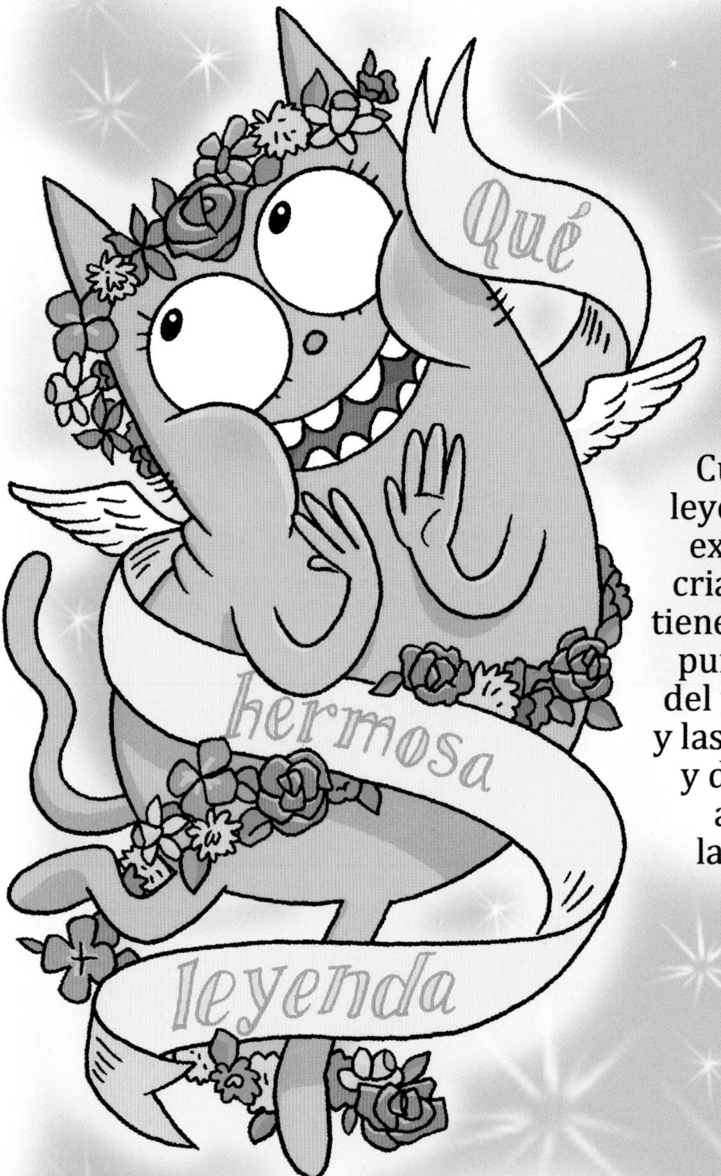
Qué
hermosa
leyenda

Cuenta la leyenda, que existe una criatura que tiene el cuerno puntiagudo del unicornio y las preciosas y delicadas alas de las hadas.

Según la historia, en noches encantadas como esta, si tienes mucha, mucha suerte, una de estas criaturas podría posarse sobre ti y darte un beso con su cuerno.

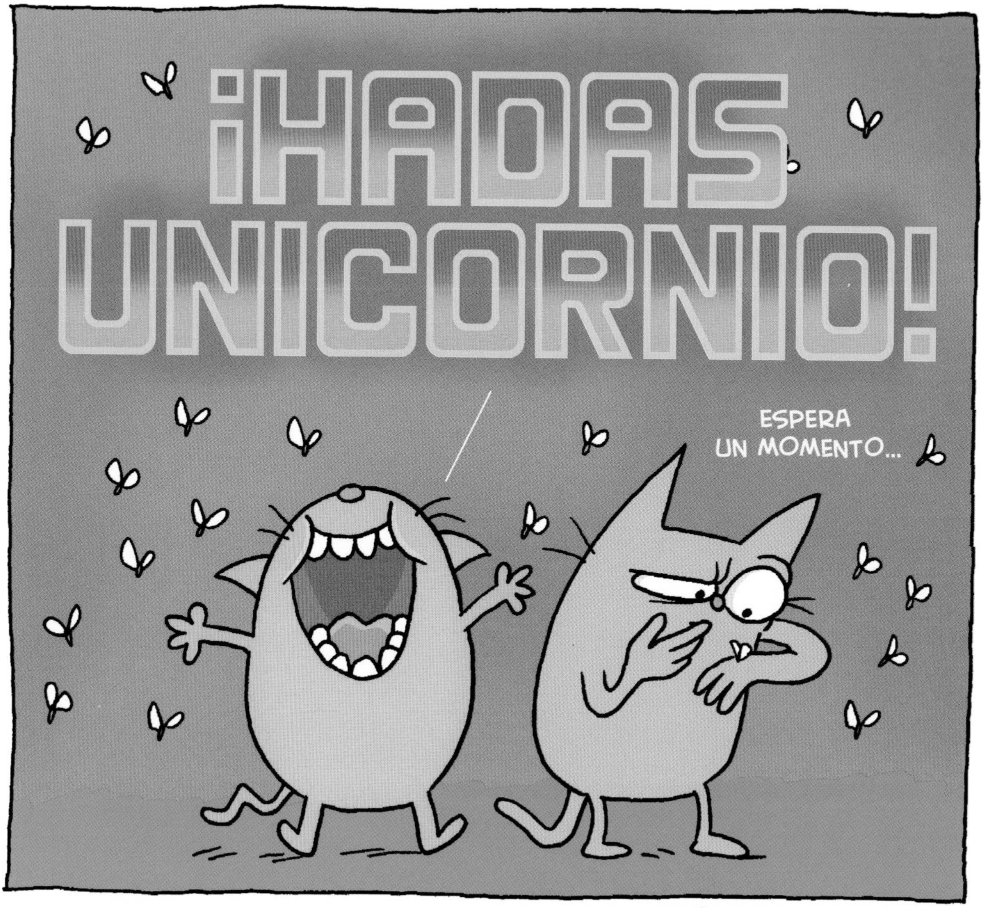
¡HADAS UNICORNIO!
ESPERA UN MOMENTO...

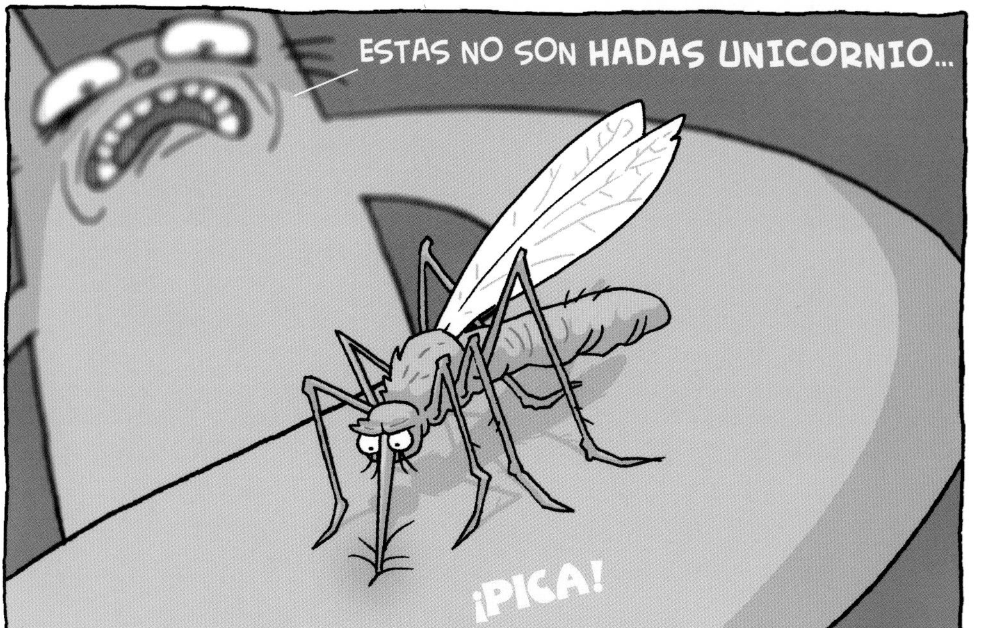
ESTAS NO SON HADAS UNICORNIO...
¡PICA!

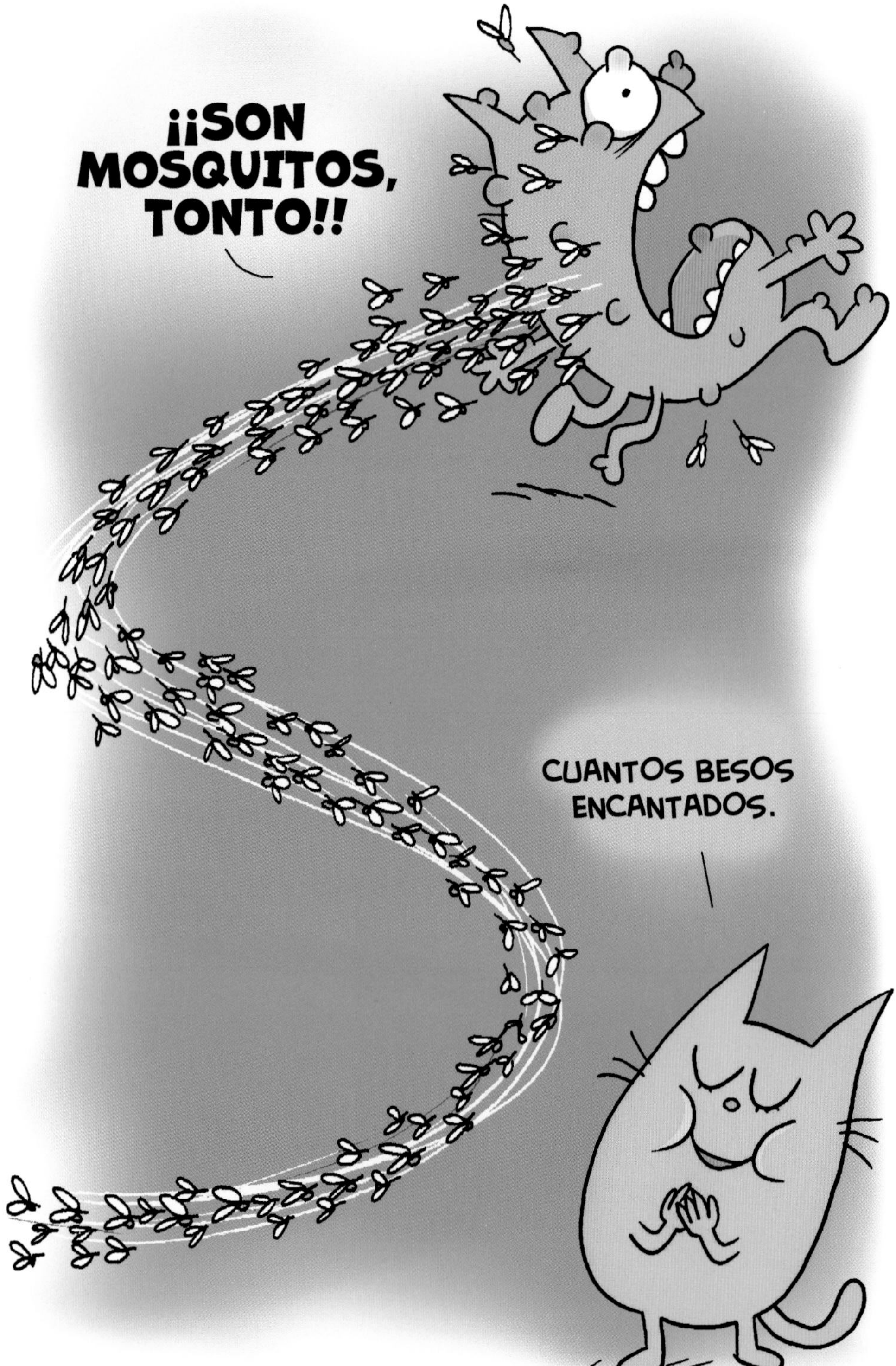
¡¡SON MOSQUITOS, TONTO!!
CUANTOS BESOS ENCANTADOS.

ERUCTA

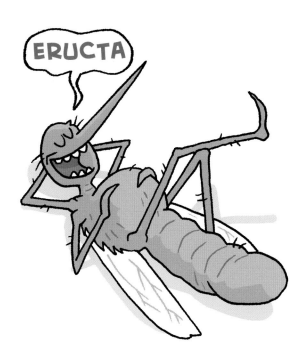

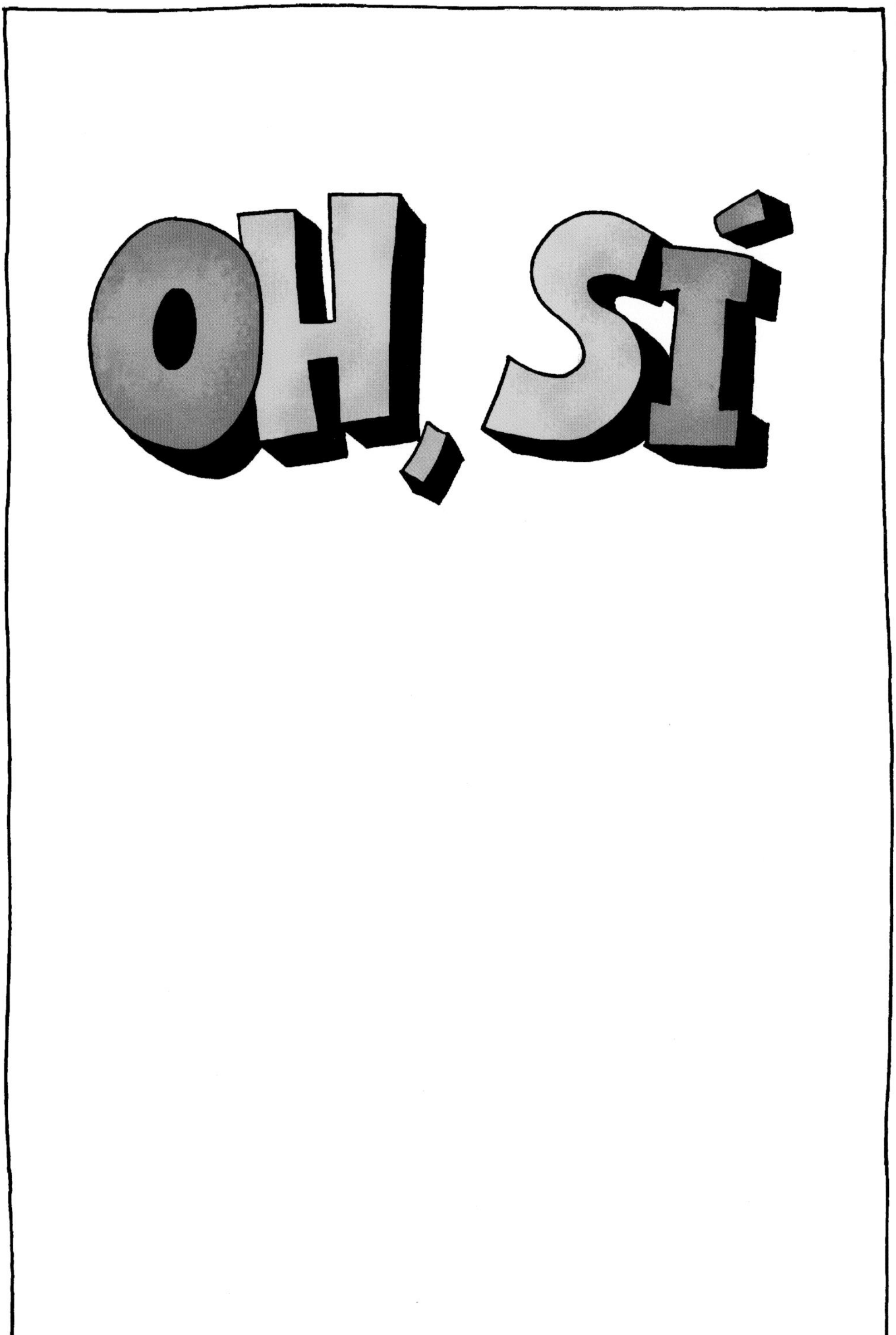
OH, SÍ

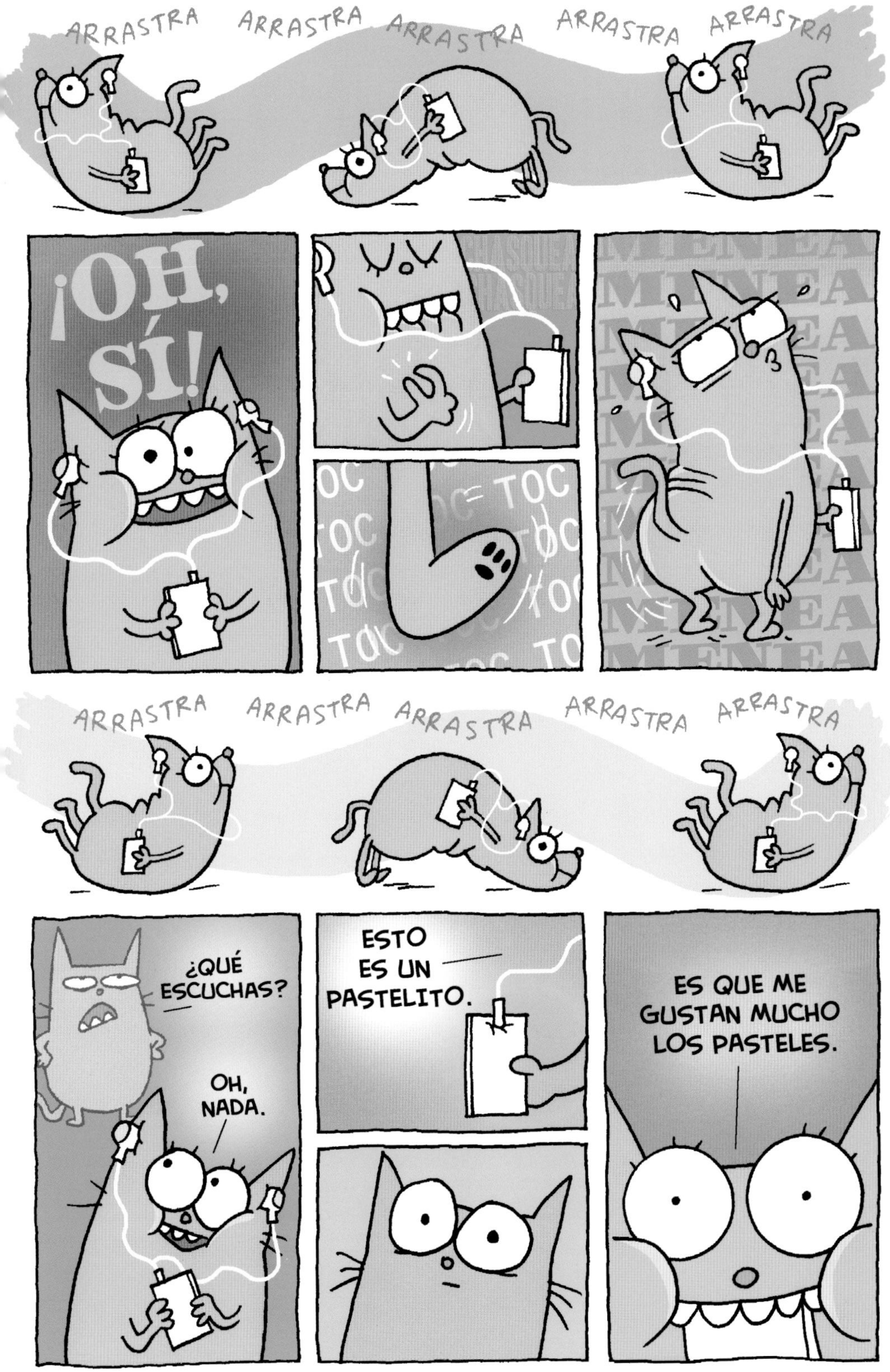
ARRASTRA ARRASTRA ARRASTRA ARRASTRA ARRASTRA
¡OH, SÍ!
CHASQUEA
CHASQUEA
TOC TOC TOC TOC TOC TOC TOC TOC
MENEA
ARRASTRA ARRASTRA ARRASTRA ARRASTRA ARRASTRA
¿QUÉ ESCUCHAS?
OH, NADA.
ESTO ES UN PASTELITO.
ES QUE ME GUSTAN MUCHO LOS PASTELES.

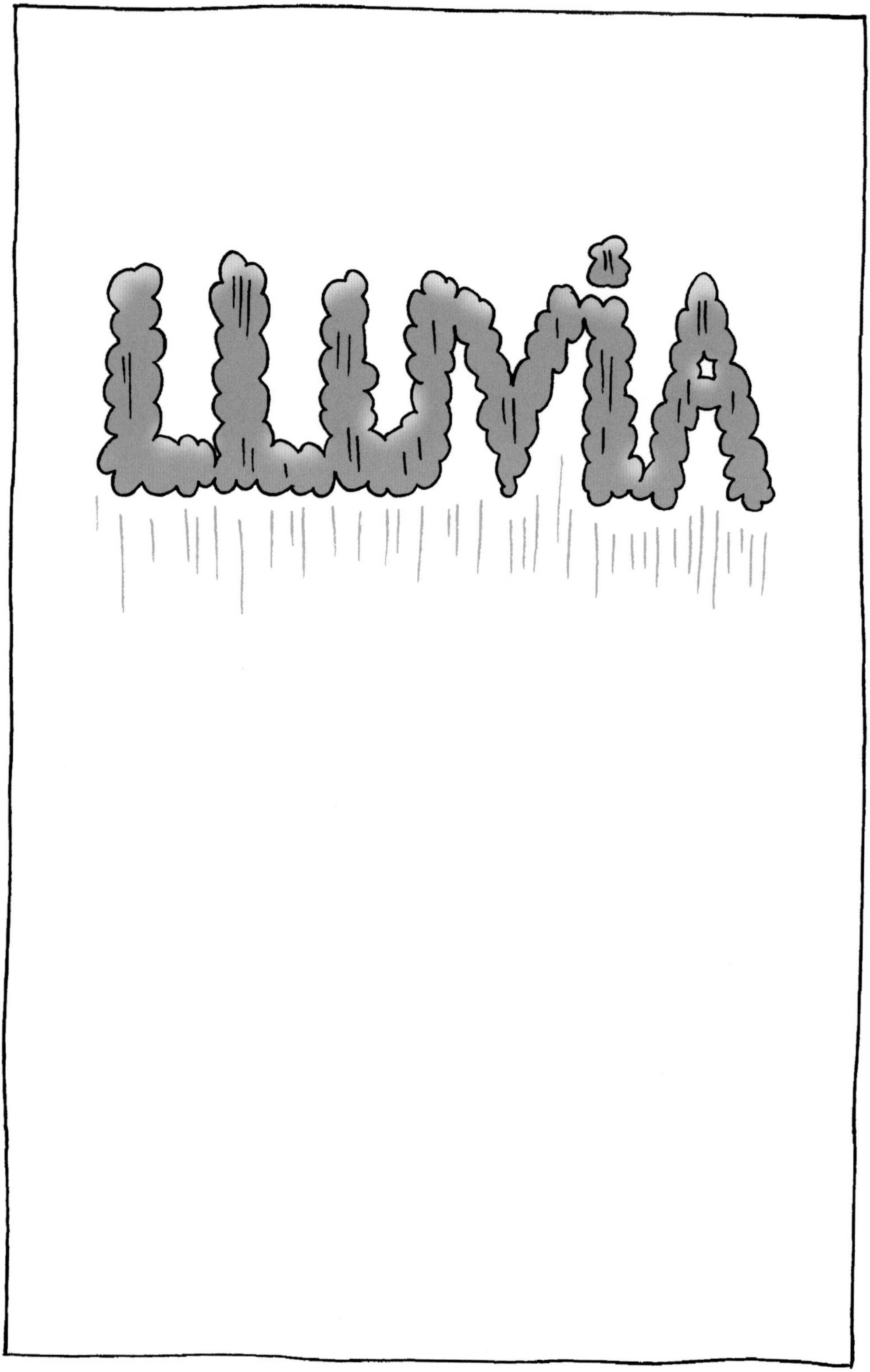
LLUVIA

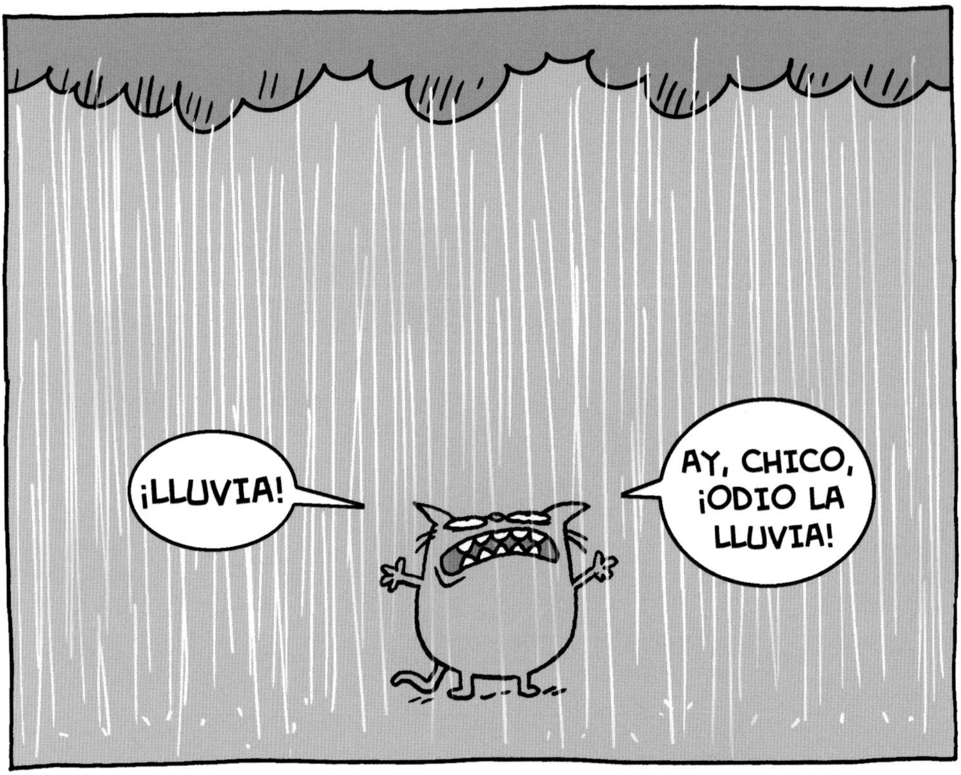
¡LLUVIA!
AY, CHICO, ¡ODIO LA LLUVIA!

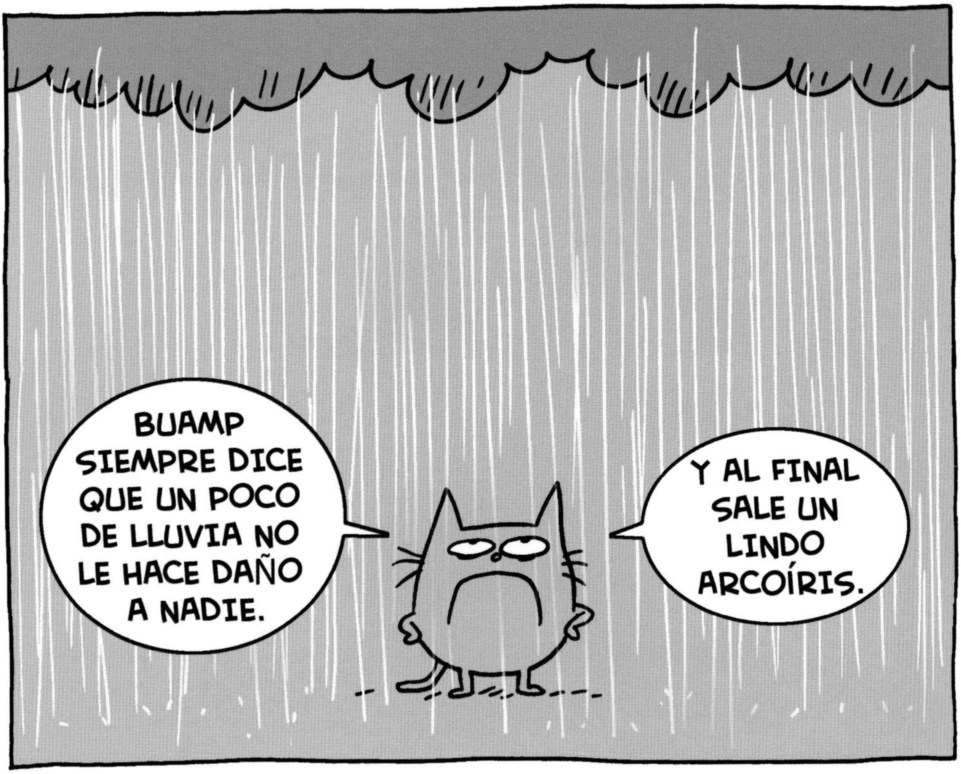
BUAMP SIEMPRE DICE QUE UN POCO DE LLUVIA NO LE HACE DAÑO A NADIE.
Y AL FINAL SALE UN LINDO ARCOÍRIS.

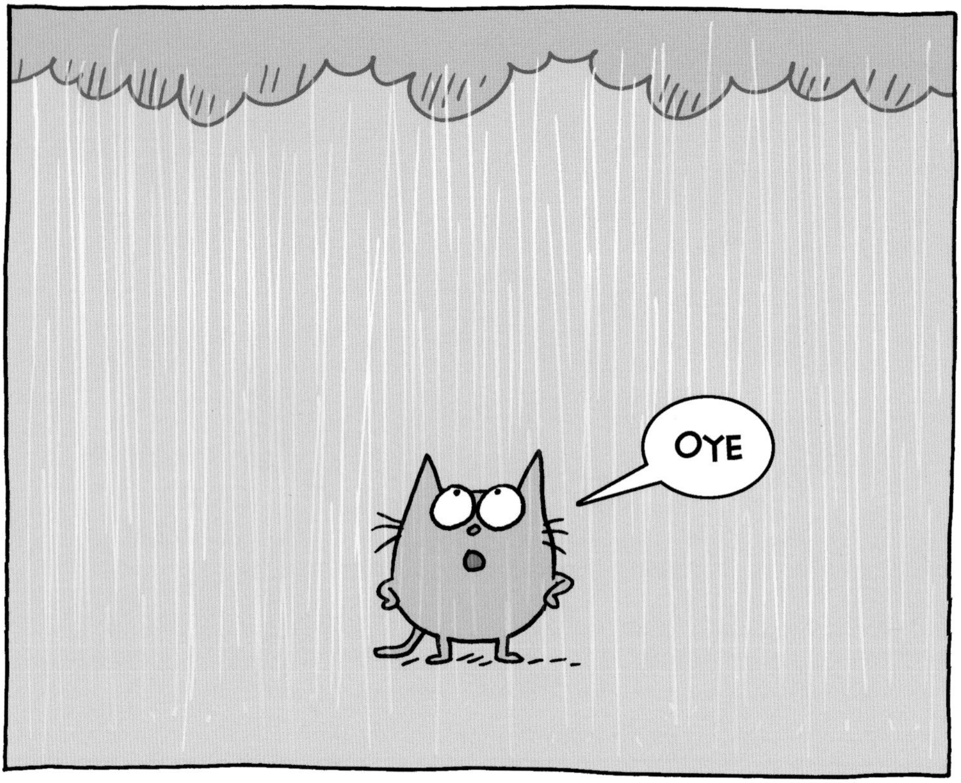
OYE

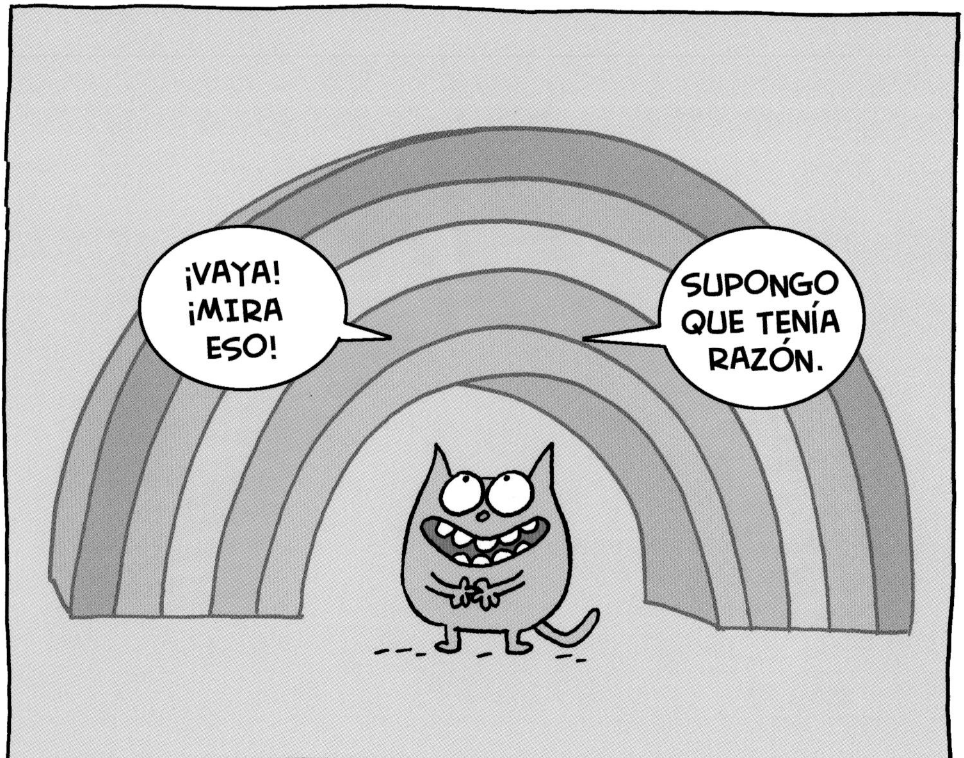
¡VAYA! ¡MIRA ESO!
SUPONGO QUE TENÍA RAZÓN.

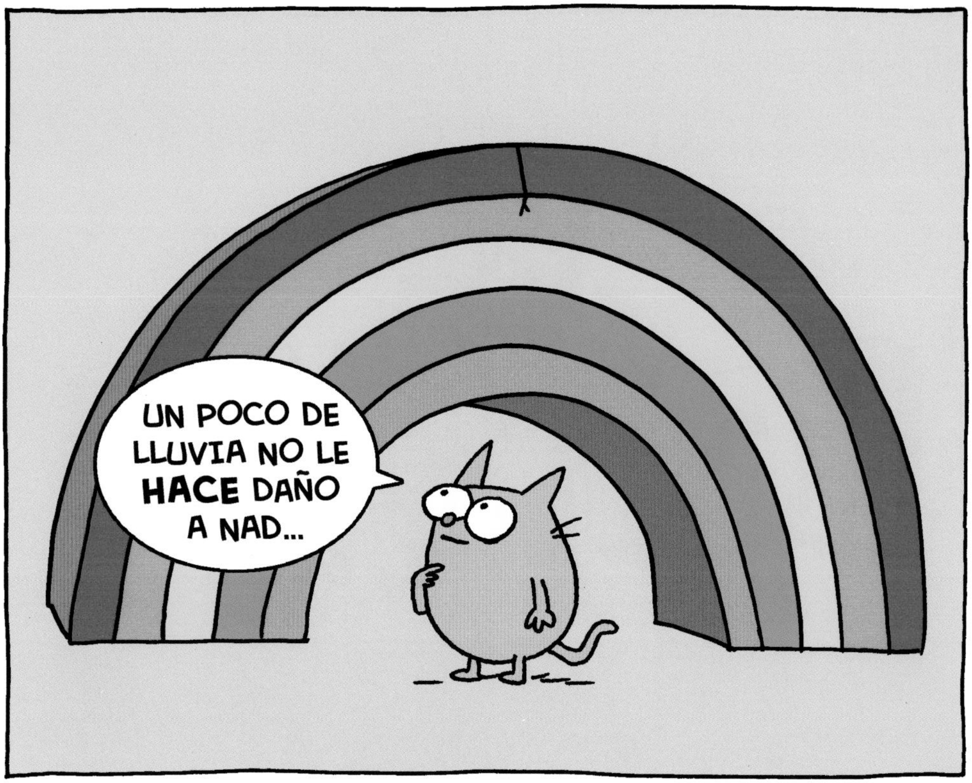
UN POCO DE LLUVIA NO LE **HACE** DAÑO A NAD...

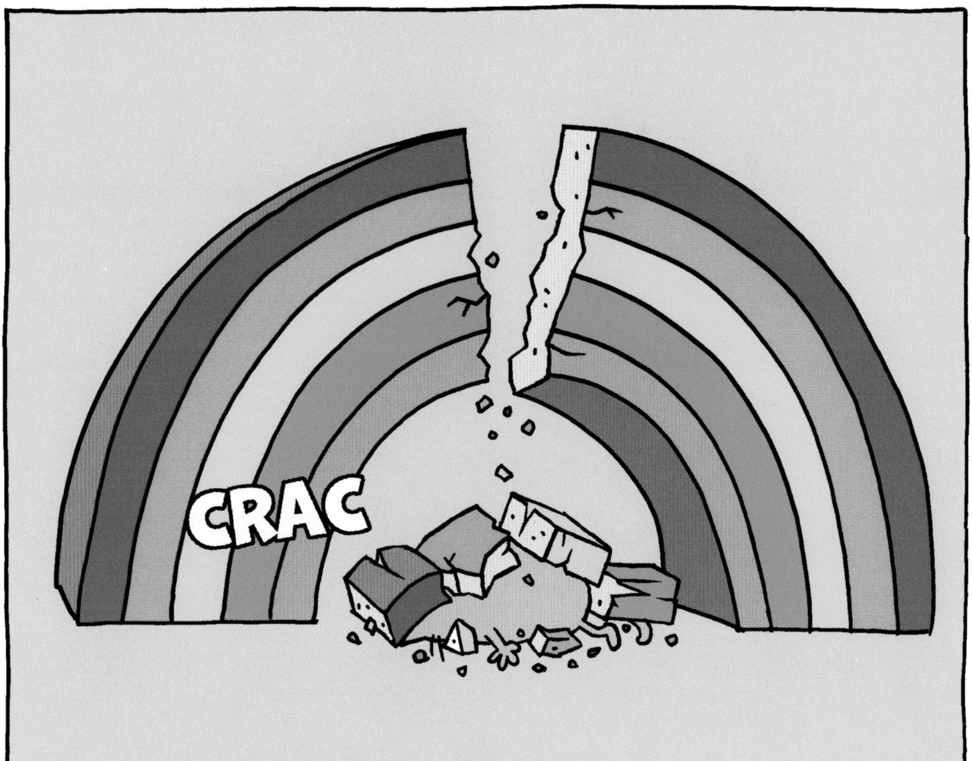
CRAC

EL RESFRIADO

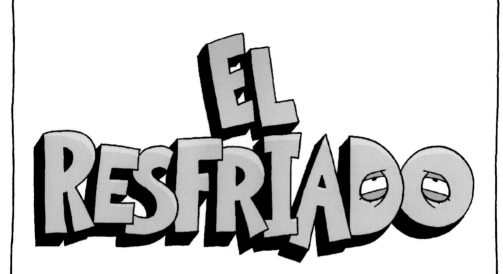

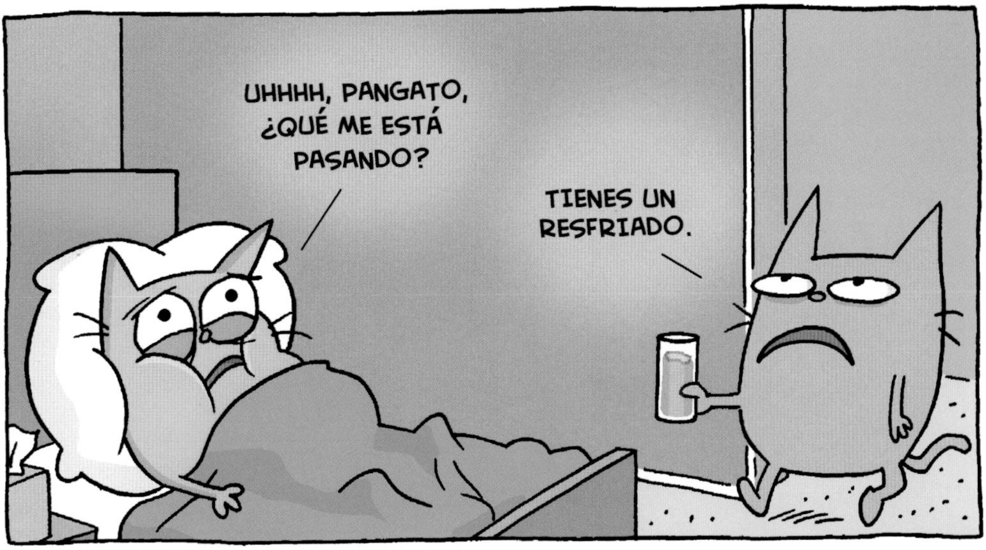
UHHHH, PANGATO, ¿QUÉ ME ESTÁ PASANDO?
TIENES UN RESFRIADO.

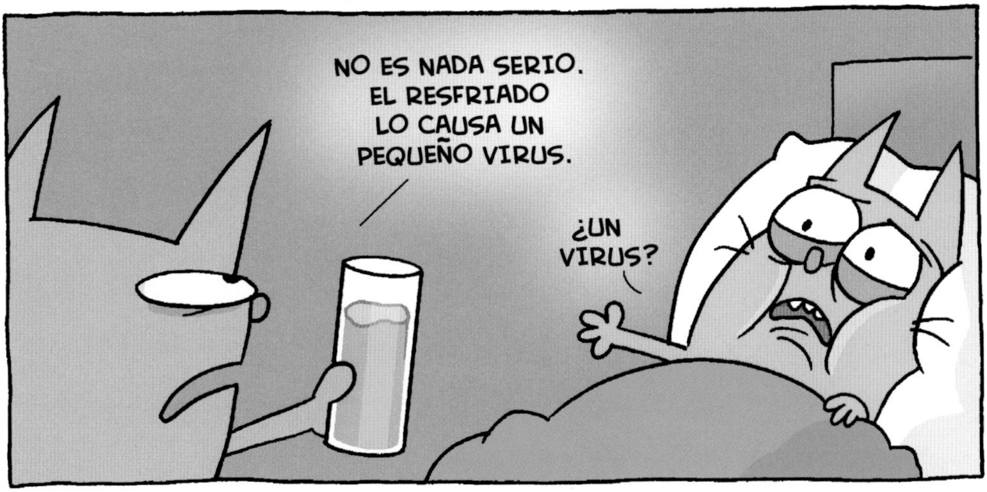
NO ES NADA SERIO. EL RESFRIADO LO CAUSA UN PEQUEÑO VIRUS.
¿UN VIRUS?

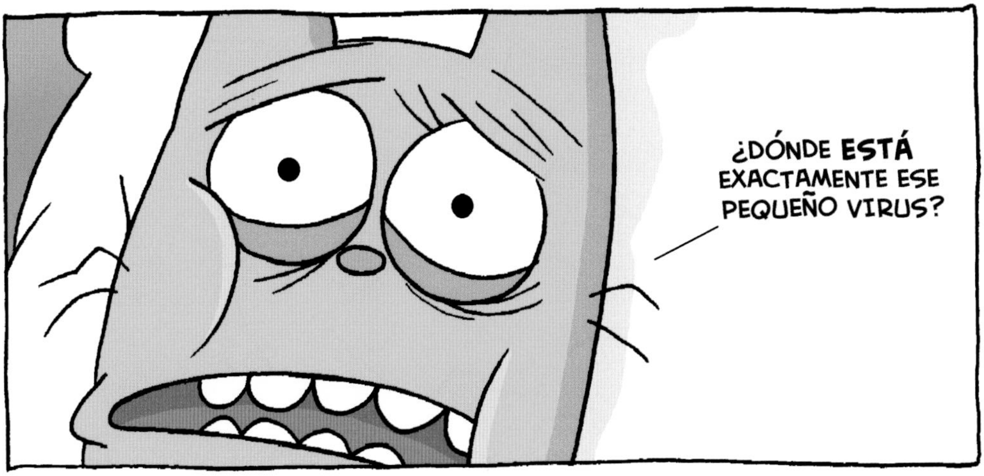
¿DÓNDE **ESTÁ** EXACTAMENTE ESE PEQUEÑO VIRUS?

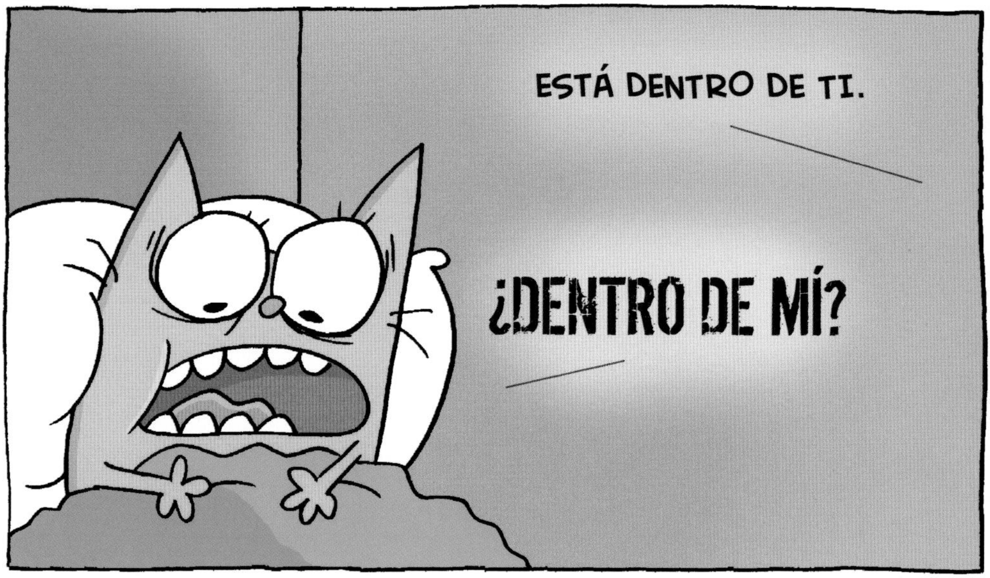
ESTÁ DENTRO DE TI.
¿DENTRO DE MÍ?

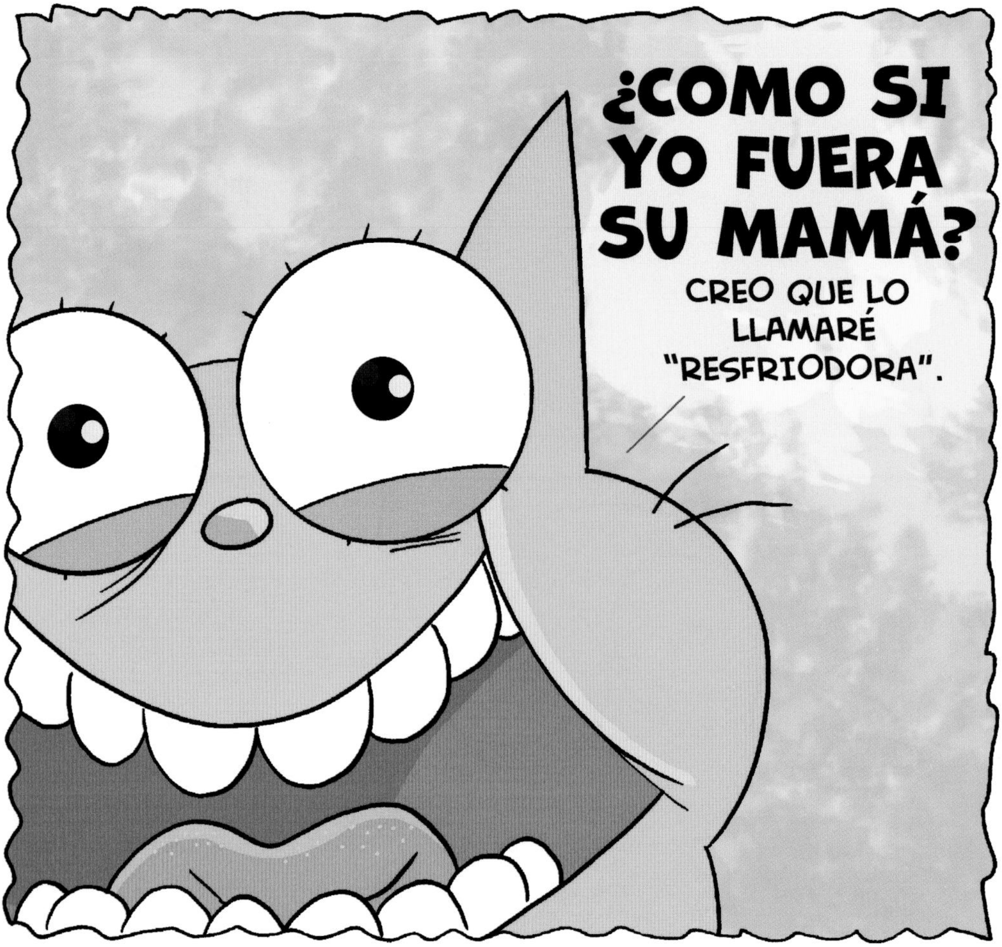
¿COMO SI YO FUERA SU MAMÁ?
CREO QUE LO LLAMARÉ "RESFRIODORA".

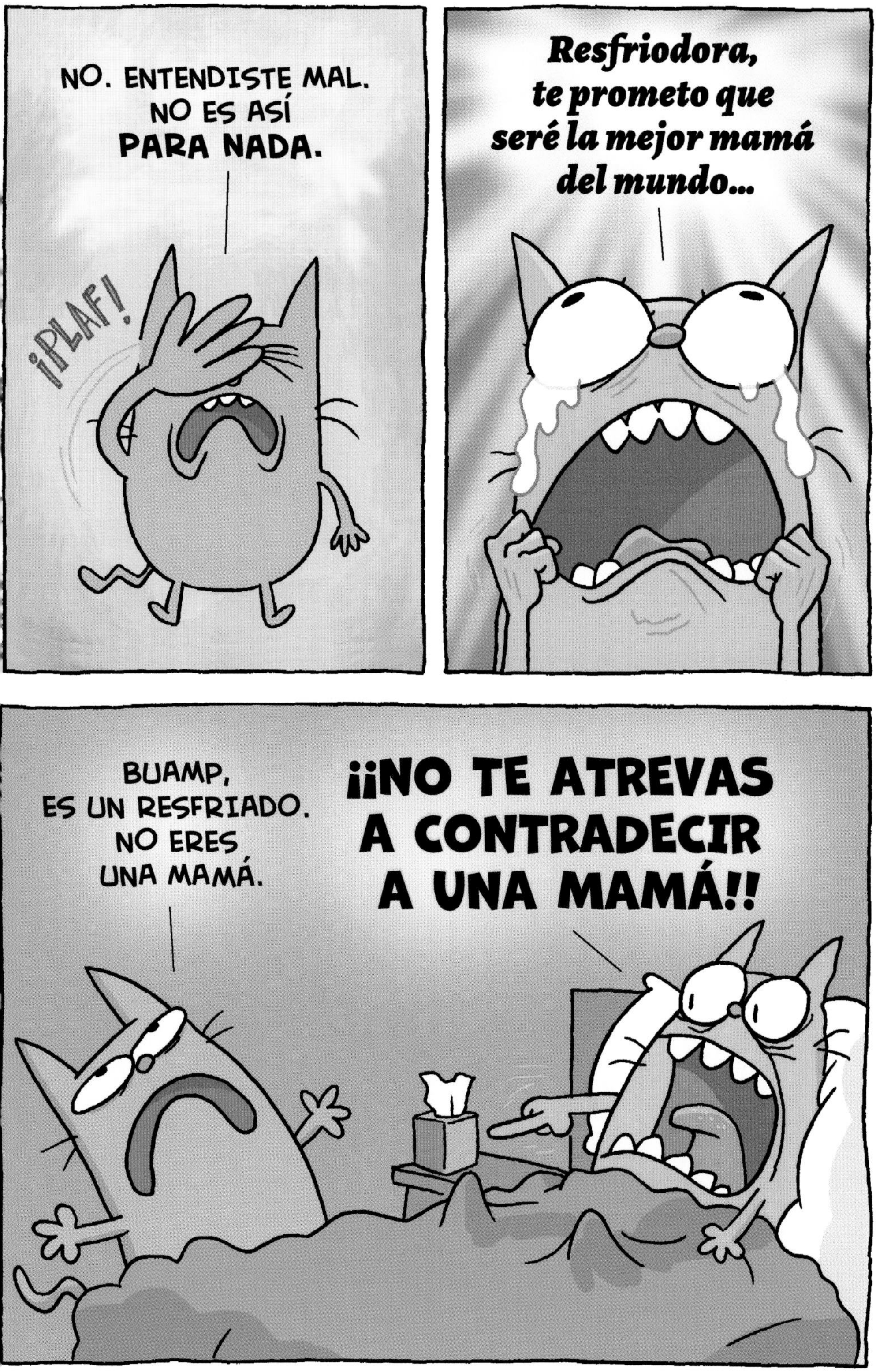
NO. ENTENDISTE MAL. NO ES ASÍ PARA NADA.
¡PLAF!
Resfriodora, te prometo que seré la mejor mamá del mundo...
BUAMP, ES UN RESFRIADO. NO ERES UNA MAMÁ.
¡¡NO TE ATREVAS A CONTRADECIR A UNA MAMÁ!!

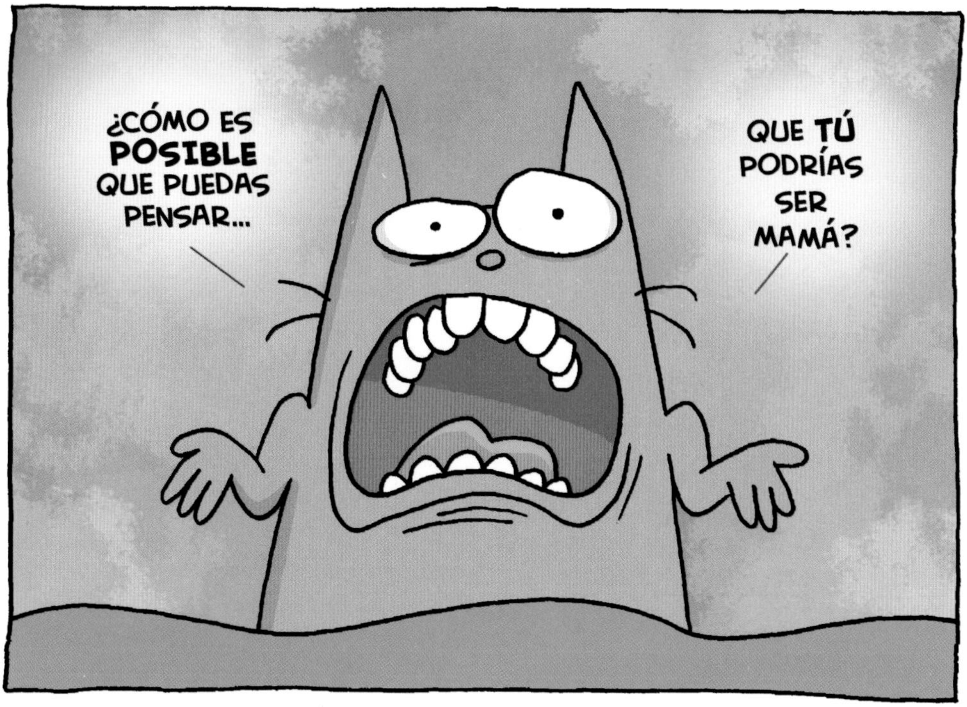
¿CÓMO ES POSIBLE QUE PUEDAS PENSAR...
QUE TÚ PODRÍAS SER MAMÁ?

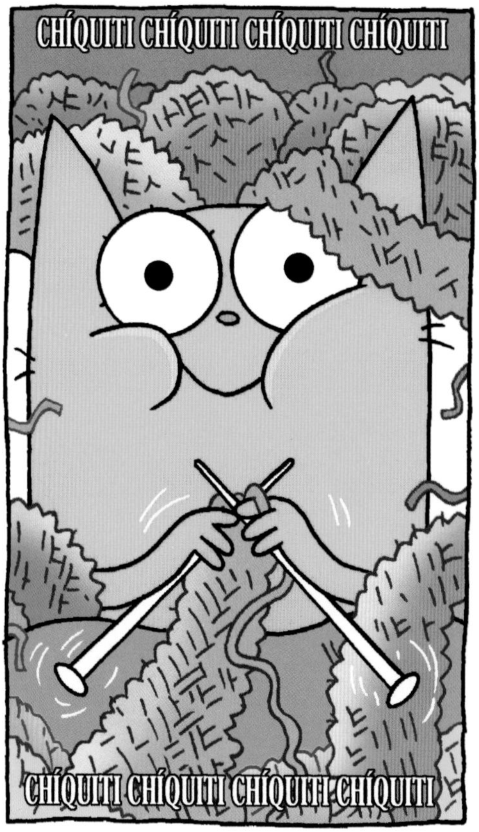
CHÍQUITI CHÍQUITI CHÍQUITI CHÍQUITI
CHÍQUITI CHÍQUITI CHÍQUITI CHÍQUITI

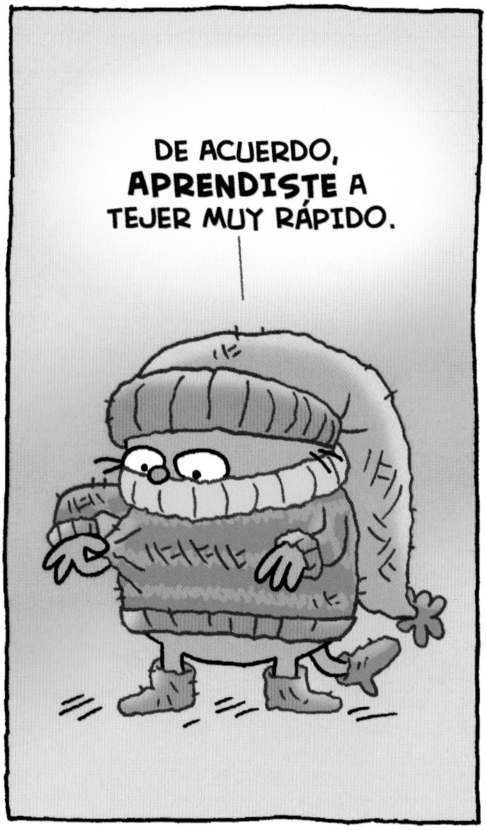
DE ACUERDO, APRENDISTE A TEJER MUY RÁPIDO.

Y UNAS CUANTAS COSAS MÁS... TODO TIENE QUE ESTAR MUY LIMPIO, AUNQUE A LOS BEBÉS LES GUSTE VOMITARSE ENCIMA Y SENTARSE SOBRE LOS PAÑALES SUCIOS.

Y NO PODEMOS TENER NADA PUNTIAGUDO, PORQUE SE PODRÍA HACER DAÑO; NI NADA QUE SE PUEDA TRAGAR, COMO CHICLE O DINAMITA.

Y NO QUIERO QUE VEA NADA QUE DÉ MIEDO, COMO PELÍCULAS DE ZOMBIS O LA ROPA INTERIOR GIGANTE DE MI ABUELA.

Y TAMBIÉN QUIERO... ASEGURARME... DE... QUE... ZZZZZZZZZZ

DESPUÉS DE UNA BUENA Y LARGA SIESTA
¡OYE, PANGATO! ¡SE ME QUITÓ EL RESFRIADO!
oye, pangato, se me quitó el resfriado.

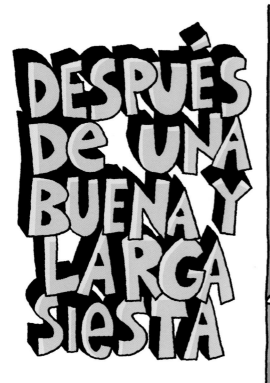

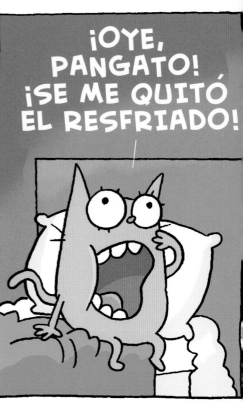

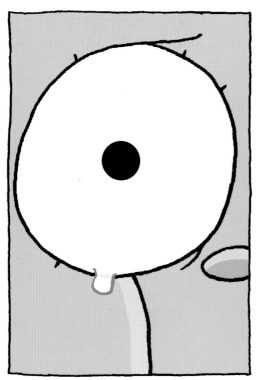

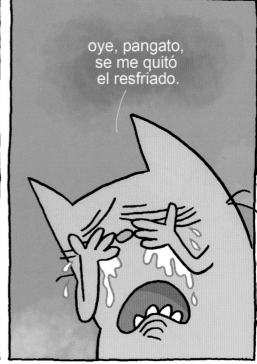

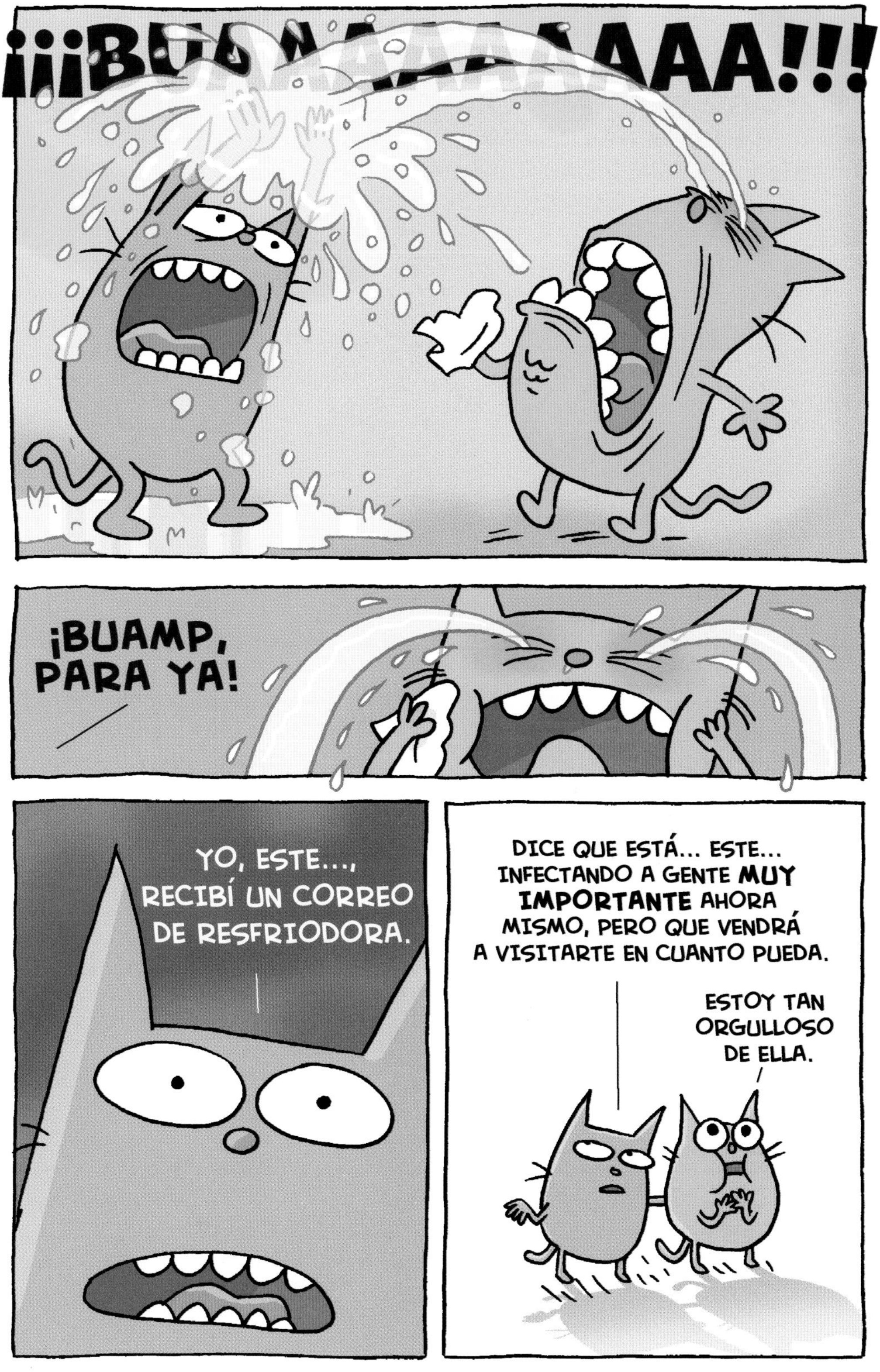
¡¡¡BUAAAAAAAAA!!!
¡BUAMP, PARA YA!
YO, ESTE..., RECIBÍ UN CORREO DE RESFRIODORA.
DICE QUE ESTÁ... ESTE... INFECTANDO A GENTE MUY IMPORTANTE AHORA MISMO, PERO QUE VENDRÁ A VISITARTE EN CUANTO PUEDA.
ESTOY TAN ORGULLOSO DE ELLA.

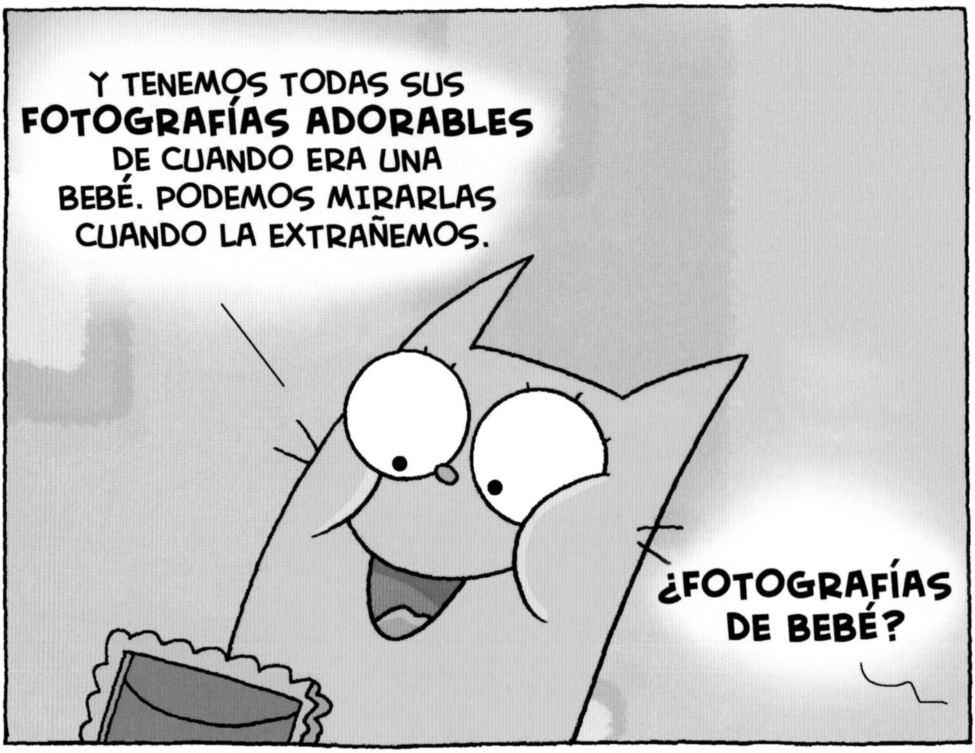
Y TENEMOS TODAS SUS **FOTOGRAFÍAS ADORABLES** DE CUANDO ERA UNA BEBÉ. PODEMOS MIRARLAS CUANDO LA EXTRAÑEMOS.
¿FOTOGRAFÍAS DE BEBÉ?

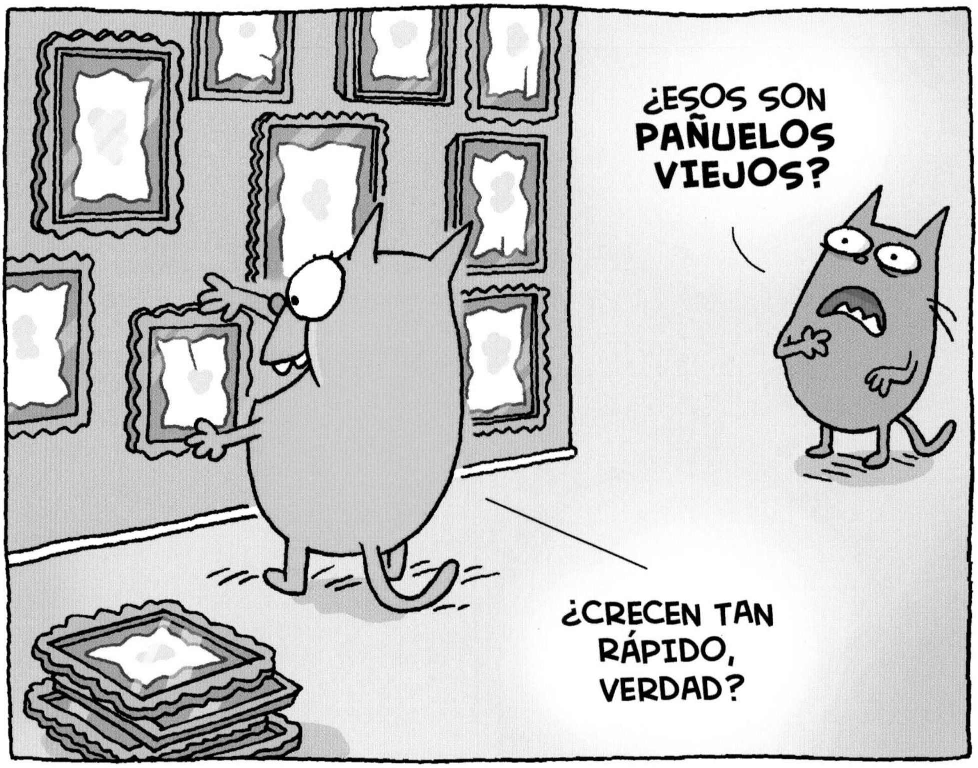
¿ESOS SON **PAÑUELOS VIEJOS?**
¿CRECEN TAN RÁPIDO, VERDAD?

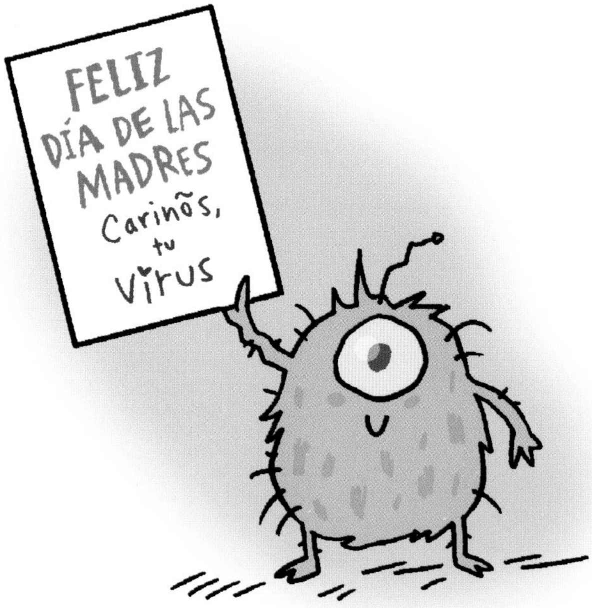
FELIZ
DÍA DE LAS
MADRES
Cariños,
tu
Virus

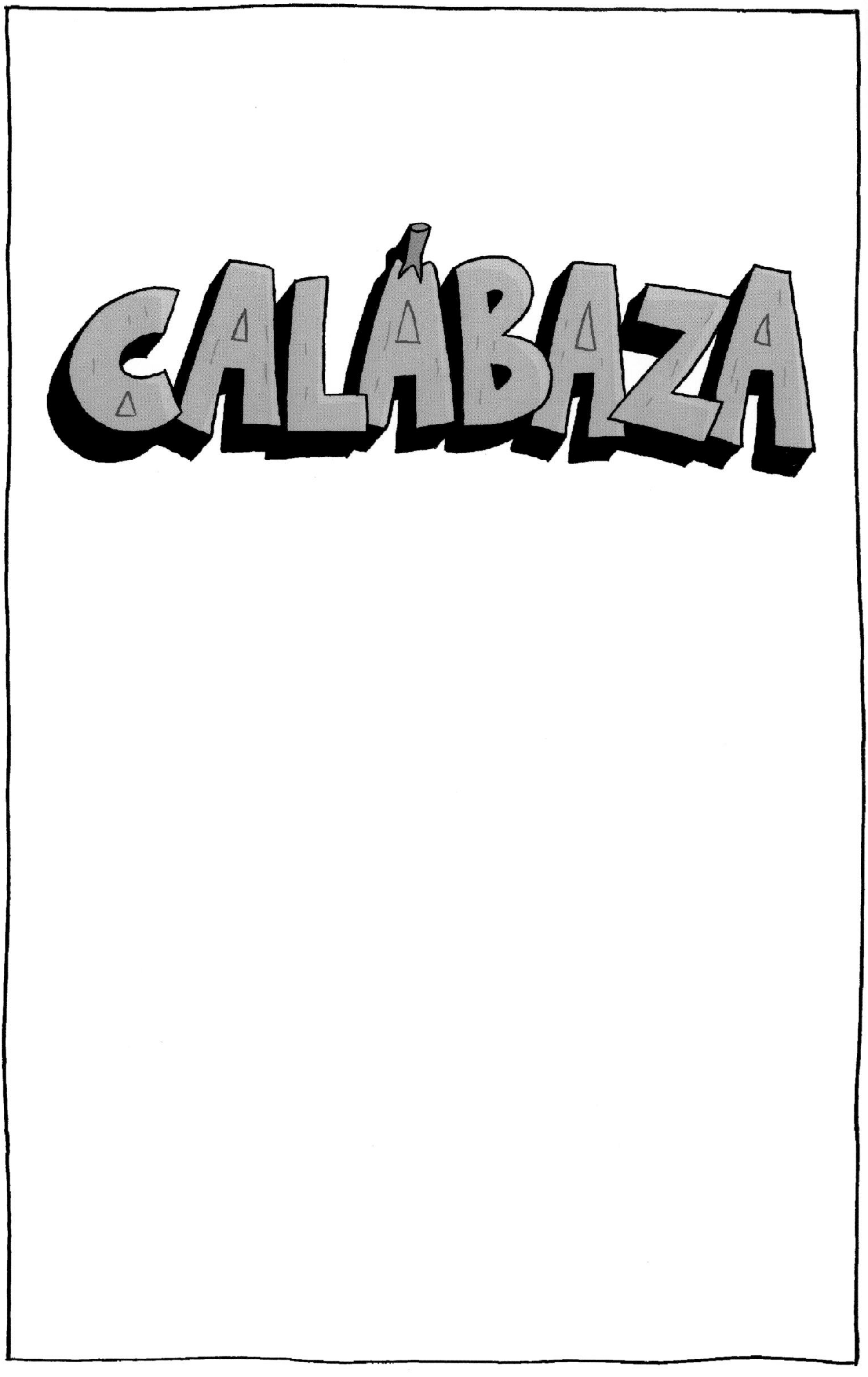
CALABAZA

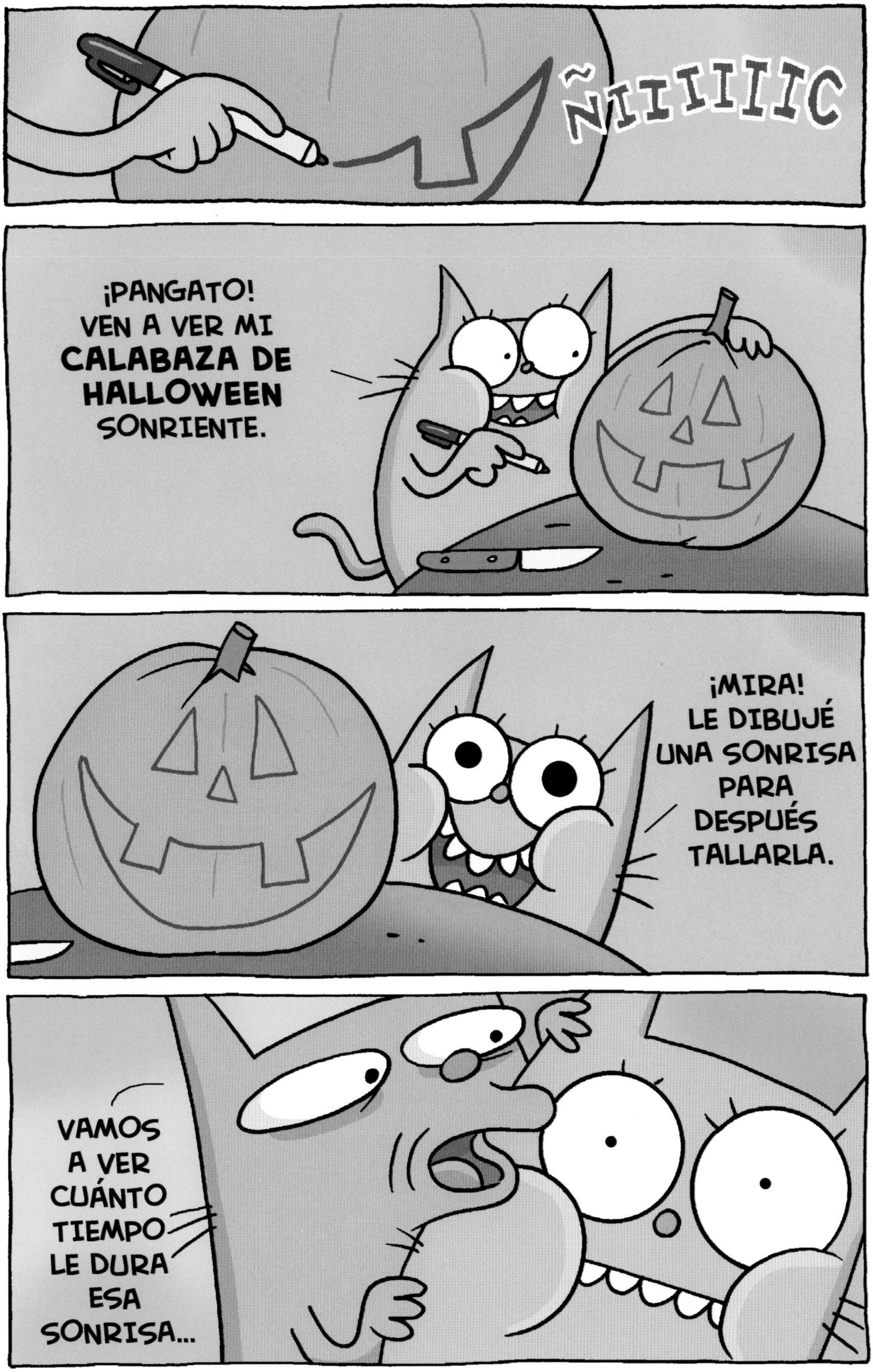
ÑIIIIIC
¡PANGATO! VEN A VER MI **CALABAZA DE HALLOWEEN** SONRIENTE.
¡MIRA! LE DIBUJÉ UNA SONRISA PARA DESPUÉS TALLARLA.
VAMOS A VER CUÁNTO TIEMPO LE DURA ESA SONRISA...

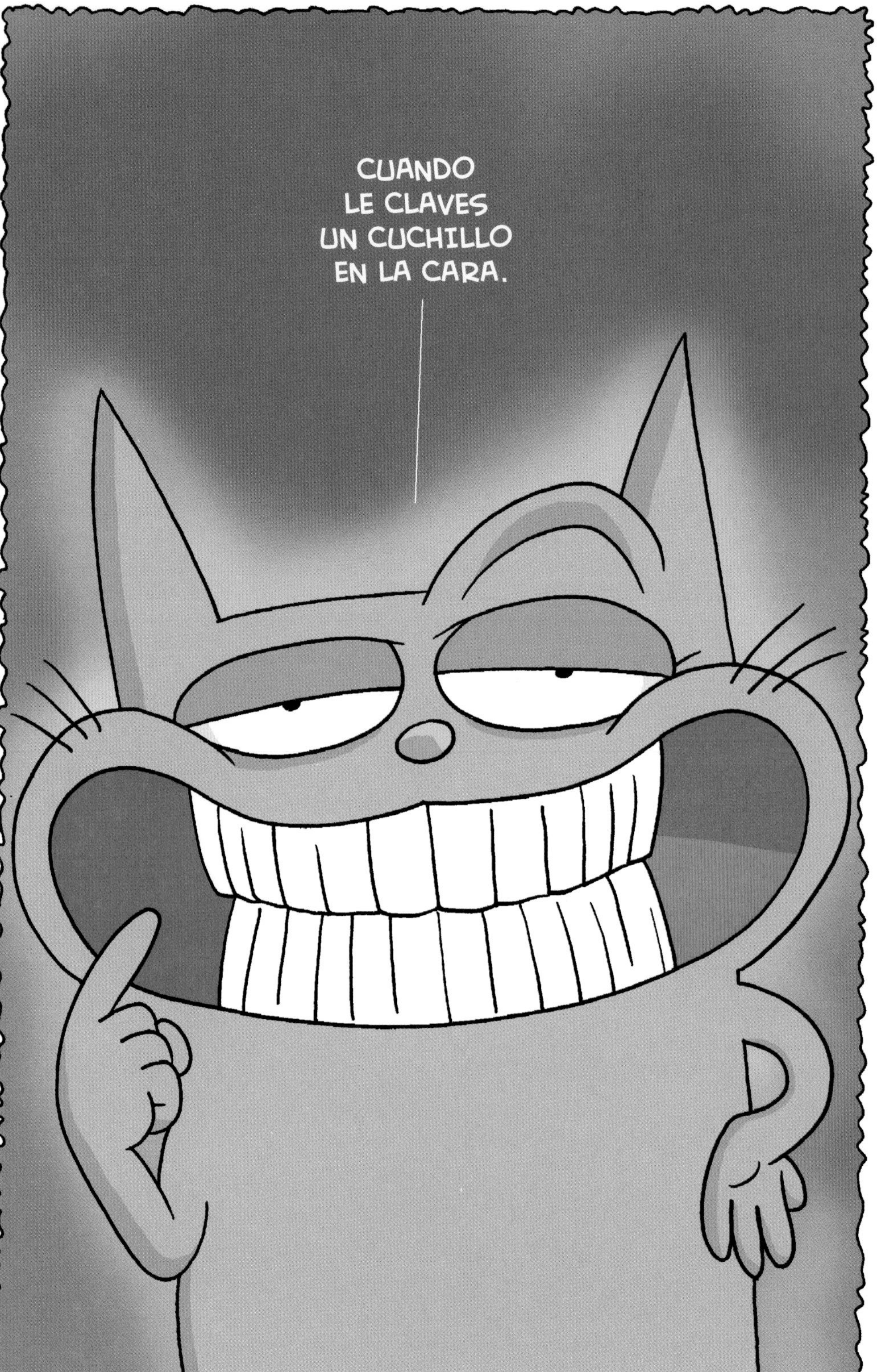
CUANDO LE CLAVES UN CUCHILLO EN LA CARA.

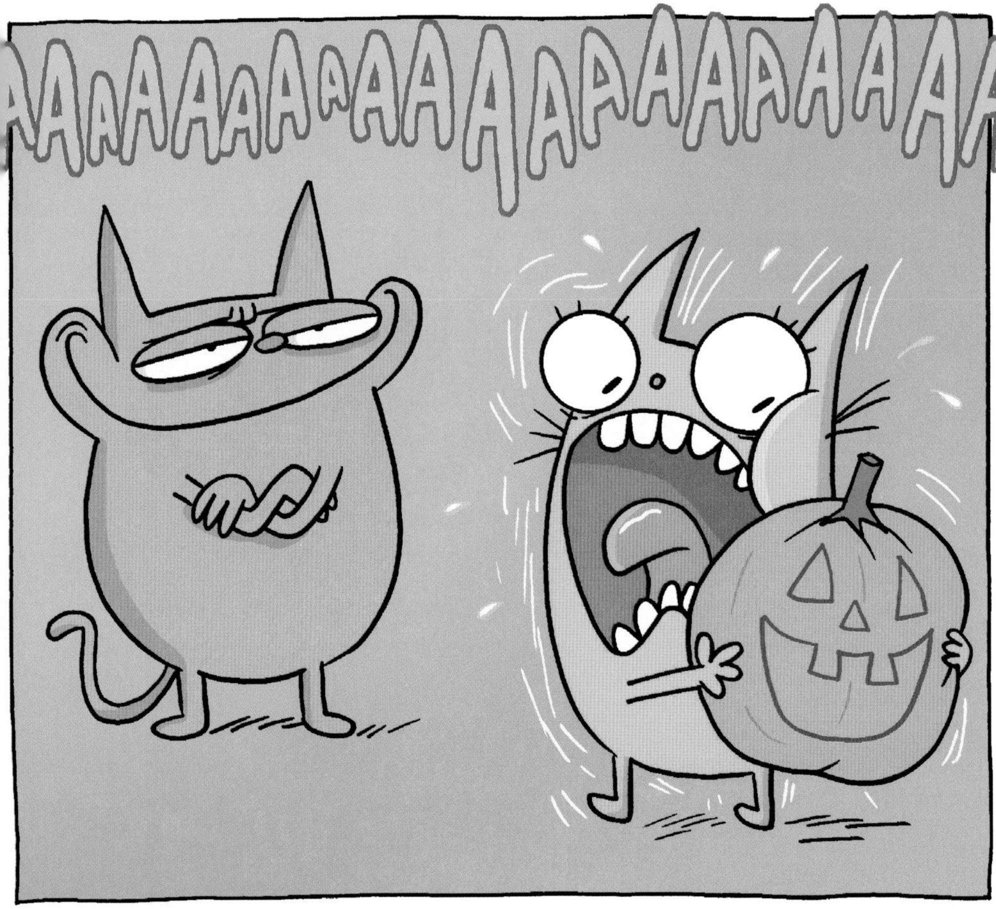
AAAAAAAAAAAAAAAAAAA

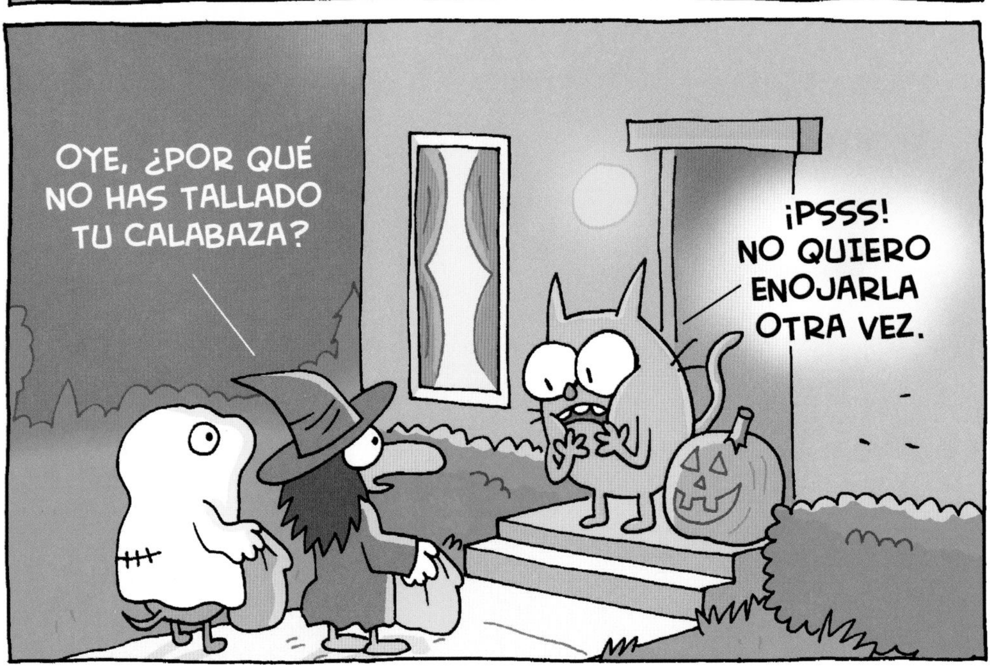
OYE, ¿POR QUÉ NO HAS TALLADO TU CALABAZA?
¡PSSS! NO QUIERO ENOJARLA OTRA VEZ.

LIMONES

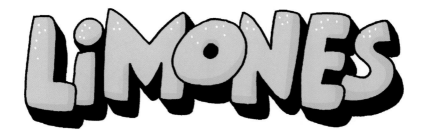

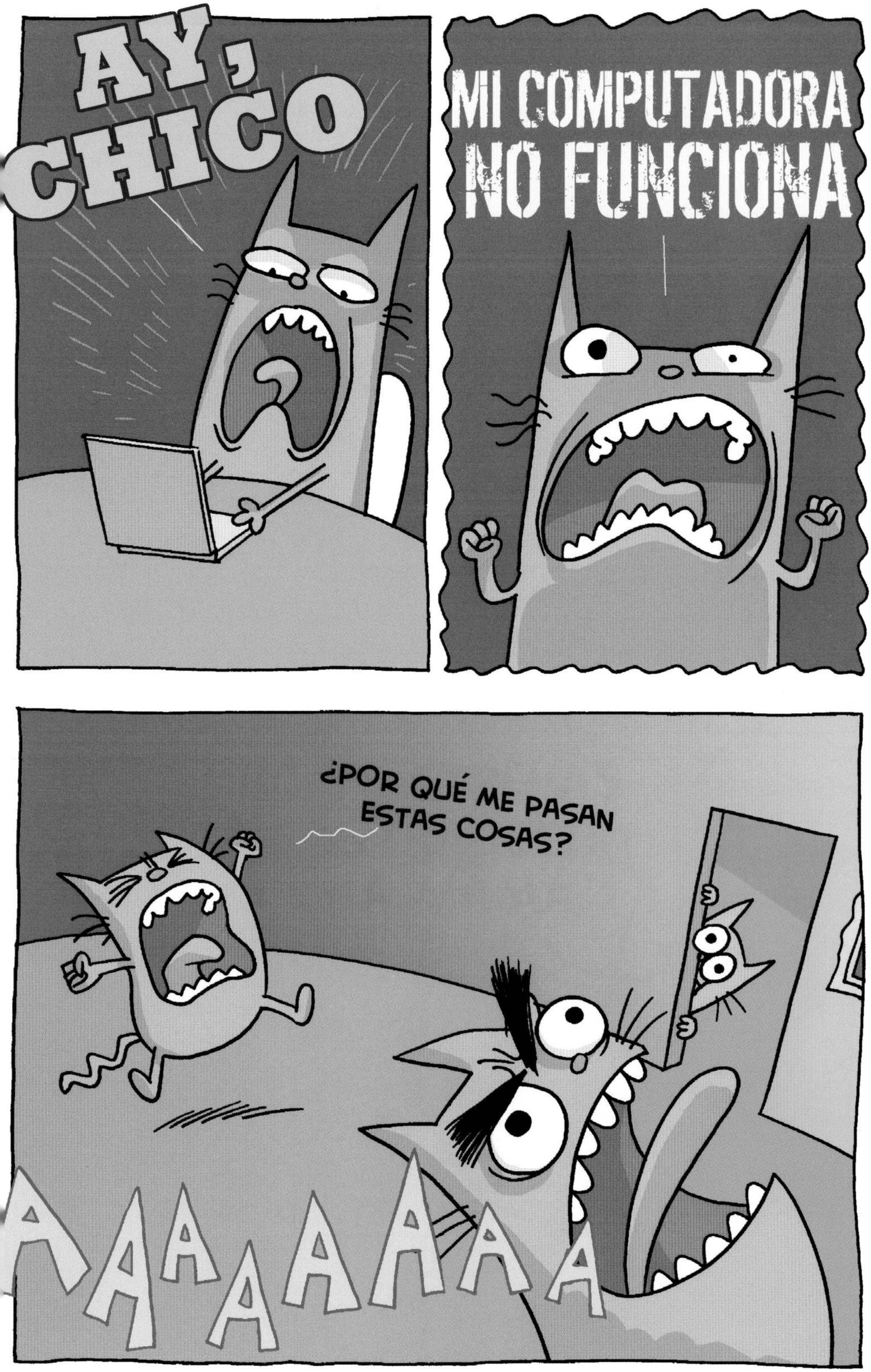
AY, CHICO
MI COMPUTADORA NO FUNCIONA
¿POR QUÉ ME PASAN ESTAS COSAS?
AAAAAAAAAA

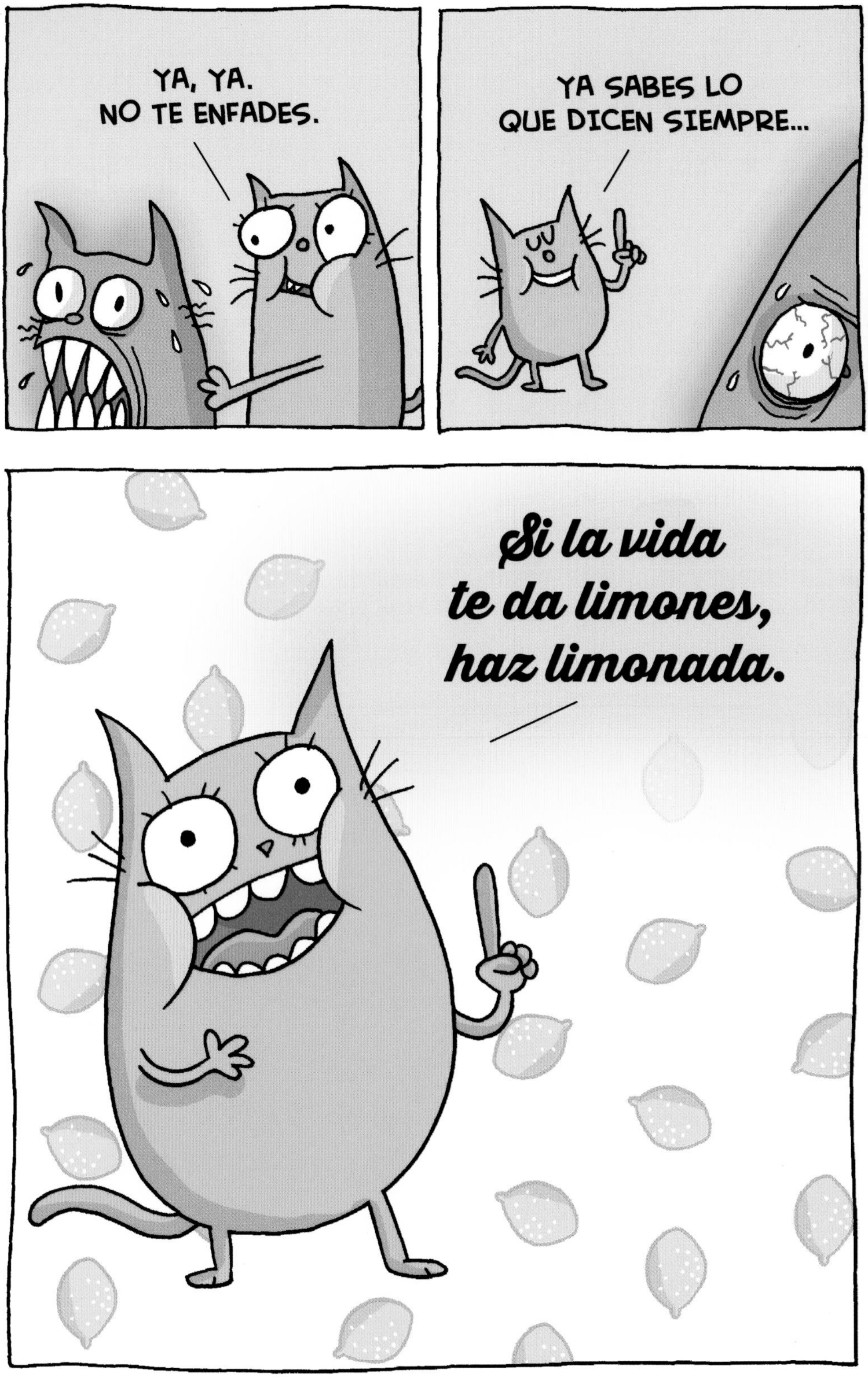
YA, YA.
NO TE ENFADES.
YA SABES LO
QUE DICEN SIEMPRE...
Si la vida
te da limones,
haz limonada.

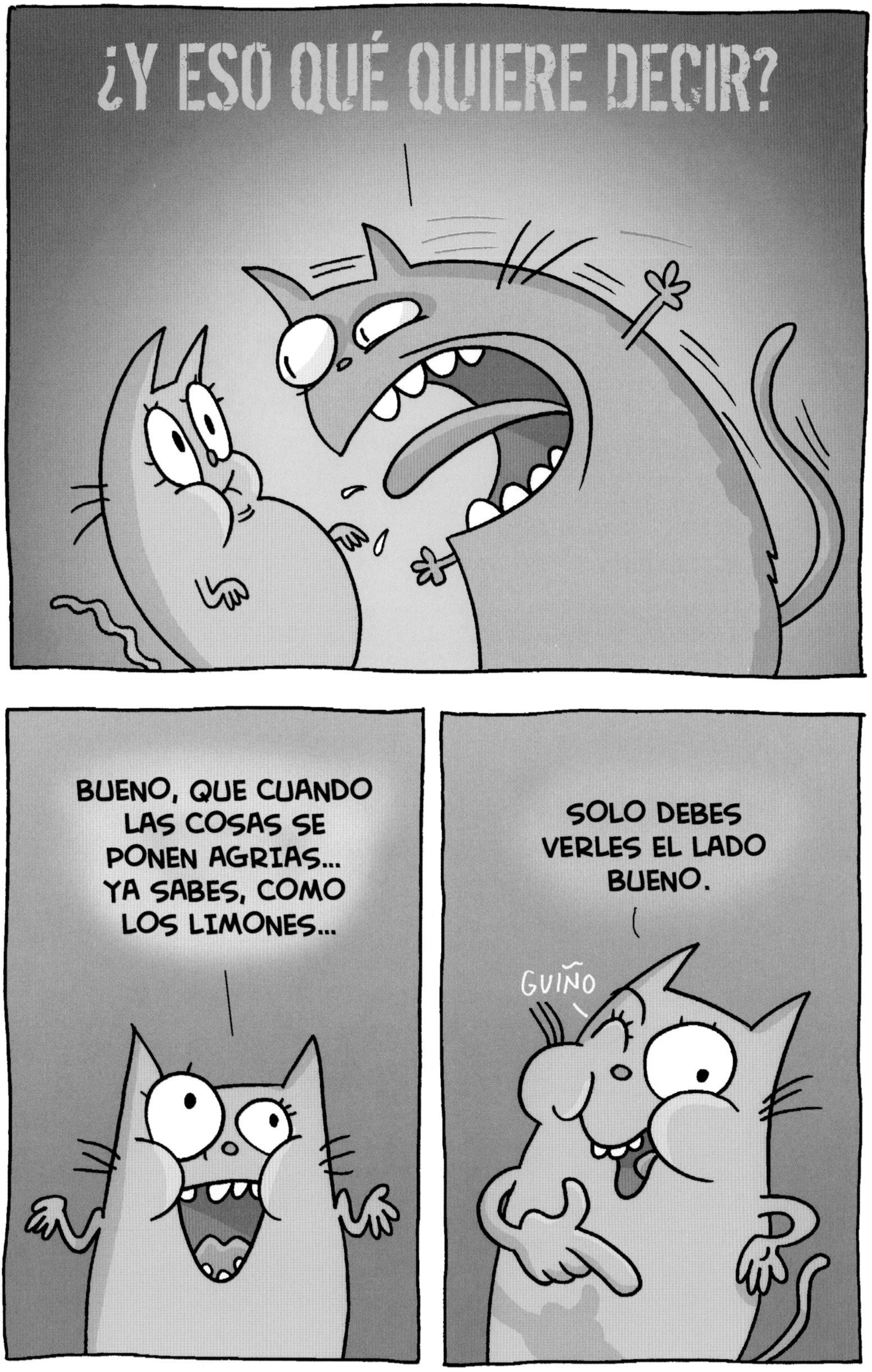
¿Y ESO QUÉ QUIERE DECIR?
BUENO, QUE CUANDO LAS COSAS SE PONEN AGRIAS... YA SABES, COMO LOS LIMONES...
SOLO DEBES VERLES EL LADO BUENO.
GUIÑO

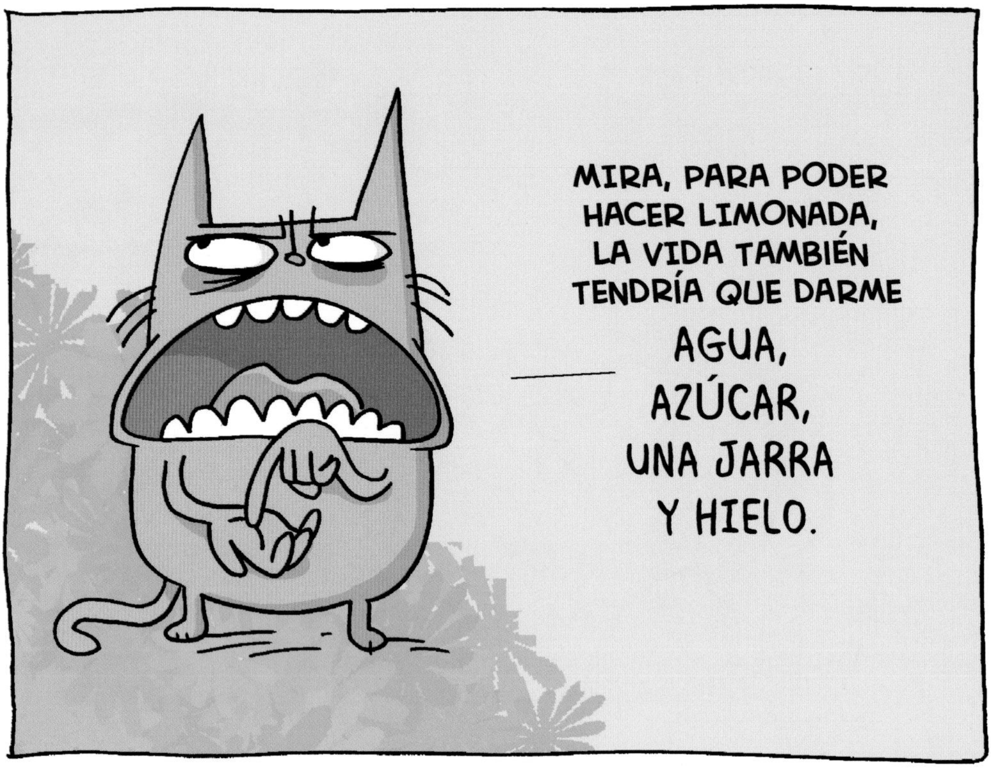
MIRA, PARA PODER HACER LIMONADA, LA VIDA TAMBIÉN TENDRÍA QUE DARME
AGUA, AZÚCAR, UNA JARRA Y HIELO.

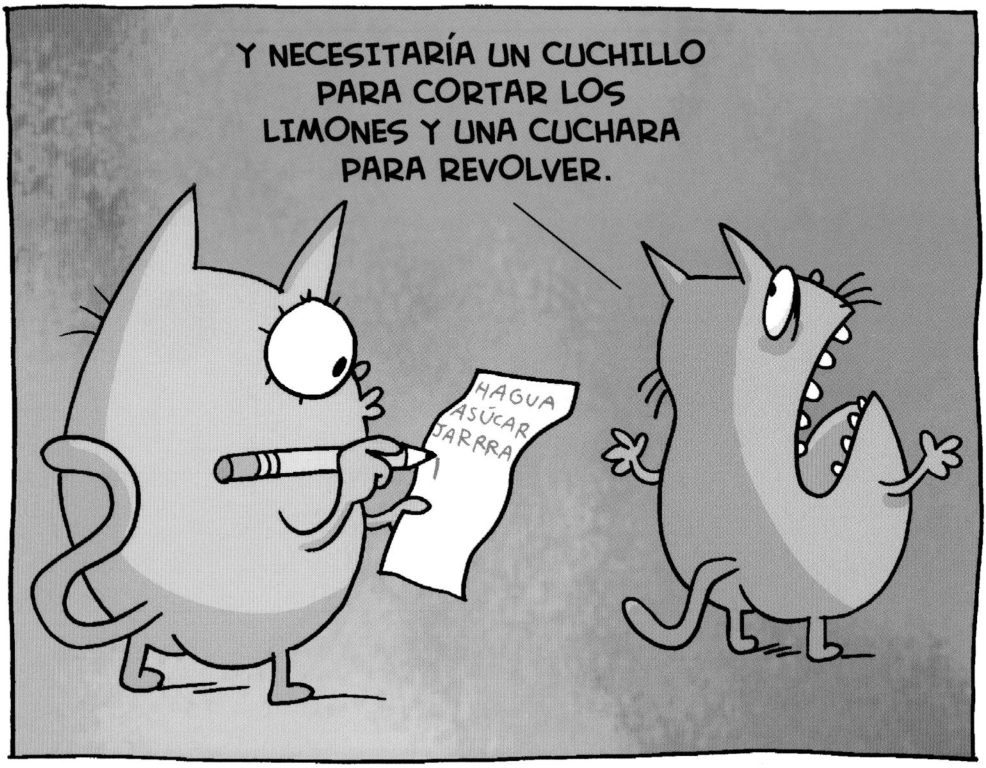
Y NECESITARÍA UN CUCHILLO PARA CORTAR LOS LIMONES Y UNA CUCHARA PARA REVOLVER.
HAGUA
ASÚCAR
JARRRA

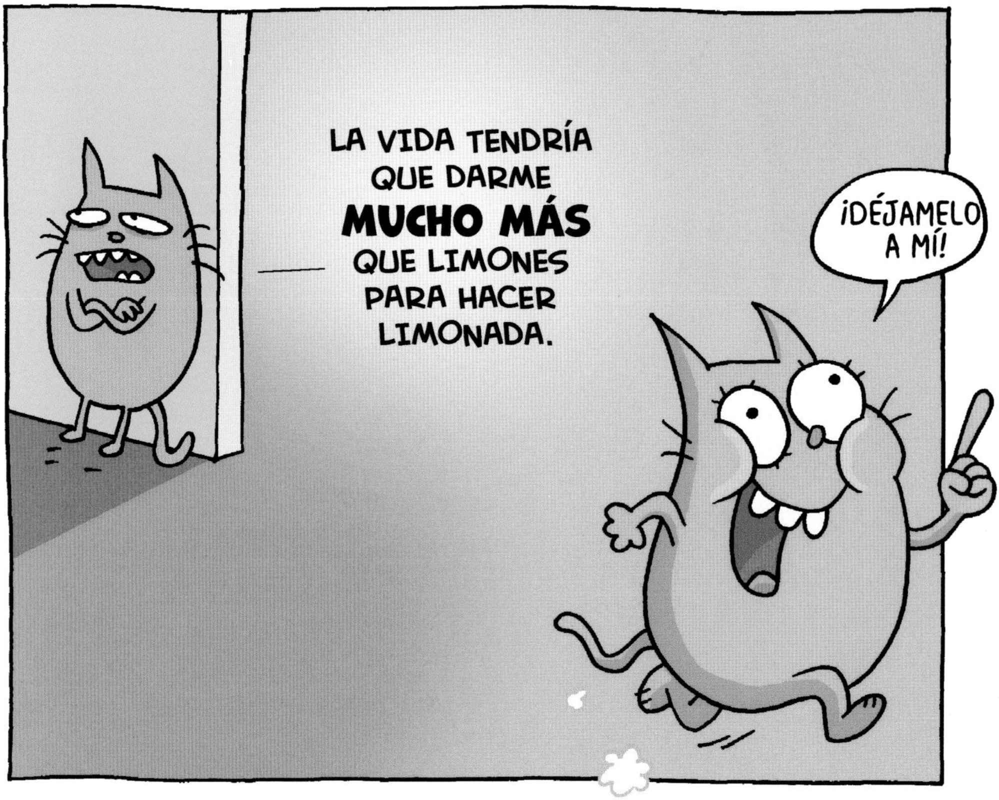
LA VIDA TENDRÍA QUE DARME MUCHO MÁS QUE LIMONES PARA HACER LIMONADA.
¡DÉJAMELO A MÍ!

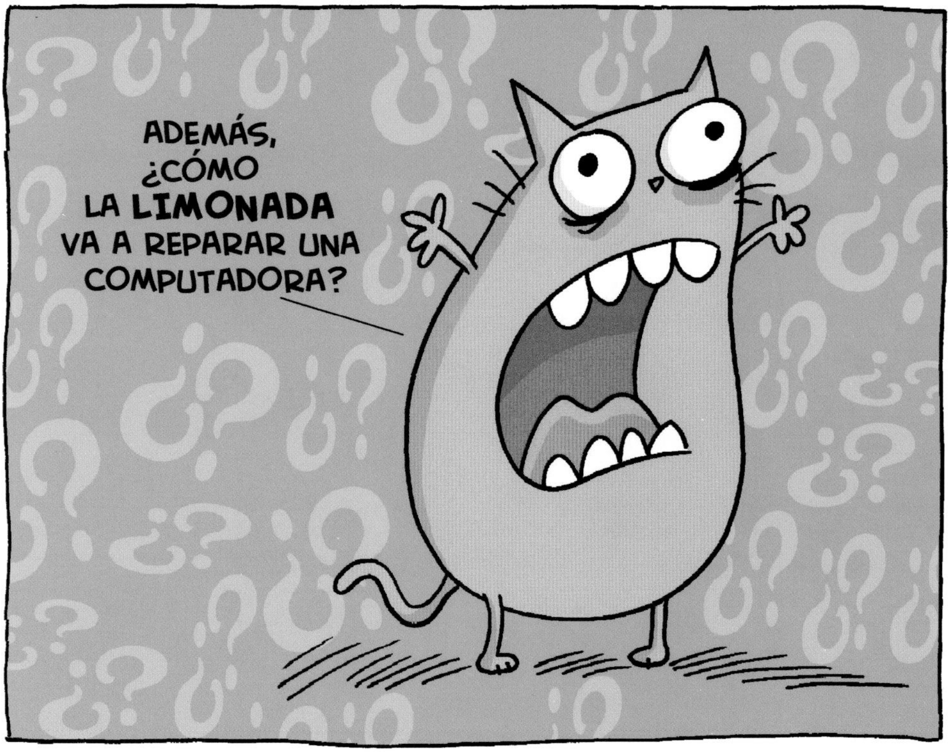
ADEMÁS, ¿CÓMO LA LIMONADA VA A REPARAR UNA COMPUTADORA?

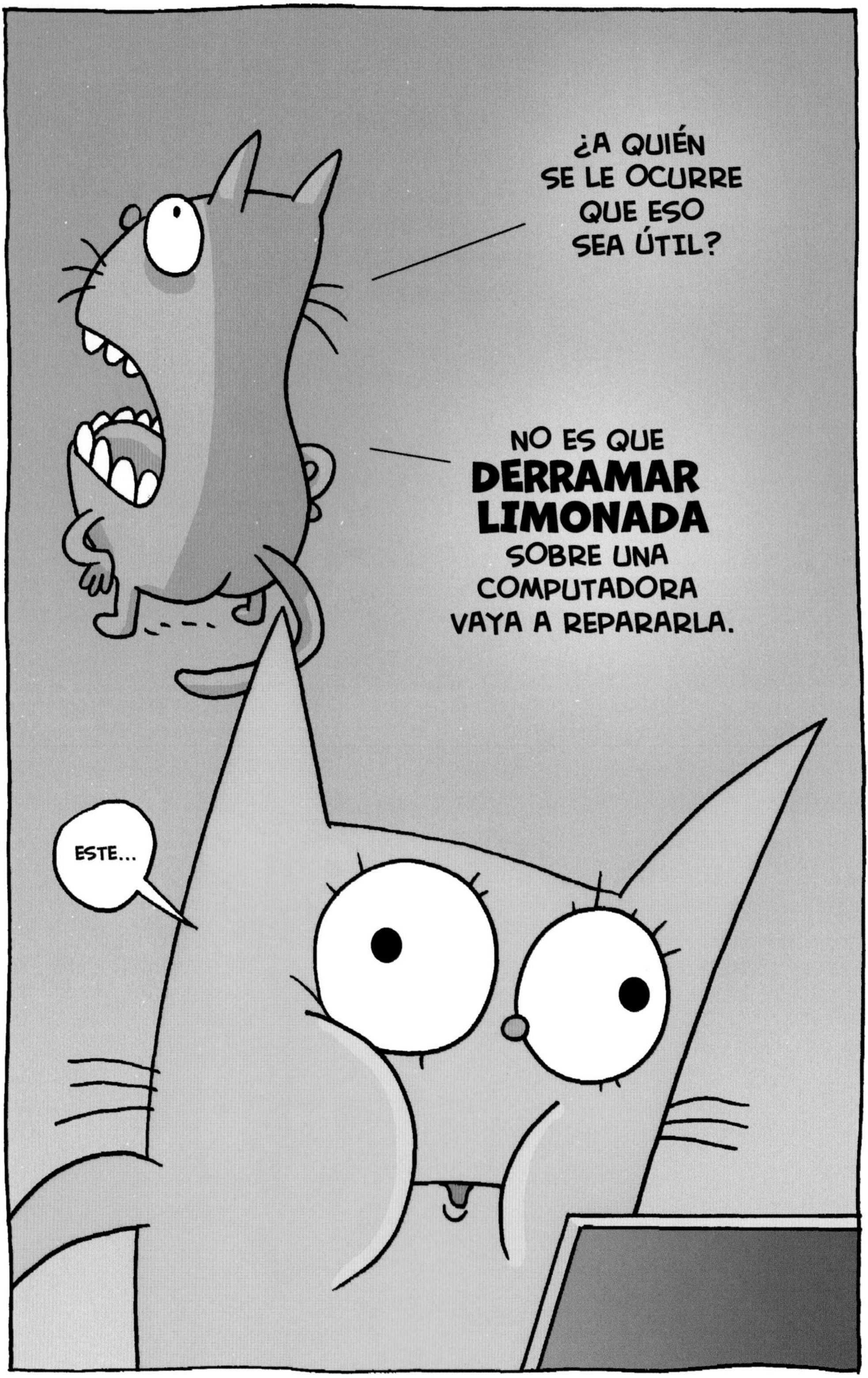
¿A QUIÉN SE LE OCURRE QUE ESO SEA ÚTIL?
NO ES QUE **DERRAMAR LIMONADA** SOBRE UNA COMPUTADORA VAYA A REPARARLA.
ESTE...

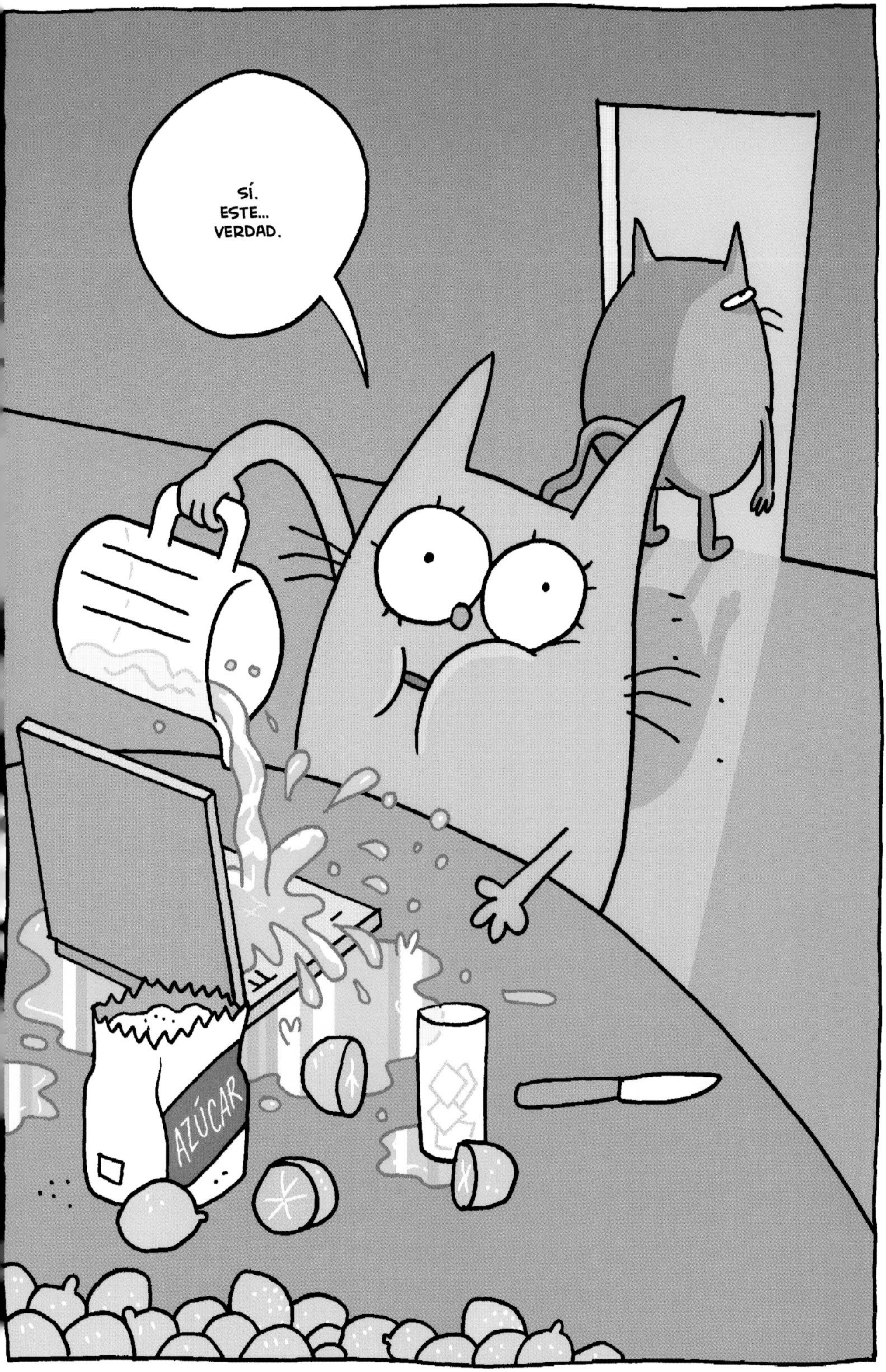
SÍ.
ESTE...
VERDAD.
AZÚCAR

CALAVERA

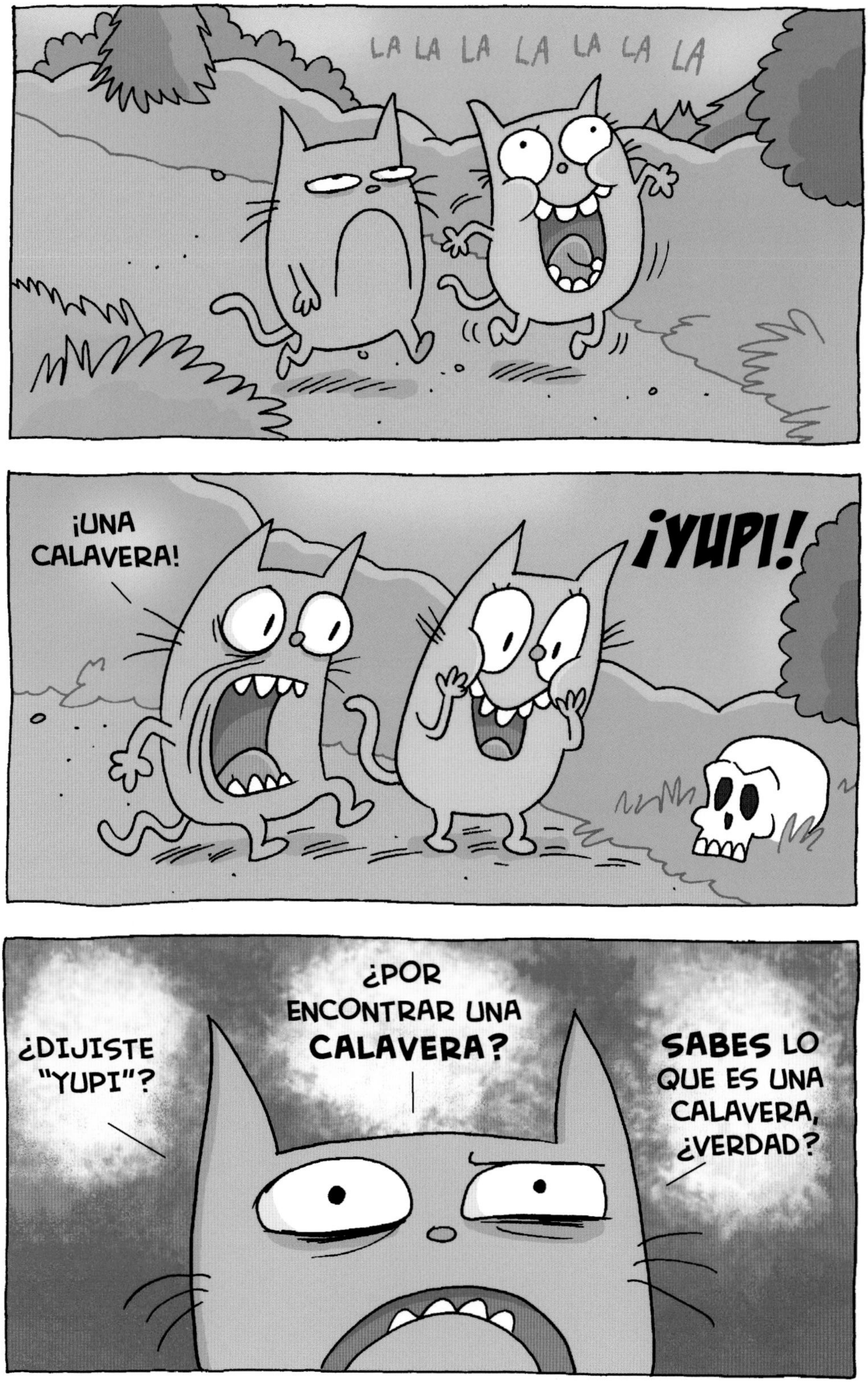
LA LA LA LA LA LA LA
¡UNA CALAVERA!
¡YUPI!
¿DIJISTE "YUPI"?
¿POR ENCONTRAR UNA CALAVERA?
SABES LO QUE ES UNA CALAVERA, ¿VERDAD?

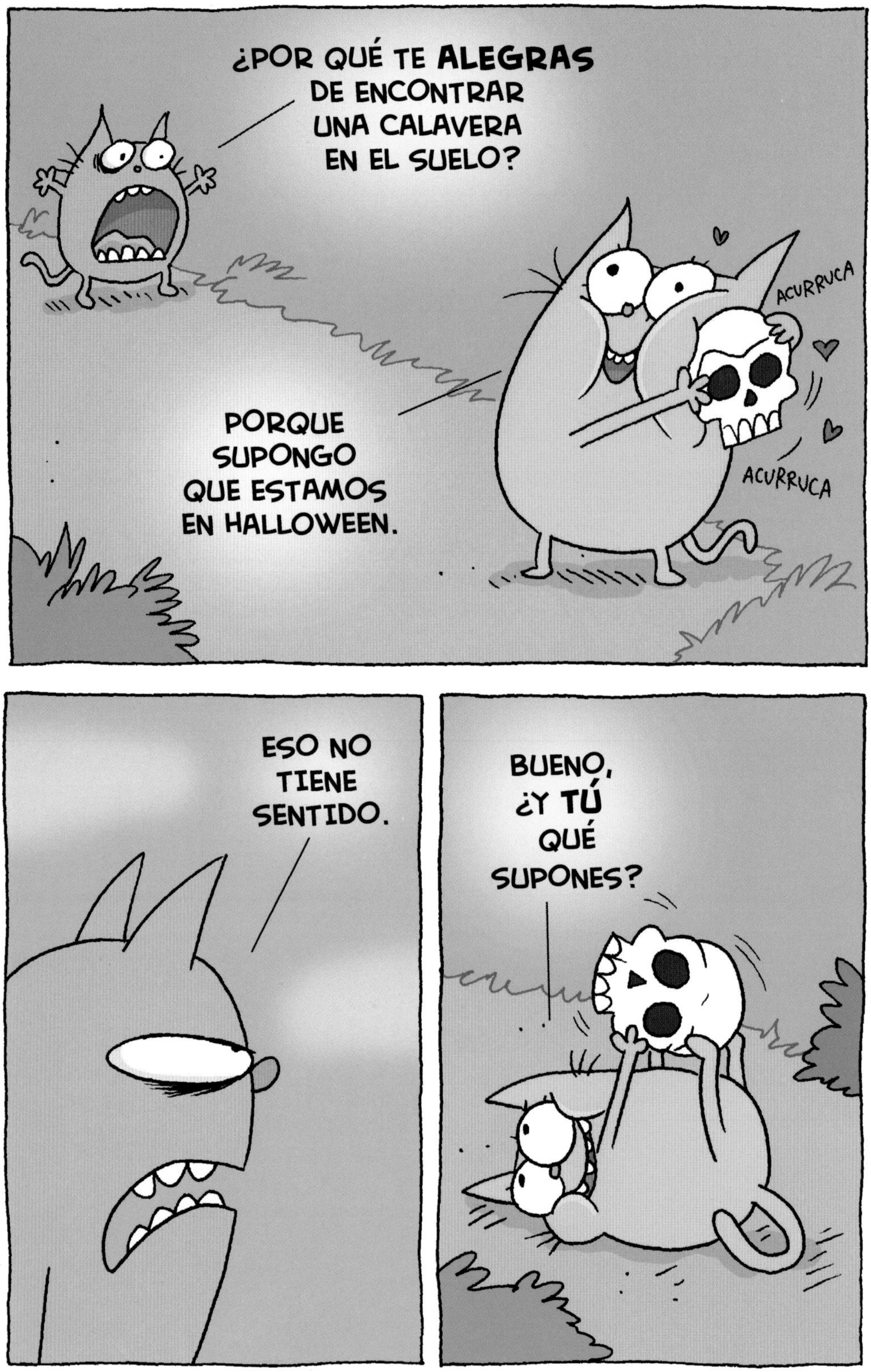
¿POR QUÉ TE **ALEGRAS** DE ENCONTRAR UNA CALAVERA EN EL SUELO?
ACURRUCA
ACURRUCA
PORQUE SUPONGO QUE ESTAMOS EN HALLOWEEN.
ESO NO TIENE SENTIDO.
BUENO, ¿Y **TÚ** QUÉ SUPONES?

¡QUE ES MI CALAVERA!

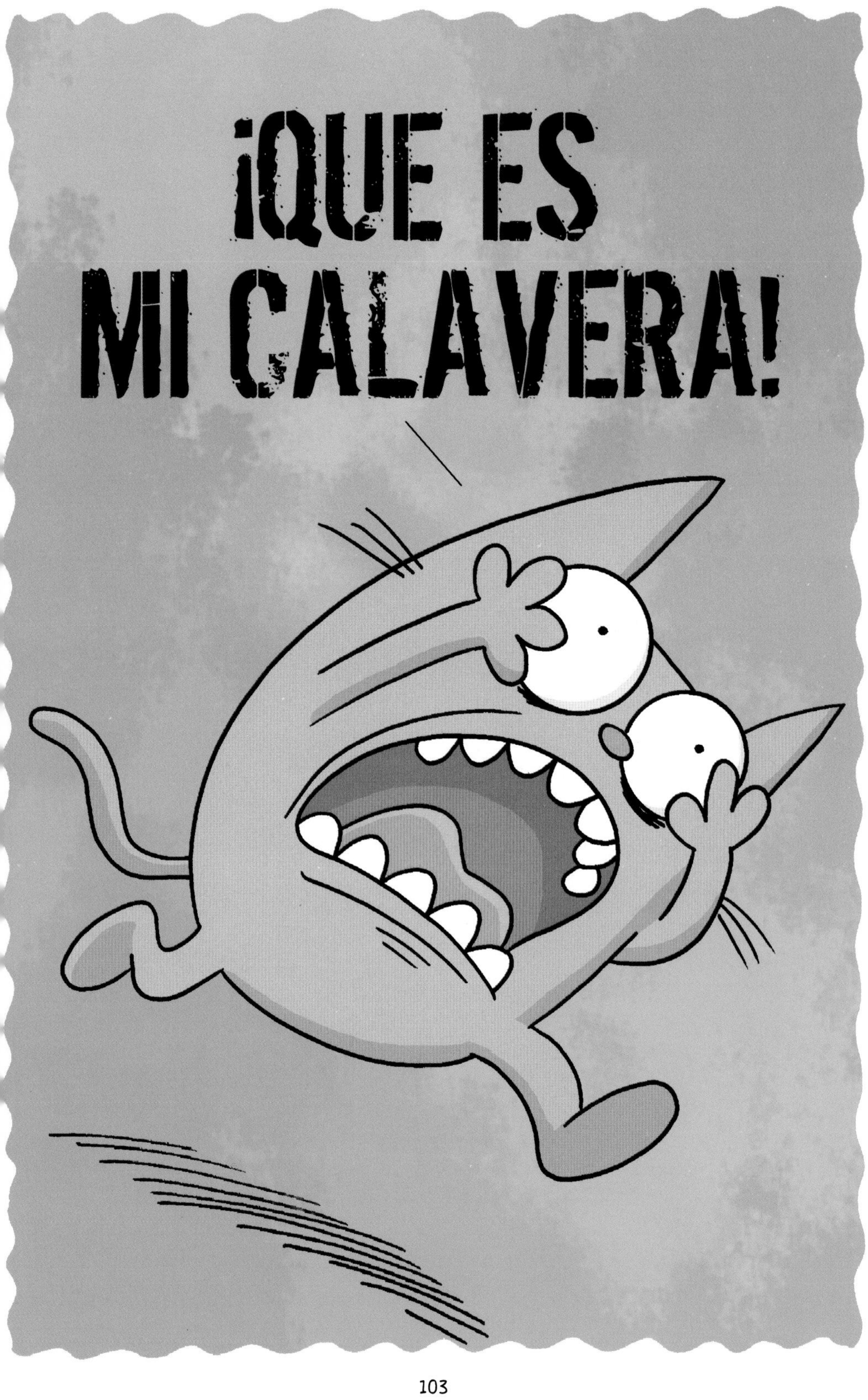

RETO

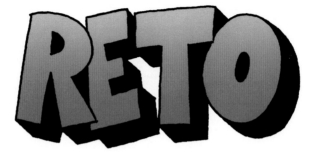

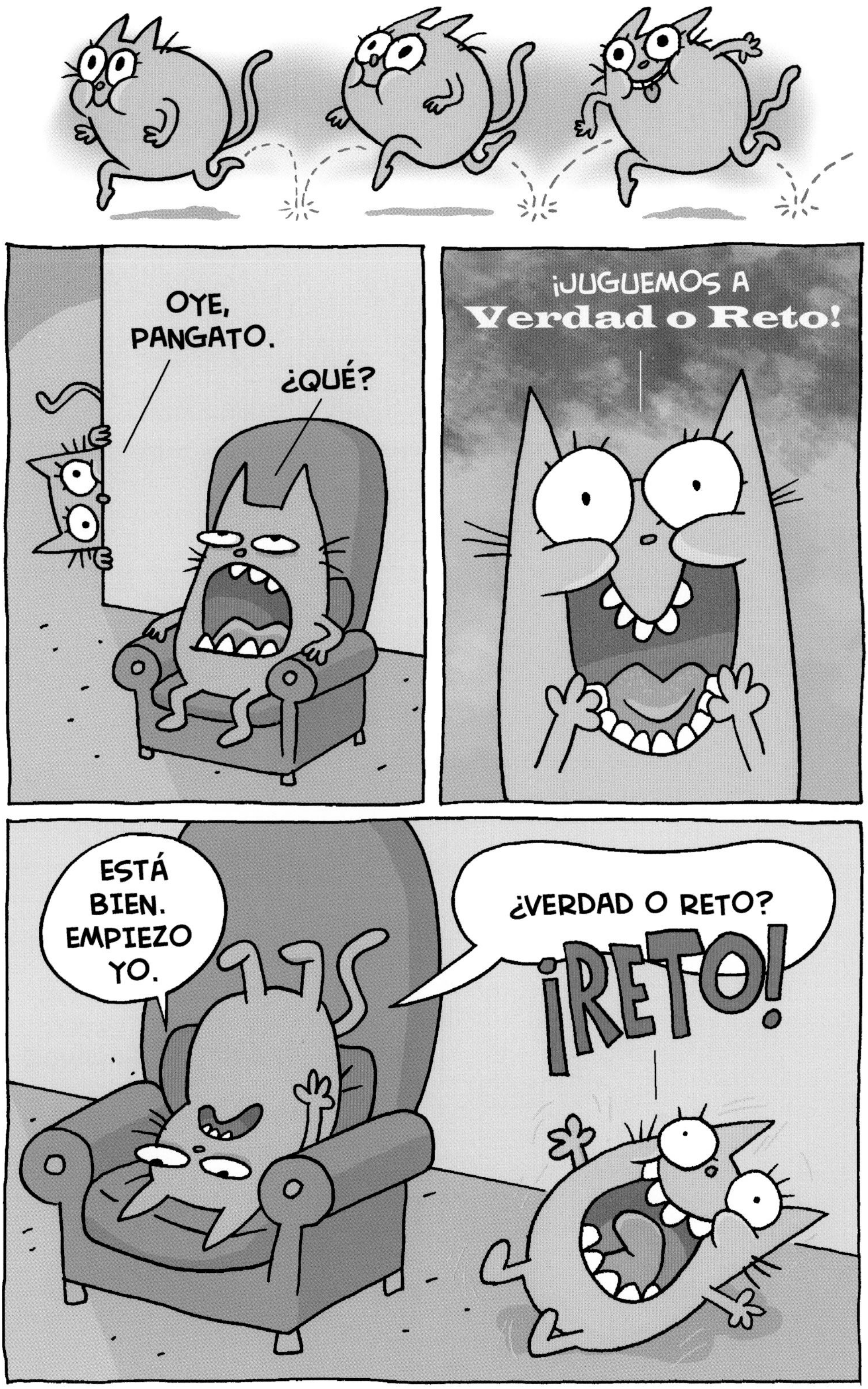
OYE, PANGATO.
¿QUÉ?
¡JUGUEMOS A Verdad o Reto!
ESTÁ BIEN. EMPIEZO YO.
¿VERDAD O RETO?
¡RETO!

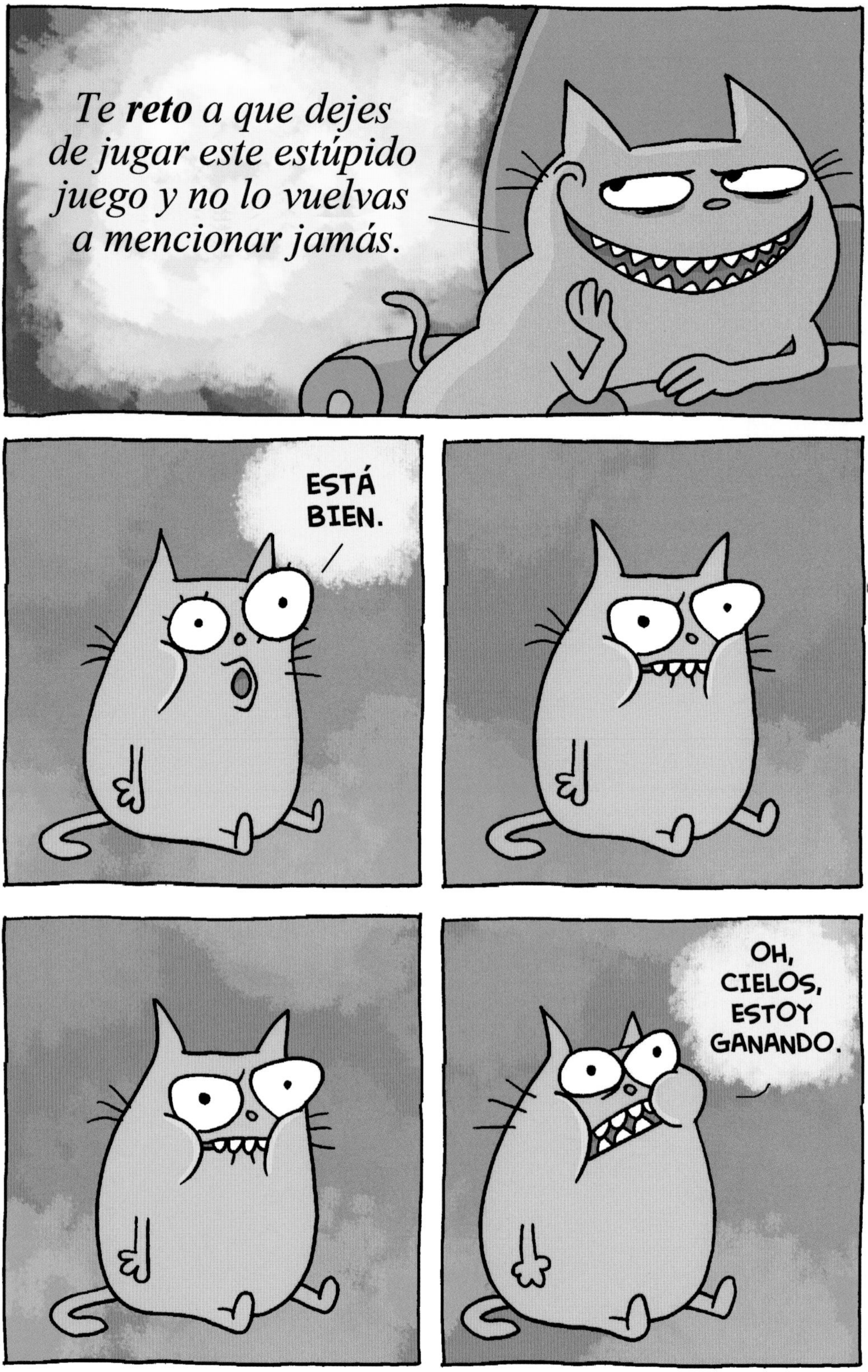
Te **reto** a que dejes de jugar este estúpido juego y no lo vuelvas a mencionar jamás.
ESTÁ BIEN.
OH, CIELOS, ESTOY GANANDO.

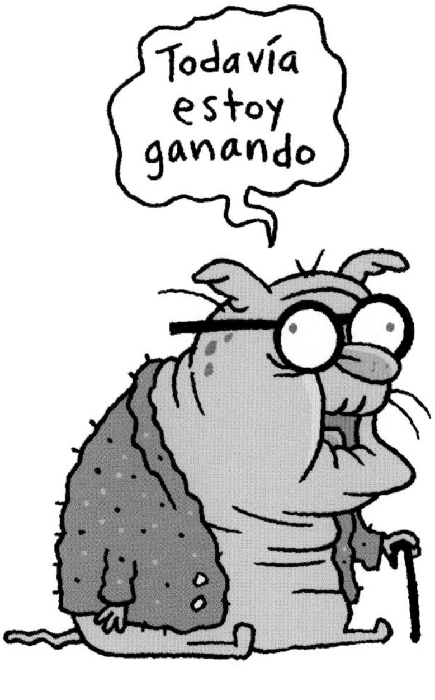
Todavía estoy ganando

SONRÍE

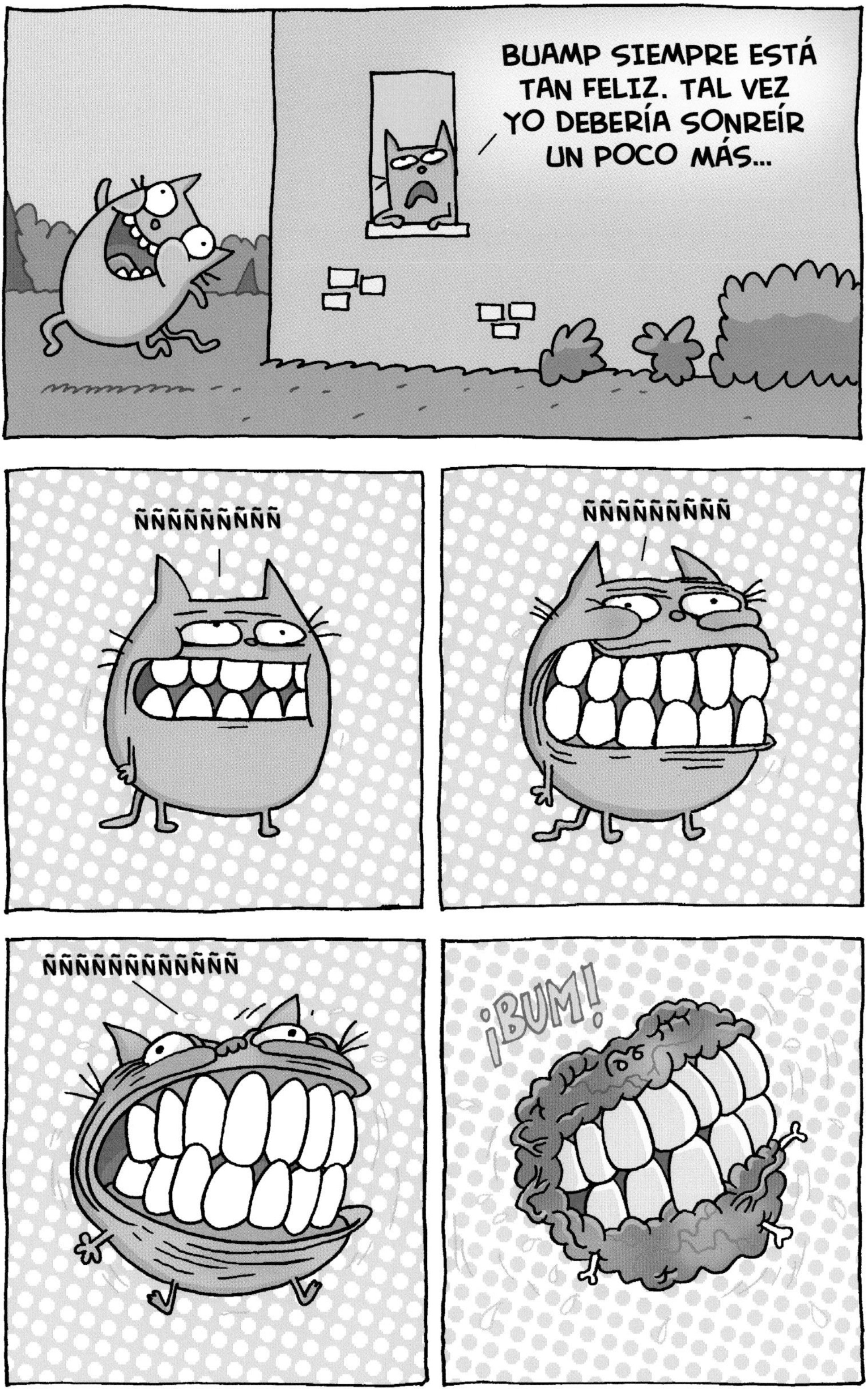
BUAMP SIEMPRE ESTÁ TAN FELIZ. TAL VEZ YO DEBERÍA SONREÍR UN POCO MÁS...
ÑÑÑÑÑÑÑÑÑ
ÑÑÑÑÑÑÑÑÑ
ÑÑÑÑÑÑÑÑÑÑÑÑ
¡BUM!

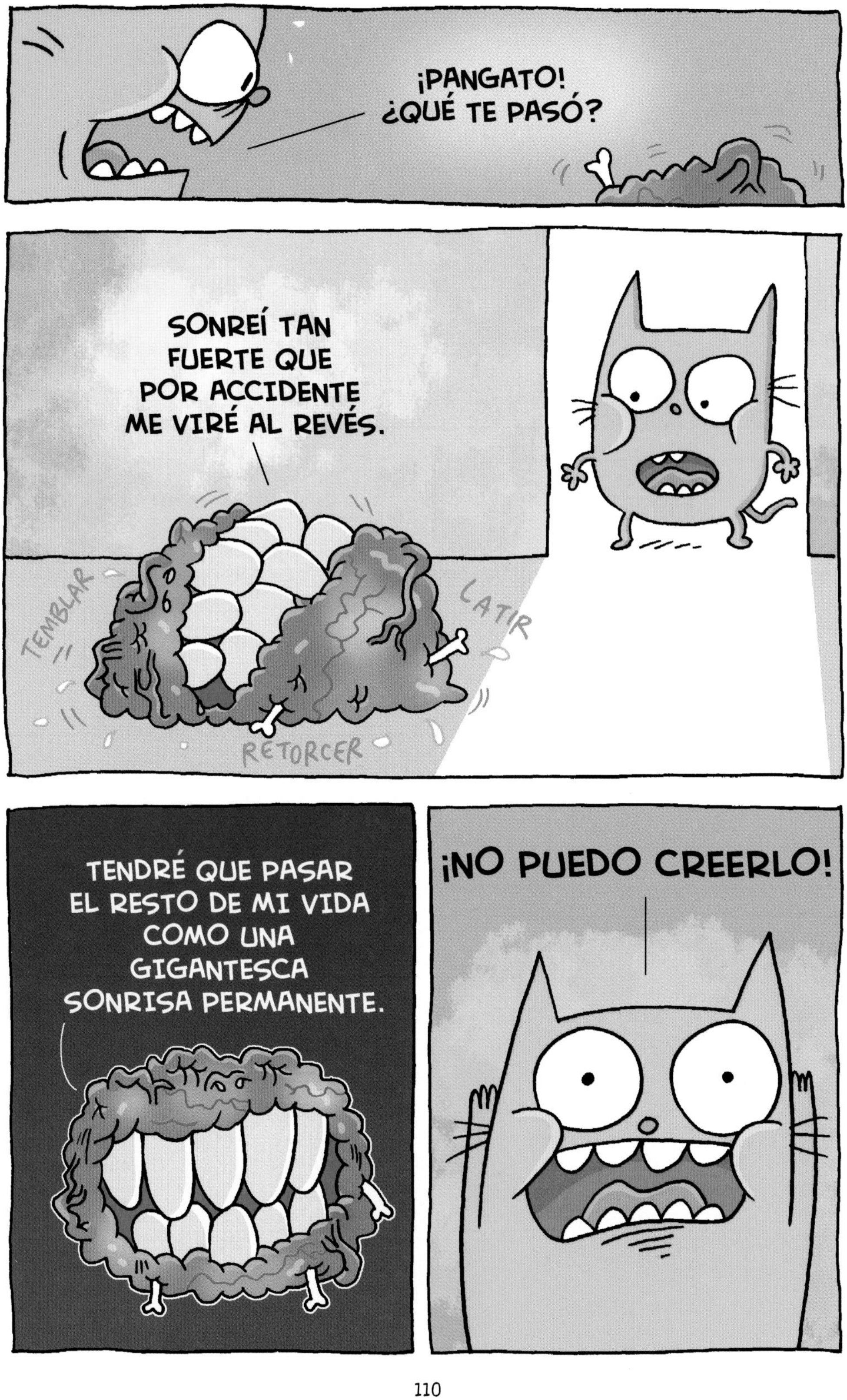
¡PANGATO!
¿QUÉ TE PASÓ?
SONREÍ TAN FUERTE QUE POR ACCIDENTE ME VIRÉ AL REVÉS.
TEMBLAR
LATIR
RETORCER
TENDRÉ QUE PASAR EL RESTO DE MI VIDA COMO UNA GIGANTESCA SONRISA PERMANENTE.
¡NO PUEDO CREERLO!

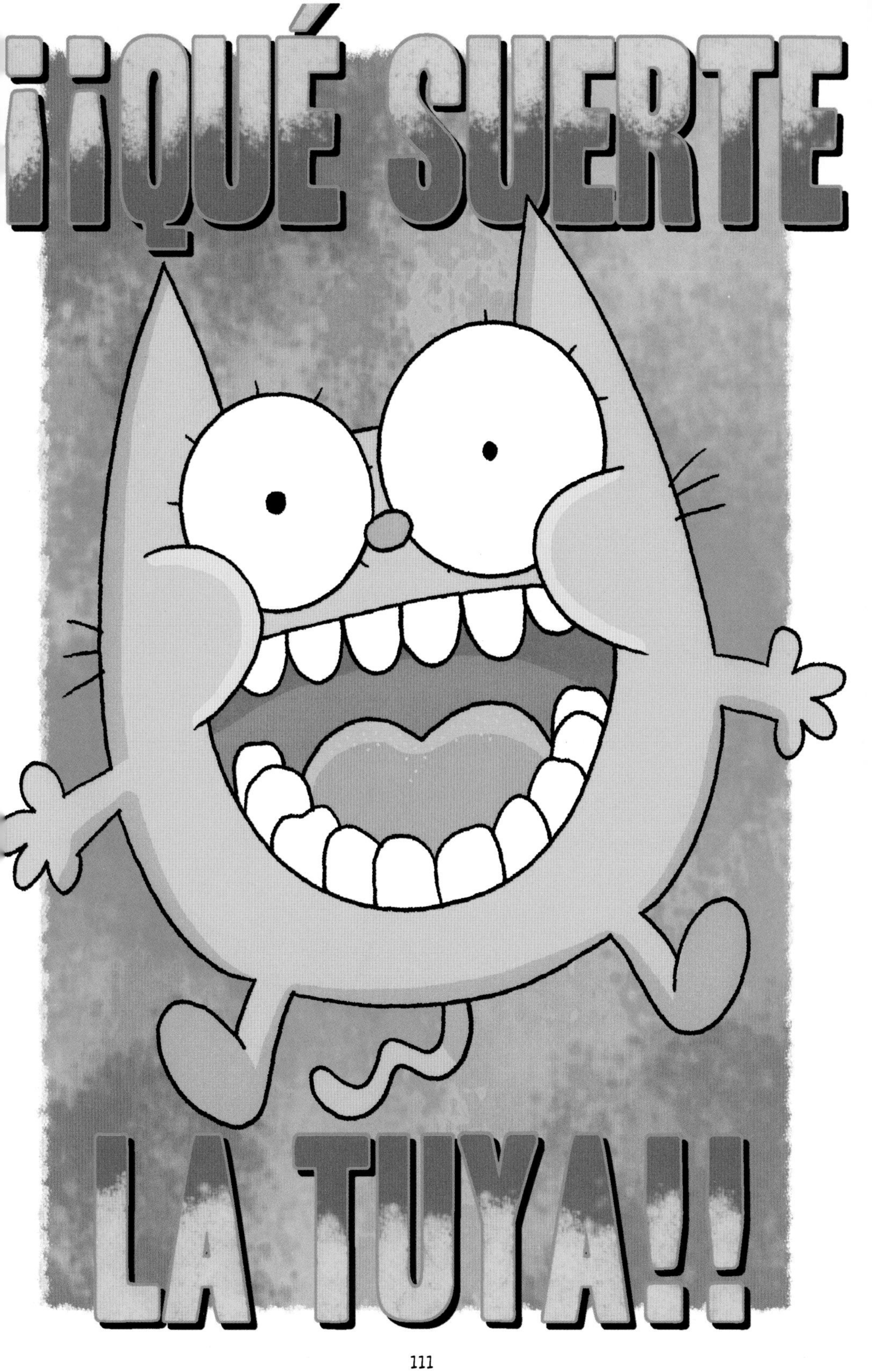
¡¡QUÉ SUERTE
LA TUYA!!

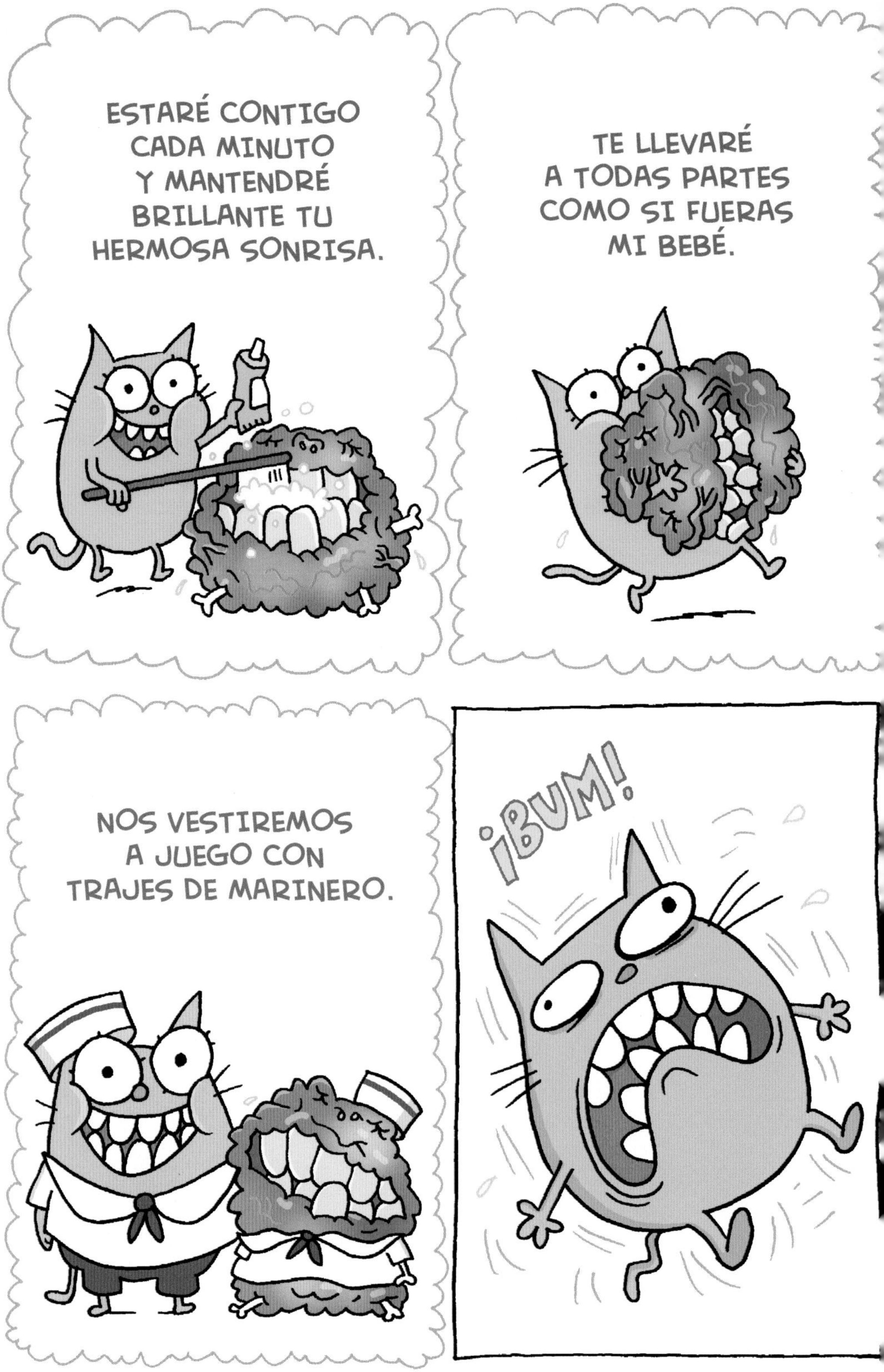
ESTARÉ CONTIGO CADA MINUTO Y MANTENDRÉ BRILLANTE TU HERMOSA SONRISA.
TE LLEVARÉ A TODAS PARTES COMO SI FUERAS MI BEBÉ.
NOS VESTIREMOS A JUEGO CON TRAJES DE MARINERO.
¡BUM!

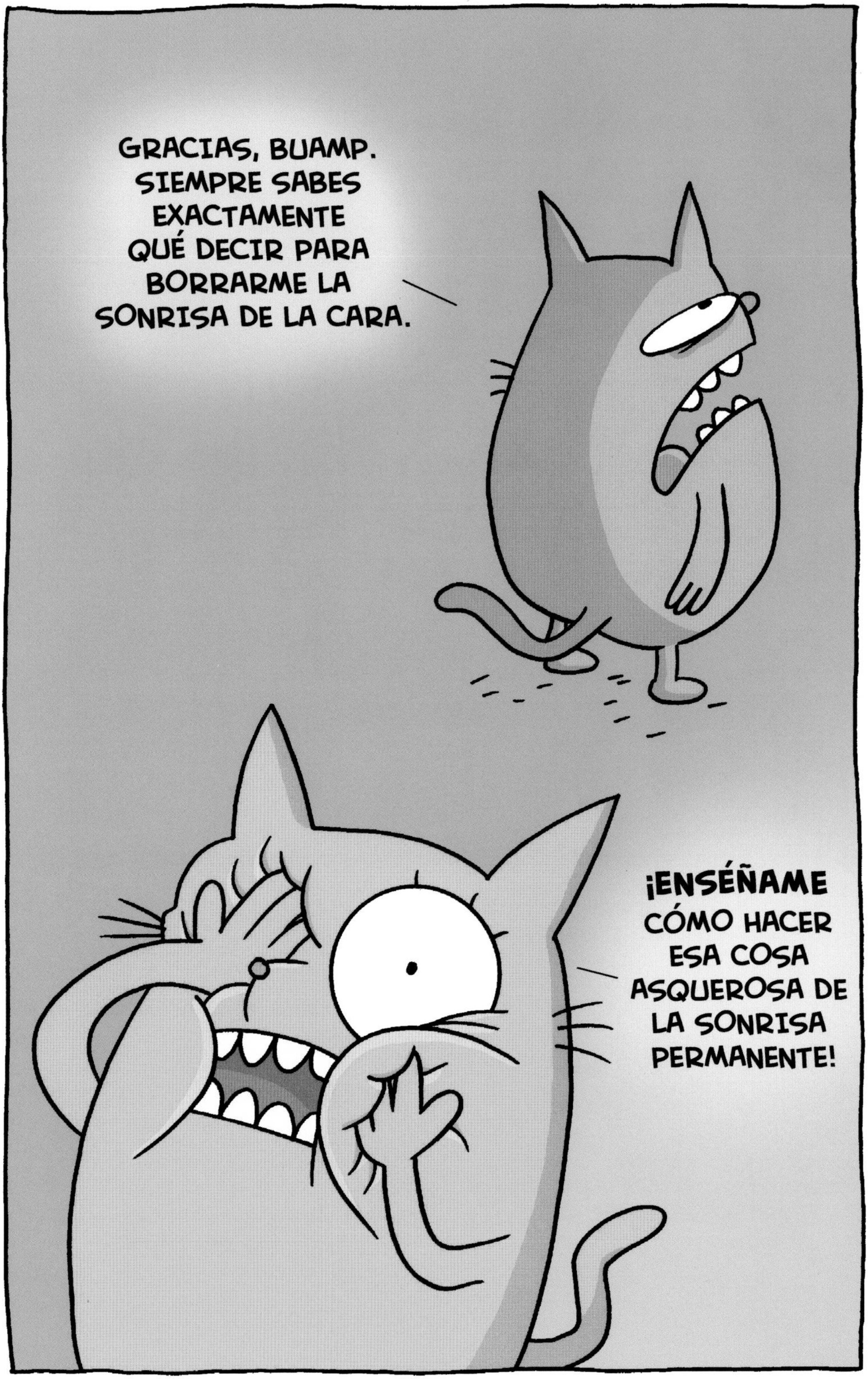
GRACIAS, BUAMP. SIEMPRE SABES EXACTAMENTE QUÉ DECIR PARA BORRARME LA SONRISA DE LA CARA.
¡ENSÉÑAME CÓMO HACER ESA COSA ASQUEROSA DE LA SONRISA PERMANENTE!

AVANCE ESPECIAL DE
PANGATO #2
¡DISPONIBLE PRÓXIMAMENTE!

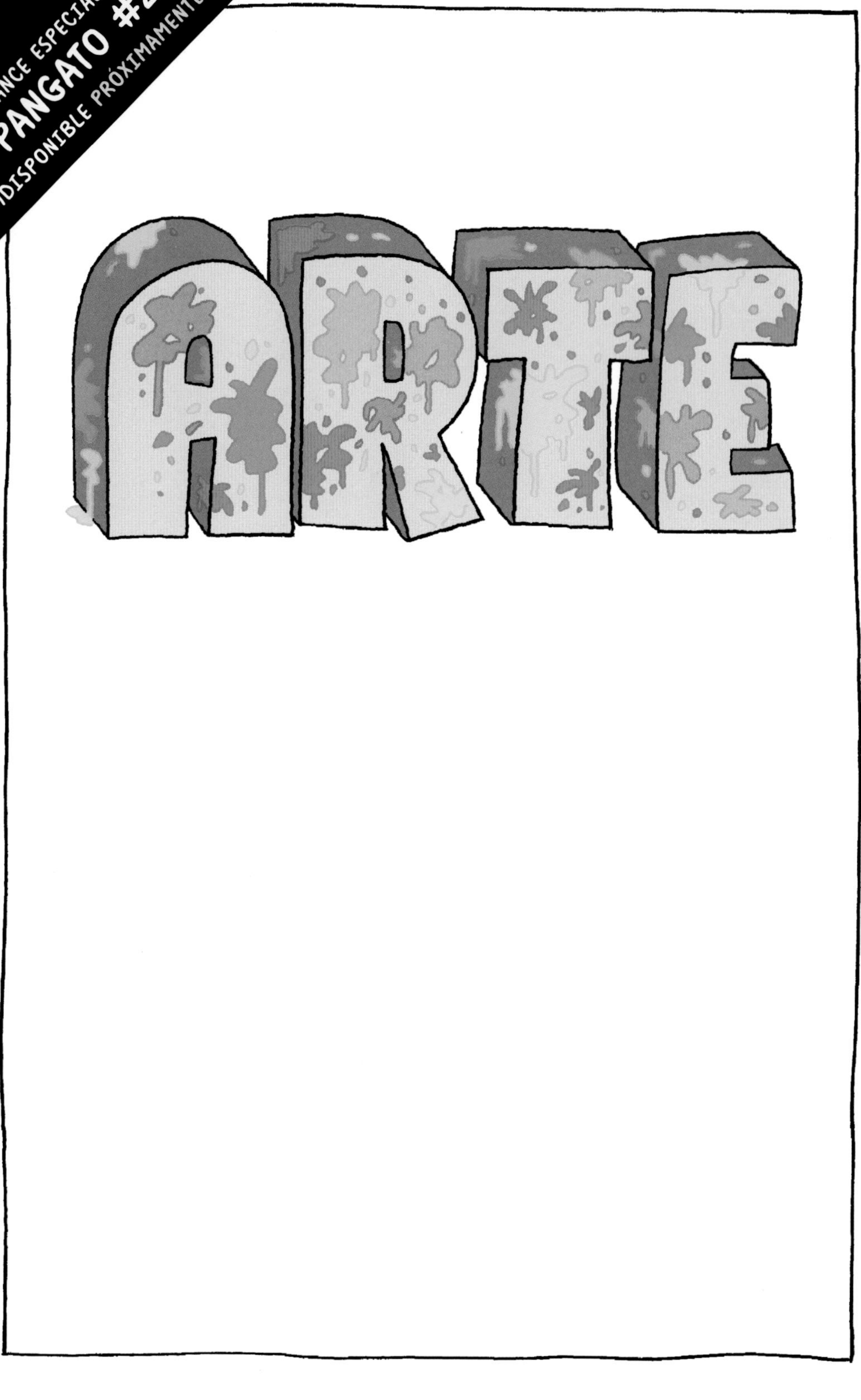
ARTE

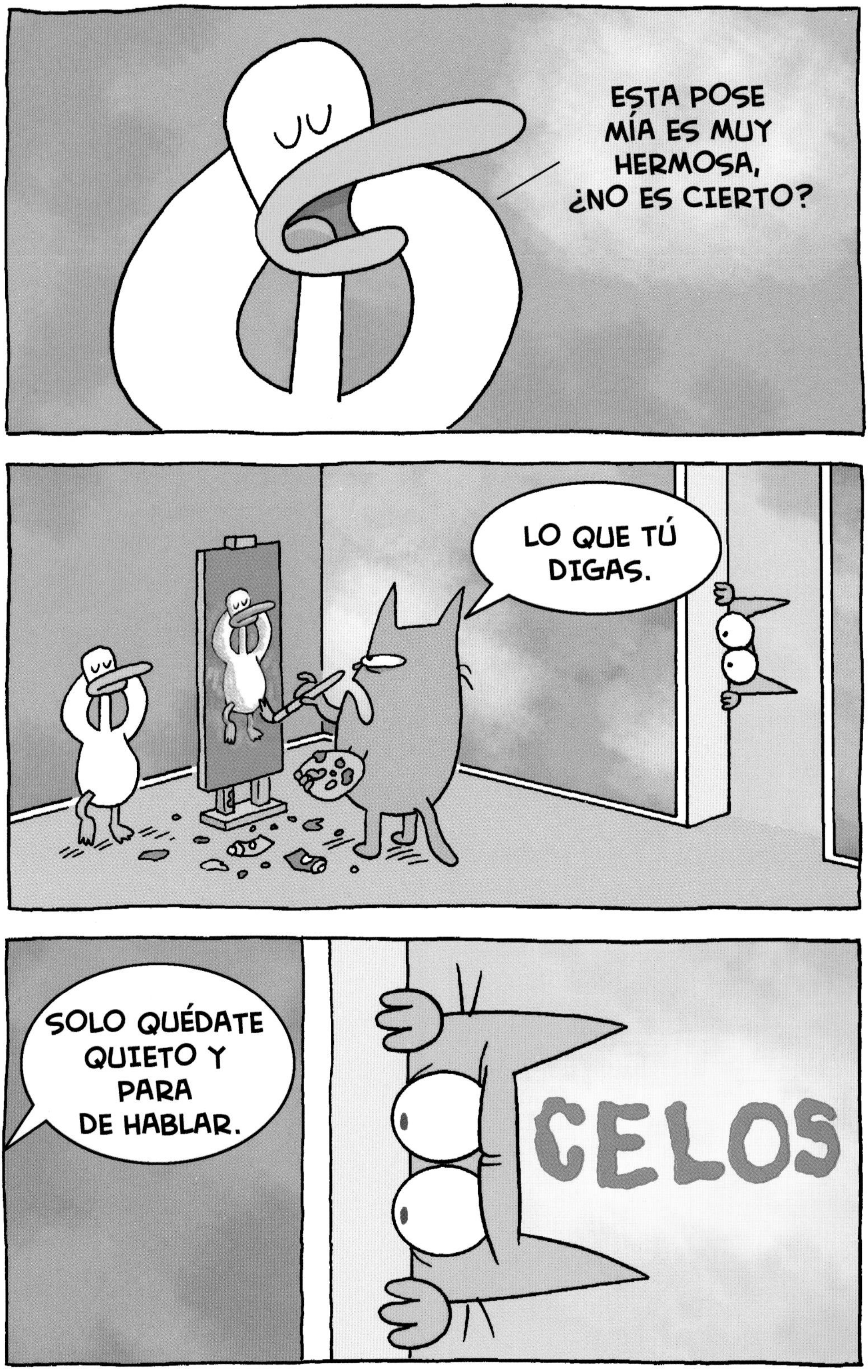
ESTA POSE MÍA ES MUY HERMOSA, ¿NO ES CIERTO?
LO QUE TÚ DIGAS.
SOLO QUÉDATE QUIETO Y PARA DE HABLAR.
CELOS

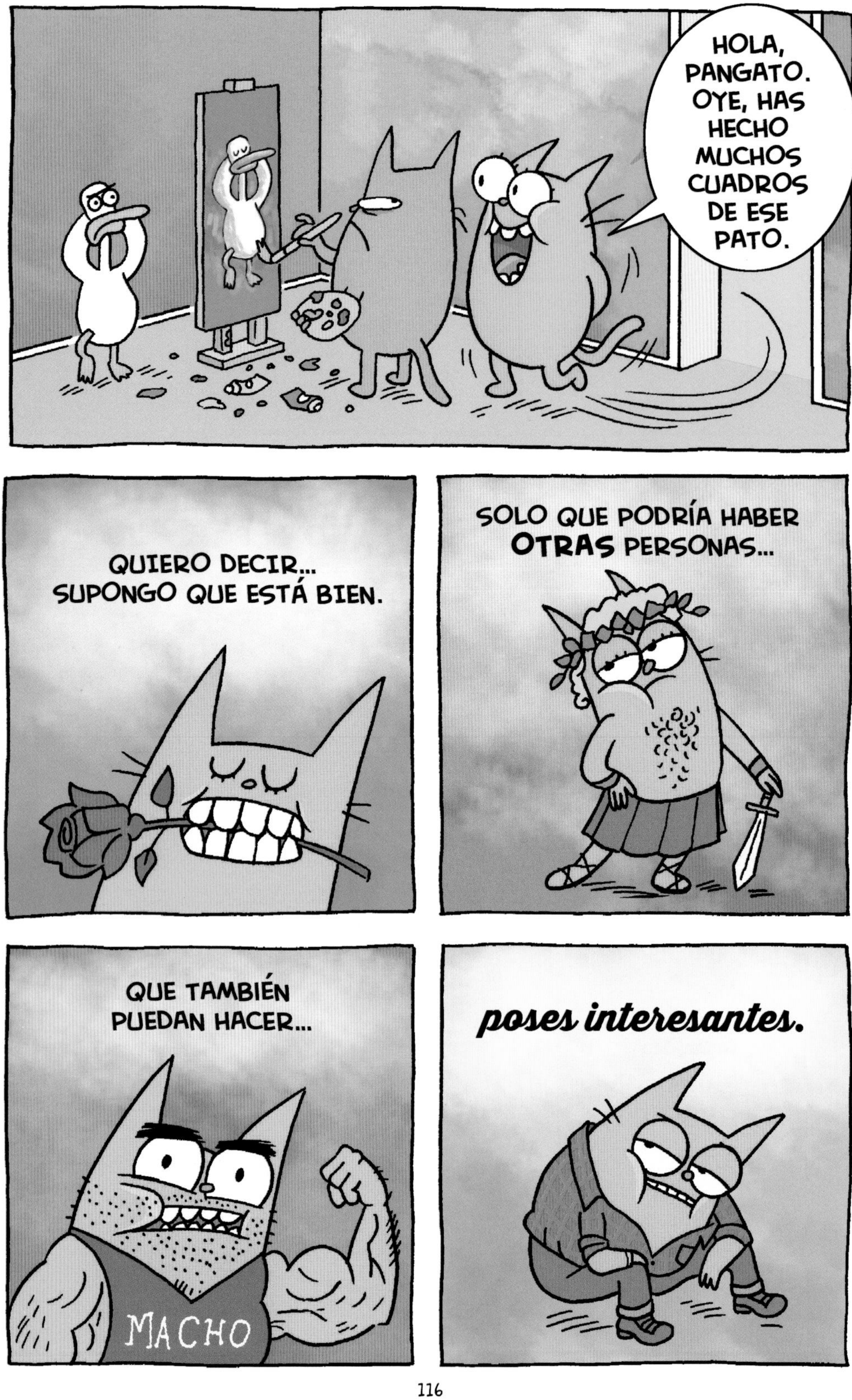
HOLA, PANGATO. OYE, HAS HECHO MUCHOS CUADROS DE ESE PATO.
QUIERO DECIR... SUPONGO QUE ESTÁ BIEN.
SOLO QUE PODRÍA HABER **OTRAS** PERSONAS...
QUE TAMBIÉN PUEDAN HACER...
poses interesantes.
MACHO

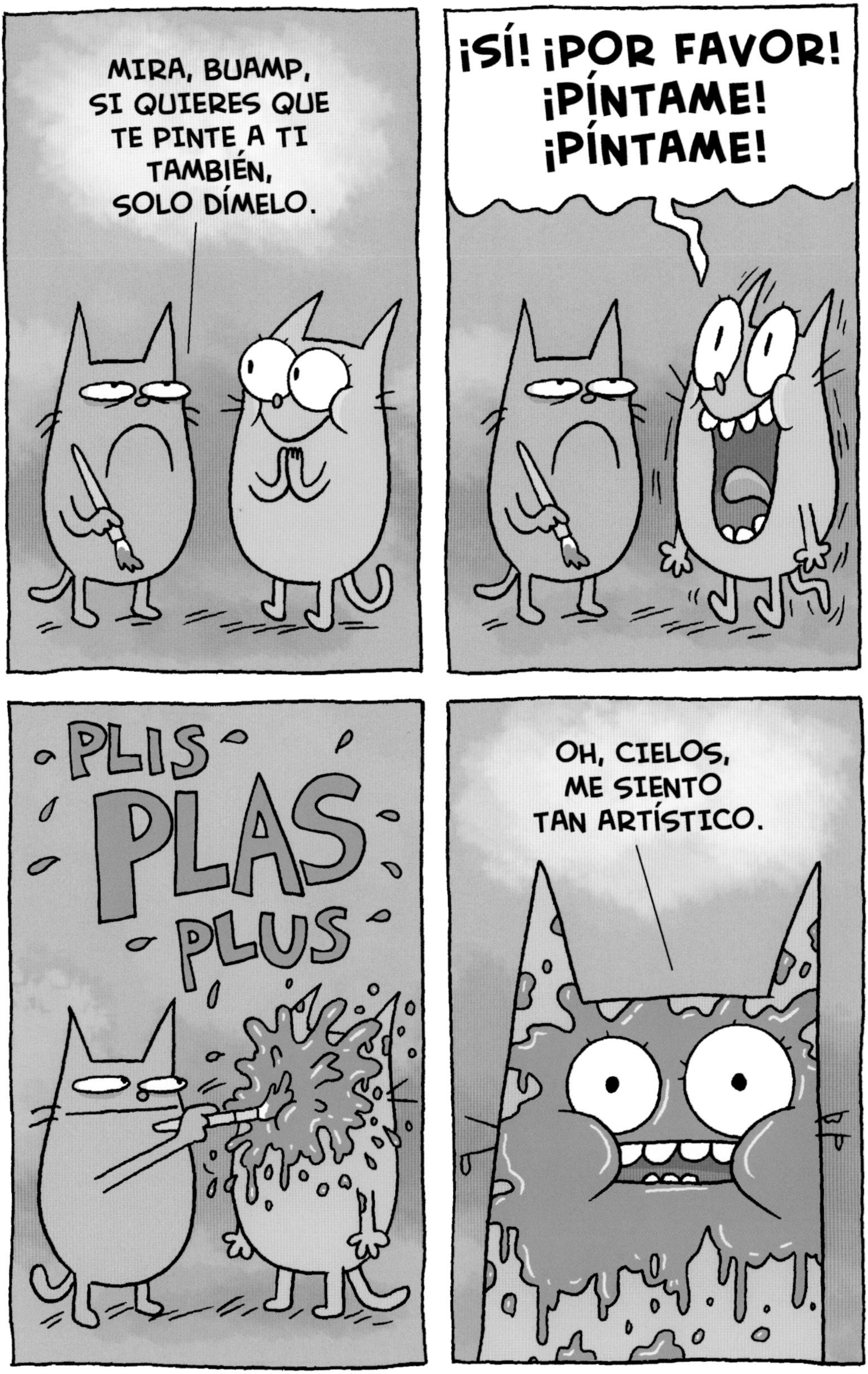
MIRA, BUAMP, SI QUIERES QUE TE PINTE A TI TAMBIÉN, SOLO DÍMELO.
¡SÍ! ¡POR FAVOR! ¡PÍNTAME! ¡PÍNTAME!
PLIS
PLAS
PLUS
OH, CIELOS, ME SIENTO TAN ARTÍSTICO.

TONTO

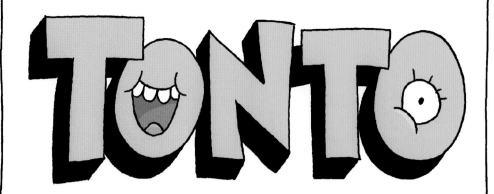

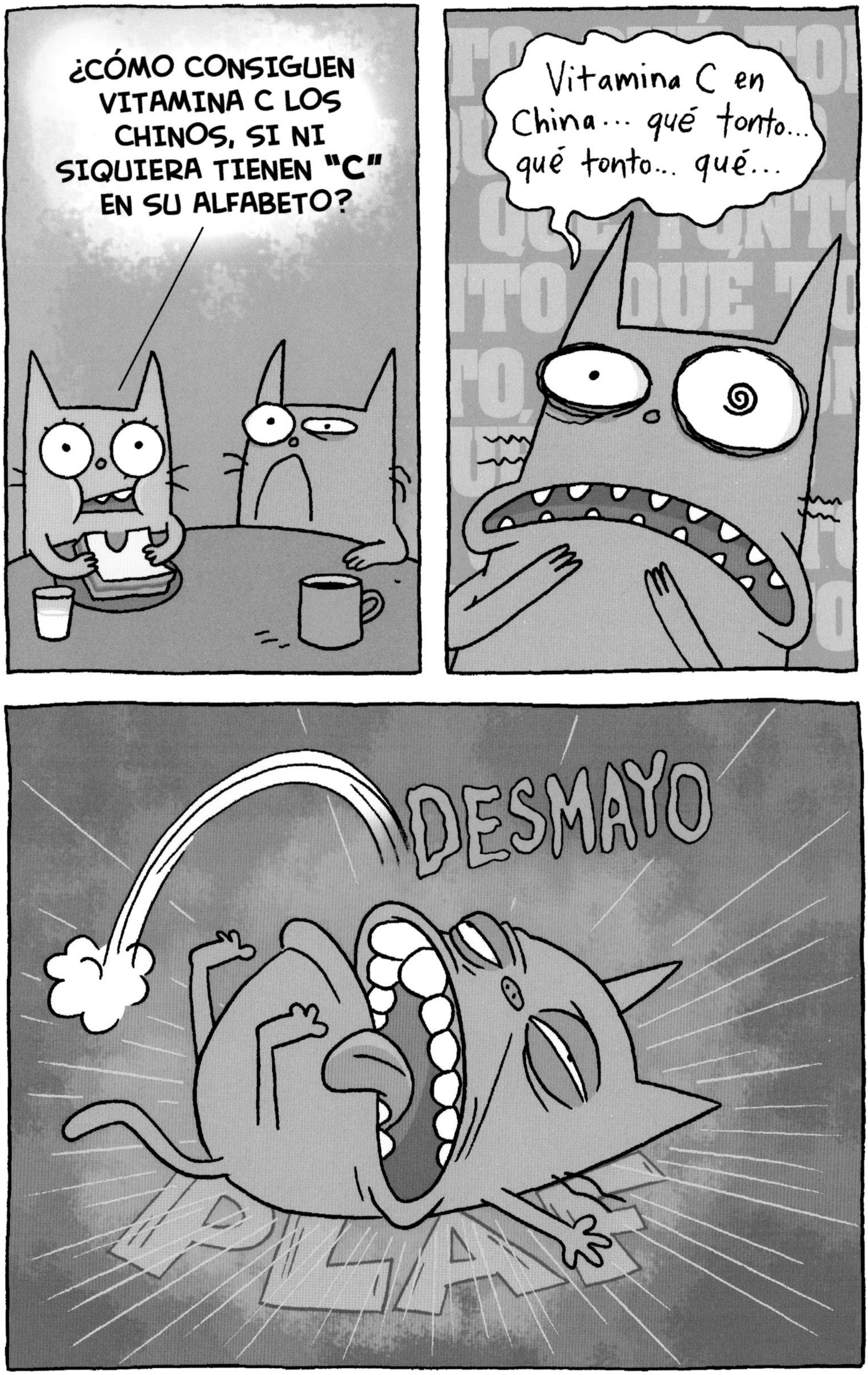
¿CÓMO CONSIGUEN VITAMINA C LOS CHINOS, SI NI SIQUIERA TIENEN "C" EN SU ALFABETO?
Vitamina C en China... qué tonto... qué tonto... qué...
DESMAYO

¡NECESITO UN MÉDICO!

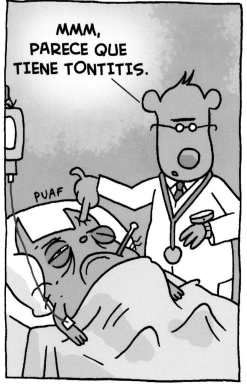

MMM, PARECE QUE TIENE TONTITIS.

PUAF

¿ESTUVO EXPUESTO RECIENTEMENTE A ALGUNA **TONTERÍA**?

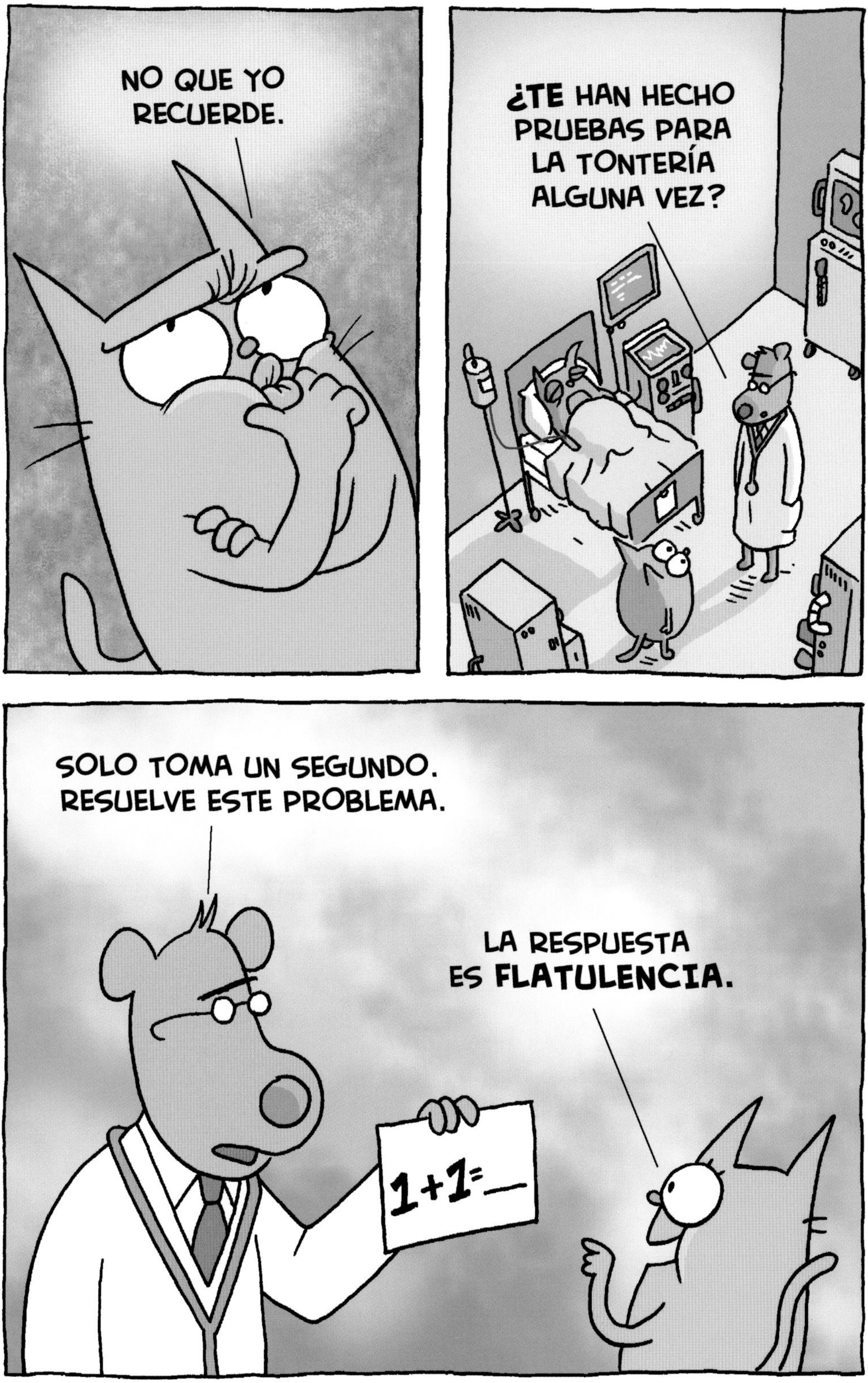
NO QUE YO RECUERDE.
¿TE HAN HECHO PRUEBAS PARA LA TONTERÍA ALGUNA VEZ?
SOLO TOMA UN SEGUNDO. RESUELVE ESTE PROBLEMA.
1+1=__
LA RESPUESTA ES FLATULENCIA.

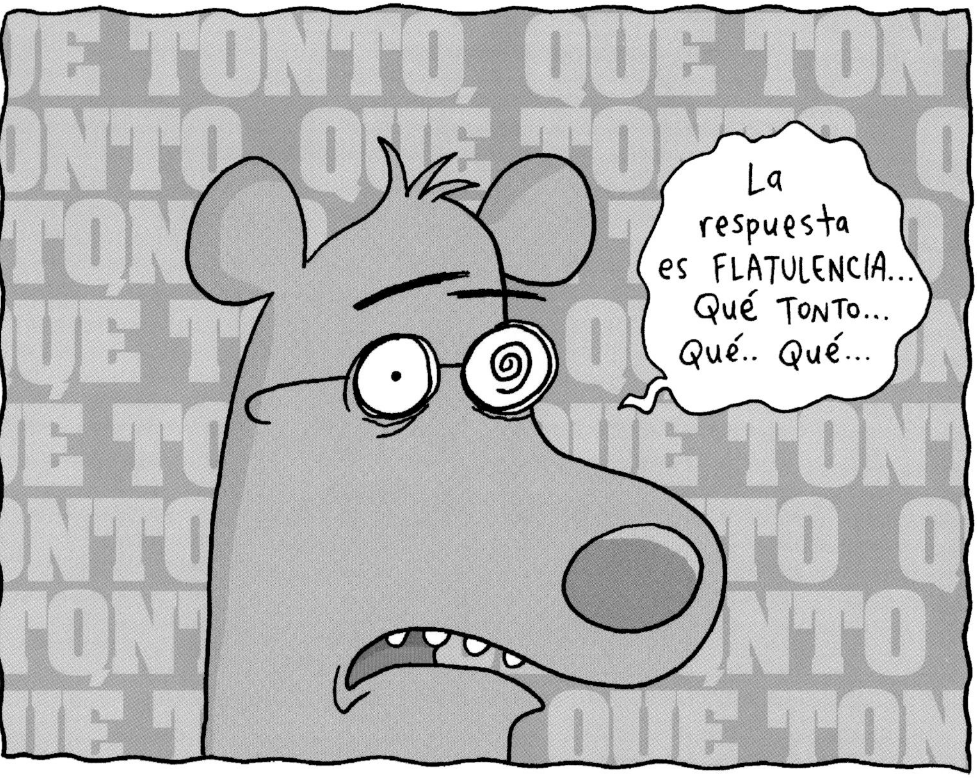
QUE TONTO, QUE TONTO
La respuesta es FLATULENCIA... Qué TONTO... Qué.. Qué...

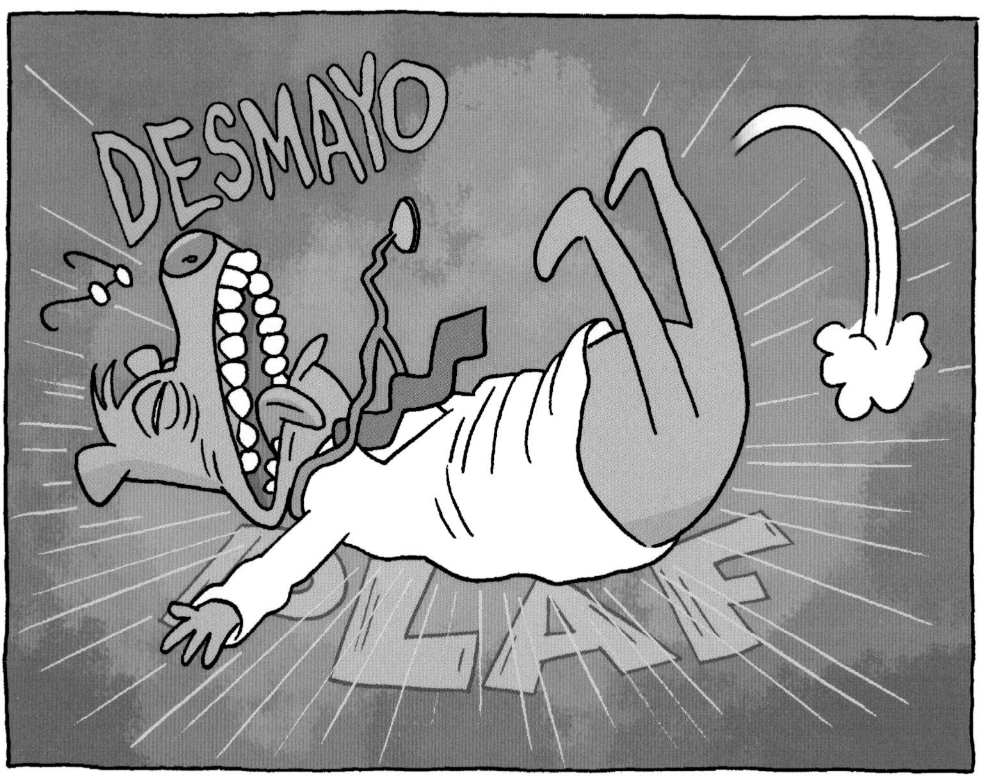
DESMAYO
PLAF

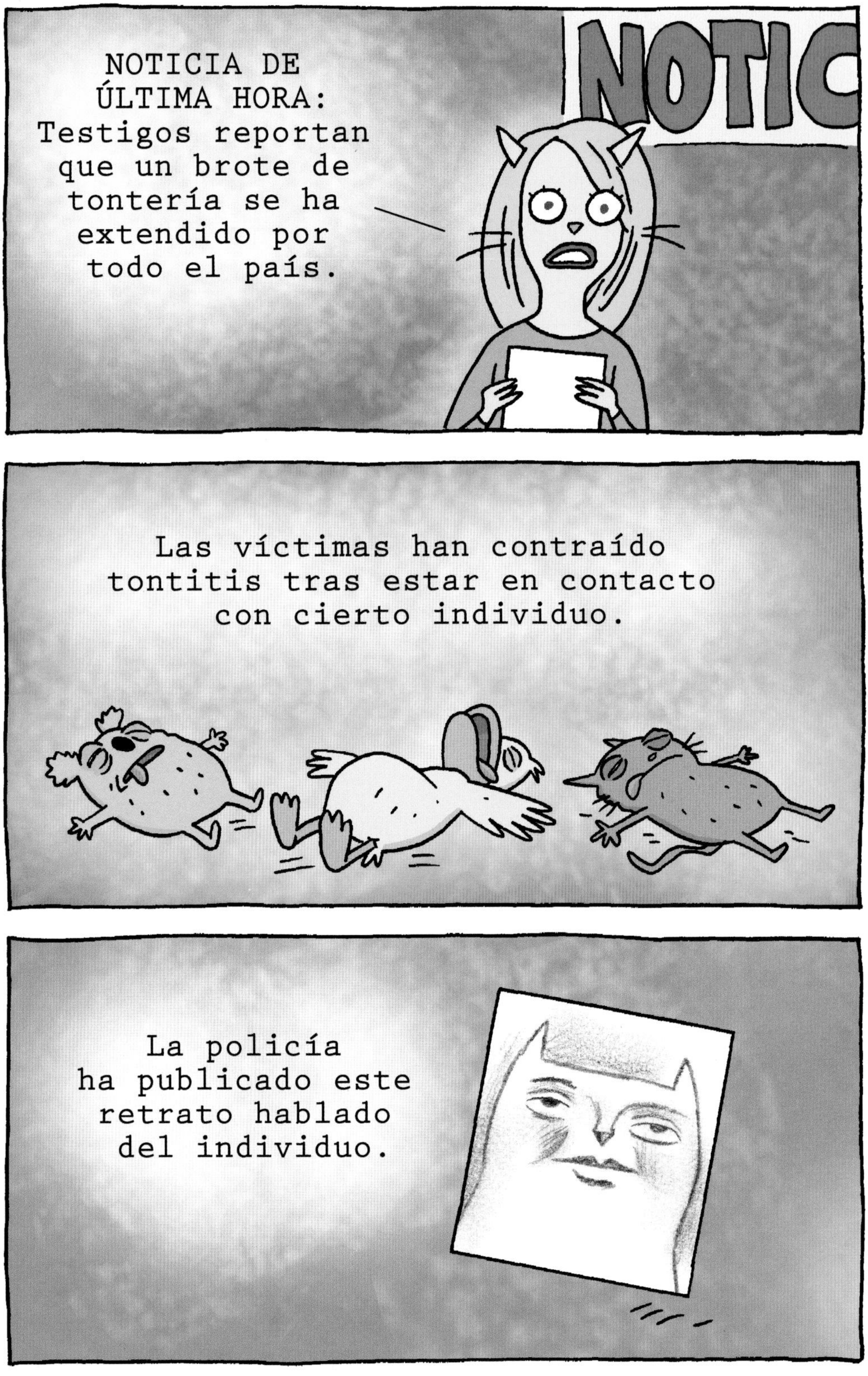
NOTIC
NOTICIA DE ÚLTIMA HORA: Testigos reportan que un brote de tontería se ha extendido por todo el país.
Las víctimas han contraído tontitis tras estar en contacto con cierto individuo.
La policía ha publicado este retrato hablado del individuo.

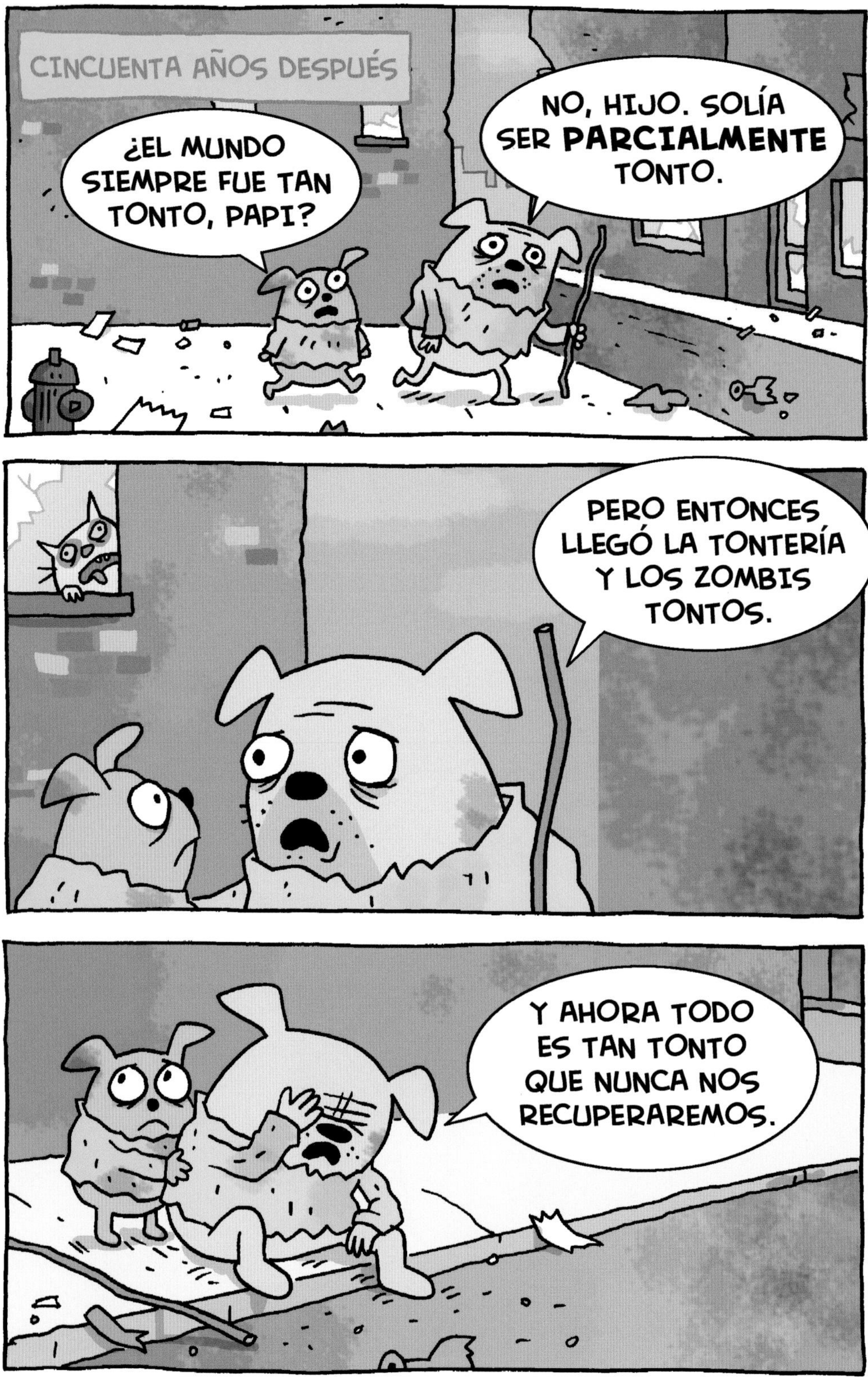
CINCUENTA AÑOS DESPUÉS
¿EL MUNDO SIEMPRE FUE TAN TONTO, PAPI?
NO, HIJO. SOLÍA SER **PARCIALMENTE** TONTO.
PERO ENTONCES LLEGÓ LA TONTERÍA Y LOS ZOMBIS TONTOS.
Y AHORA TODO ES TAN TONTO QUE NUNCA NOS RECUPERAREMOS.

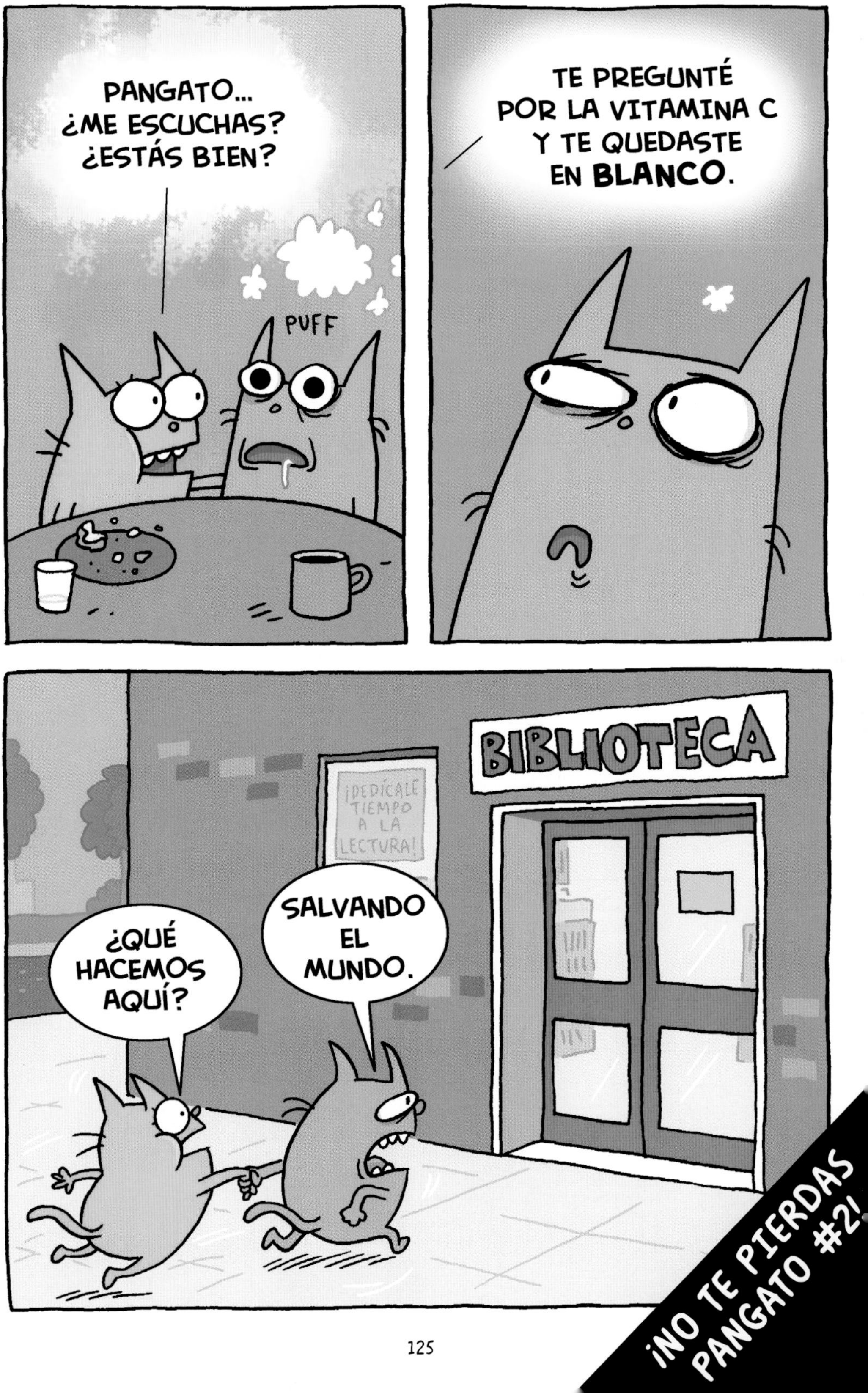
PANGATO... ¿ME ESCUCHAS? ¿ESTÁS BIEN?
PUFF
TE PREGUNTÉ POR LA VITAMINA C Y TE QUEDASTE EN **BLANCO**.
BIBLIOTECA
¡DEDÍCALE TIEMPO A LA LECTURA!
¿QUÉ HACEMOS AQUÍ?
SALVANDO EL MUNDO.
¡NO TE PIERDAS PANGATO #2!

¡ACTIVIDAD EXTRA!
¿PUEDES ENCONTRAR LOS DOS BUAMPS IDÉNTICOS?

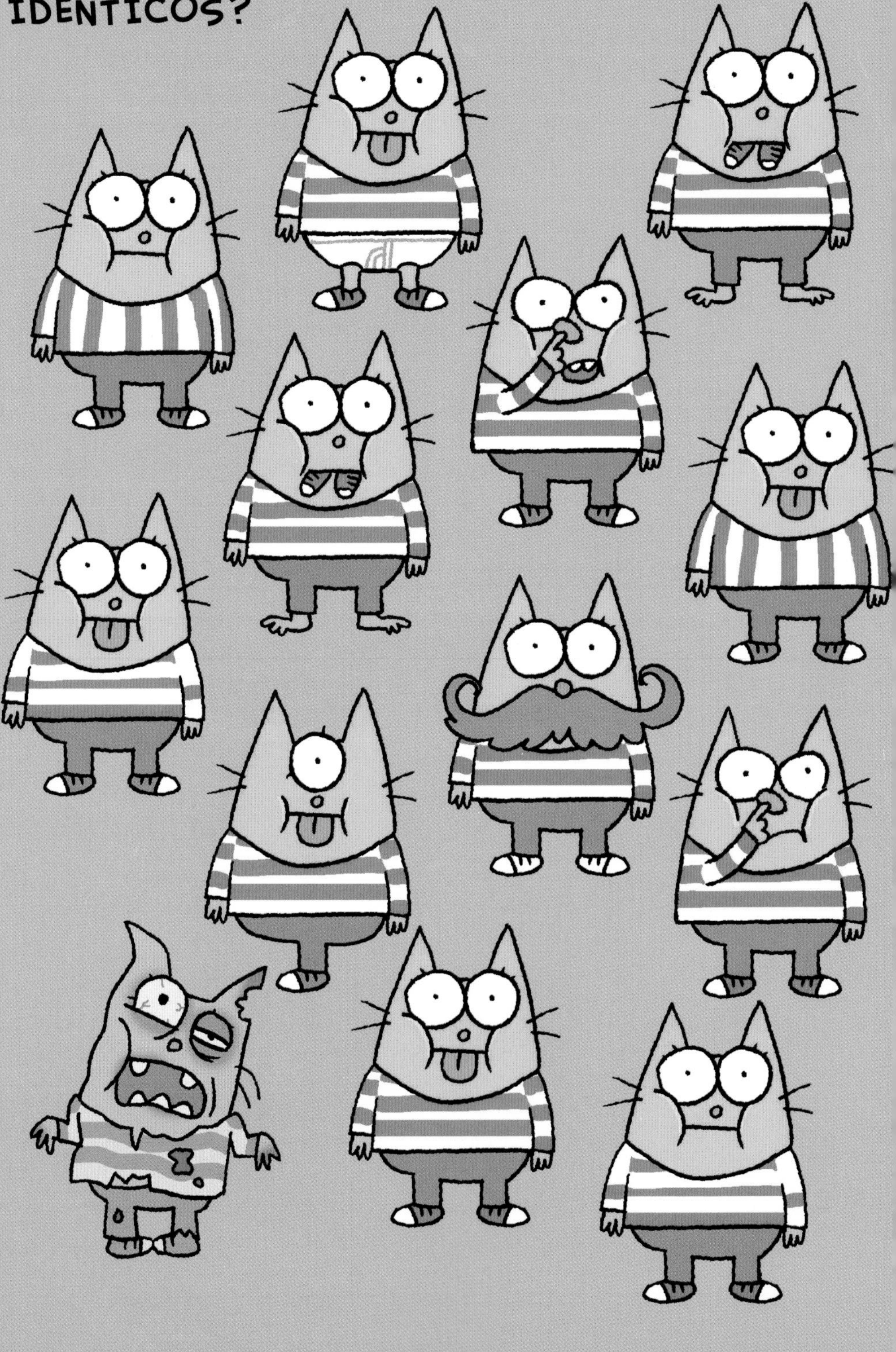